悪魔には悪魔を

大沢在昌

KODANSHA NOVELS 講談社ノベルス

カバー写真＝Getty Images
カバーデザイン＝岩郷重力＋WONDER WORKZ。
ブックデザイン＝熊谷博人・釜津典之
表紙デザイン＝welle design

1

墓地は島の高台にあった。人の足で踏み固められた坂道をえんえん十分以上も上りつづけ、ようやくたどりつく。だがそれだけに、島とそれをとり囲む海が一望できた。

数えきれないほどの島が紺碧の海に浮かび、そのはざまを白い航跡をひく船が何艘もいきかっている。

墓地を管理する寺はとうに無住となっていたが、手入れをする者がいるらしく、荒れ果ててはいない。

坂道を運びあげたバケツの水で墓石を洗い、男は両手をあわせた。ツクツクボウシの声が、汗で濡れた背中に降ってくる。

眠っているのは八歳のときに亡くなった両親だった。墓参りは、二十年前日本を離れる前にしたのが最後だ。

空になったバケツにひしゃくを戻し、男は墓地を離れた。小さくて何もない島だ。バケツは坂道のふもとにあるよろず屋で借りた。

かつては駄菓子もおき、島の子供のたまり場だったのが、店先に人影もない。店の裏手にある井戸場にバケツを返し、男はポケットを探った。

「せんこう百円」と書かれた木箱があるが、線香は初めから入っていなかった。が、バケツと水を借りた。百円玉を木箱のかたわらにおいた。

店をやっていたのは二十年前でもかなりの老婆ひとりだった。生きていたら、百歳近いだろう。

息を吐き、男は渡船を降りた船着き場に向かった。渡船は小豆島とこの島をわずか七分で結んでいる。

船着き場で五分ほど待つと、渡船がやってきた。十人も乗れば満員の小舟にベンチが固定されている。船頭は寡黙な爺さんで、それが男にはありがたかった。

渡船は男ひとりを乗せて、船着き場を離れた。短い航海の最中、あたりを見回していた男の目を光が射た。

沖に浮かぶモーターボートだった。双眼鏡のレンズが太陽を反射したのだ。この渡船を観察している。

男は顔をそむけた。監視されていることに最初に気づいたのはきのうだ。小豆島に渡るフェリーに乗るために姫路で新幹線を降りたときから視線を感じた。視線はホーム、改札口の外とつづいた。ひとりではなく複数の男たちに尾行されていた。

思いあたる理由がまるでないわけではない。が、いくら何でもおおげさだと思った。二十年前に男が犯した罪のためだとすれば、しつこすぎる。そこまで日本の警察が暇だとも思えない。

視線を戻すと、モーターボートが走りだしたところだった。たった今、男が離れた島へと向かっていく。

いったい何を調べているのか。

小豆島に渡船が着いた。小豆島で少しのんびりしようと思っていたが、男の気持はかわった。

姫路へと戻る、最も早いフェリーの切符を求めた。それでも一時間後だという。四国に向かう便もあったが、あえて行きと同じルートを使うことにした。

逃げ隠れしていると思われたくない。逮捕するなら、すればいい。逮捕されても刑務所行きにはならないだろうし、たとえなったとしても困る人間はいない。

両親の死後、男と兄の二人は高松に住む叔母夫婦にひきとられた。叔母はやさしかったが、叔父には好かれなかった。新しい家族に兄はすぐに馴染み、学校の成績もよかった。一方の自分は、問題ばかり起こす悪ガキだった。

「良《りょう》ちゃんはほんと、名前の通りいい子なのに、将《しょう》ちゃんときたら、どうしてこうなんだろうね」

叔母はよくため息をついていた。双子は性格が似るというが、自分と兄はまるで似ていなかった。単細胞で喧嘩早い自分に比べ、兄は慎重な性格で、高校に入る頃は体つきも異なっていた。日焼けし、がっちりしていた自分と色白で細身の兄は、顔こそそっくりだったが、見まちがえられることはなかった。

「本当に将は大飯食らいやな。大学いかんと体使うて働くんが向いてるやろ」

「お代わり」を連発する自分に、晩酌する叔父が苦い口調で吐きだしたのを覚えている。

大学にいくどころか、結局、高校を卒業することもなかった。三年生の秋に起きた事件をきっかけに、男は家をでた。高松を離れ、神戸に向かった。神戸から大阪へと流れ、組の盃こそもらわなかったが、喧嘩の腕前で名前を売った。

思い返せば、本当に馬鹿だった。だが馬鹿をやらなければアメリカに渡ることもなかったし、その後の人生もなかった。といっても、アメリカでも馬鹿をくり返し、刑務所行きをまぬがれようと、軍隊に飛びこんだだけだが。

が、その軍隊でようやく目が覚めた。腕っぷしで世の中を渡っていくことなどできない。いくら鍛えて強くなっても上には上がいるし、頂点に立てたとしてもその期間は短い。若くて無鉄砲な奴らが追い落としにやってくる。

アメリカ陸軍に入隊したのは、つるんでいた韓国系アメリカ人の勧めだった。警察に目をつけられている、逮捕されるのは時間の問題で、逮捕され強制送還になるならいいが刑務所に送られたら最悪だ。

東洋人は体つきが華奢《きゃしゃ》で体毛も薄いので格好の慰みものにされる。逃れたければ陸軍を志願しろ。うまくいけば市民権ももらえる。

「九・一一」をきっかけに、自衛権の行使をうたったアメリカ合衆国はイギリスやフランス、カナダなどの国々とアフガニスタンに本拠をおくアル・カーイダに攻撃を開始した。アフガニスタンへの派兵はどんどんふくれあがり、二〇〇一年の二万人から二〇一〇年には九万人規模になった。それに比例して戦死者も増えつづけ、新兵が求められていた。

今はそう簡単ではなくなったが、二〇〇〇年代の後半は、罪を逃れたり国籍を得ようと、米軍にもぐりこむ者は多かった。歩兵として訓練をうけ、アフガニスタンいきの飛行機に乗せられる。米軍の戦死者数は多国籍（軍）中最多で、二千人を超えている。さらにそこにカウントされない民間軍事会社の人間もあわせれば三千人近い筈だ。

民間軍事会社に所属しているのは、アフガニスタンに派兵され除隊となったあと、兵隊よりははるかに高い給料につられたり、軍人以外の職業を選べない者たちだ。銃が好きで、かたときも手離したくないのだ。

男も民間軍事会社に誘われたが、返事は保留していた。

撤退する米軍兵士といれちがいに、派遣される民間軍事会社の人間は増えている。アメリカ政府は、戦死者の増加に対する批判を避けるために、傭兵を使っているのだ。傭兵もその大半がアメリカ人なのだが、米兵の戦死者には含まれない。その死がニュースになることは少なく、会社から身内に通知がいくだけだ。

そこがアメリカだった。金がすべてを支配する国だ。金で命を買い、金で命を売る。

それを学んだだけでも、アメリカに渡り、軍隊に入った意味はあった。

男は出航したフェリーの甲板のベンチにすわり、

海を眺めていた。ガキの頃は、海と島だけの世界にうんざりしていた。ちがう世界にいきたいと願っていた。

そのちがう世界から帰ってみると、この瀬戸内海が特別だったことに気づいた。平和で変化に乏しい。それがどれほど尊いかを自分は知らずにいた。だからといって、ここには戻れない。傭兵となってアフガニスタンに帰るのも御免だ。

土埃と油と血と汗の匂いはたくさんだった。

特に油の匂いにはうんざりしていた。銃の油と装甲車の油だ。思いだすだけで吐きけがする。

サングラスをかけた男が不意に現われ、隣に腰をおろした。五十歳くらいだろうか。頭を剃り上げ、白いシャツにノータイでグレイのスーツを着けている。腹は少しだけでているが、同世代の中ではスマートなほうだろう。

「いい景色だね」

サングラスの男はいった。男は答えなかった。この景色をもっと目に焼きつけておきたい。

「加納《かのう》将さんだな」

気分を害したようすもなく、サングラスの男はつづけた。

「モーターボートに乗っていたのはあんたか」

男はいった。

「やはり気がついていたかね。さすがは歴戦の勇士だな」

男はサングラスの男を見ずに答えた。

「双眼鏡のレンズが光っていた。戦場じゃ格好の標的になる」

「撃たれなくてよかった」

サングラスの男は淡々といった。

男は首をふった。

「銃なんかもってない」

「もちろんわかっている。関空についたときから見張っていたからな」

「それでもパクるんだろ」

男がいうと、サングラスの男は黙った。フェリーは刻々と進んでいく。

「それは私の仕事じゃない」

やがてサングラスの男はいった。

「刑事なんだろ。それとも管轄ちがいって奴か。だったら俺をつけ回すな」

「確かに私は大阪府警の人間ではない。だが君にでていた傷害容疑の逮捕状は、海外出国により時効停止になっている筈だ」

「やっぱりパクるのじゃないか」

「場合によっては、大阪府警にひき渡すかもしれない」

男はサングラスの男に目を向けた。

「場合によっては？」

そして自分とサングラスの男がすわるベンチの周囲を三人の男が囲んでいることに気づいた。服装はスーツやジーンズなどだが、警察官の匂いがぷんぷんする。

「不思議だな。日本でもアメリカでもお巡りの匂いは皆同じだ」

男はいい、大きく息を吐いた。

「いいぜ、パクっても。覚悟して帰ってきたんだ。じゃなけりゃ墓参りになんていきやしない」

「協力をお願いしたい」

サングラスの男がいった。

「何の協力だ。日本に知り合いなんかいない。昔の仲間なんてとっくに切れてる」

「だが身内はいる。君の双子のお兄さんだ」

いって、サングラスの男はジャケットから黒革のケースをとりだした。開いて男の鼻先につきだす。金色のバッジがはまっていたが、その中心に「麻」という文字が入っている。

二つ折りのケースの上段には写真入りの身分証がおさまっていた。

「厚生労働省　司法警察員　麻薬取締官　菅下清《すがしたきよ》志《し》」

「麻薬取締官?」

男はつぶやいた。

「そうだ。アメリカのDEAと同じだと思ってもらえばいい」

菅下は答えた。

「それと良と何の関係がある? あいつをつかまえるのか」

男が訊ねると、菅下は深々と息を吸いこんだ。

「兄さんとはずっと連絡をとっていなかったのだな」

男は顔をそむけ海を見つめた。

「家をでてから一度だけとった。二十年前だ」

「そのとき兄さんは何をしていた?」

「大学生だ。薬科大に入ったといっていた」

「その後のことは知らないのか」

「何も知らない。あいつの人生にかかわらないでいようと思った」

答えて、男は菅下を見つめた。

「答えろよ。良は何をやったんだ? なぜつかまえる?」

菅下は無言で見返していたが、やがて海に目を向け、答えた。

「君の兄さんは我々と同じ麻薬取締官だ。潜入捜査中に連絡がとれなくなり、じきひと月になる」

2

フェリーが姫路に到着すると、菅下とともに加納将は新幹線に乗った。新大阪に向かい、新大阪駅に迎えにきていたワゴン車で大阪市中央区の谷町四丁目交差点に面する建物に運ばれた。同じ建物には、近畿厚生局麻薬取締部の他に近畿財務局や外務省大阪分室などの政府機関が入っていた。

「なるほど。ここならすぐに俺をひき渡せるな」

案内された部屋の窓から外を眺め、加納将はいった。本町通をへだて、すぐ向かいに大阪府警察本部がある。

「まあすわりなさい」

菅下はいって、丸い会議机の椅子をひいた。

加納将は腰をおろした。部屋の扉がノックされ、黒のパンツスーツを着けた若い女が、コーヒーの入った紙コップと書類ホールダーを運んできた。将には目もくれない。

「てっきり取調室だと思ったが、そうじゃないんだ」

将はいった。

「そういう設備はない。必要なら府警に借りる。ここは純粋な役所だ」

菅下は答え、じっと将を見つめた。やがて小さく首をふった。

「やはり双子だ、本当に似ているな」

「誰と？　良と、か。そんな筈ない。あいつは俺より細かった」

将はいった。サングラスを外した菅下の目は鋭かった。背筋もまっすぐのびていて、警察官というより軍人のように見える。

菅下は無言で書類ホールダーを開き、はさまれていた写真をすべらせた。

すべてスナップ写真だ。街頭やレストラン、車の運転席にいる将の姿が写っている。だが将ではない。体つきはそっくりだが、わずかに色が白く髪も長い。

「なんだ、これ」

将は思わずつぶやいた。

「あいつ、太ったな」

「太ったのではない。大学でレスリング部に所属し、体を鍛えたんだ」

「レスリング？　あいつが」

菅下は頷《うなず》き、将を見た。

「強くなりたかったのだそうだ」

将は無言だった。

「なぜ強くなりたかったのか、理由がわかるかね？」

菅下が訊ねた。

見当がつかないわけはなかった。だが、

「いいや」

と将は首をふった。菅下は小さく頷いた。

「そうか」

「あいつはいつからおま、いや麻薬取締官になったんだ？」

「大学をでてすぐだ。薬剤師の資格をとり、厚労省麻薬取締部に入った」

「薬剤師になったのに、か」

「麻薬取締官には薬剤師の資格をもつ者が多い。麻薬などの薬物を扱うのに必要だからな」

「俺が訊きたいのは、奴がなぜふつうの薬剤師の道を進まなかったかだ」

菅下はホールダーをめくった。

「確か君らの叔父は、高松で薬局を経営していたのだったな。君らを八歳のときにひきとった――」

「薬局を継ぐのだと思っていた」

「その叔父さんは、十八年前に亡くなった。薬局に押しこんだ強盗に殺されたんだ。犯人は麻薬中毒患者で、とりおさえようとして刺されたようだ」

菅下は将を見つめた。

「これで答になるかな」

「叔父さんの敵《かたき》をとろうと思ったってことか」

「麻薬中毒患者をつかまえたいのではなく、麻薬を作り、運び、売るような人間をつかまえたいと思ったのだそうだ」

「なるほどね」

叔父が死んだことは知らなかった。知らせようにも、連絡のつかないところに自分はいた。カリフォルニアで悪事を重ねていたのだ。陸軍を志願したときも身寄りはなしと書いた。

「真面目なあいつらしい」

「加納は、進んで危険な任務をやりたがった。誰もが嫌がるようなドラッグディーラーとの接触や情報収集に率先してあたった。だからといって無鉄砲だったわけではない。麻薬取締官は単独での捜査も多い。頭が切れ勘がよくなければ、任務に失敗するし、場合によっては危険な状況におちいる。加納は優秀なマトリで根性もあった」

「マトリというのか」

菅下は頷いた。

「根性があるように見せたかったのじゃないのか」

将がいうと、菅下は目を細めた。

「どういう意味かね」

「良は本当は臆病だった。臆病な奴ほど強がる」

菅下の目に怒りが浮かんだ。

「確かに君は軍隊でさまざまな経験をしたかもしれないが、マトリをなめてもらっては困る。覚せい剤のフラッシュバックを起こし、ドスやチャカをふり回しているようなチンピラを、銃を使わずとりおさえられるかね。撃つのは簡単だ。だが撃ってしまったら、情報は得られない」

「情報?」

「君ら兵隊は敵を殺すのが仕事だ。我々は、麻薬や覚せい剤などの違法な薬物が蔓延《まんえん》するのを防ぐのが仕事だ。そのためには容疑者を殺してしまっては何の役にも立たない」

「そうか? 中毒してる奴らを皆殺しにすれば、話は早いだろ」

菅下はあきれたように息を吐いた。

「本気でそう思っているのか?」

「できるかどうかは別にして、そうすりゃいなくなる」

「君はクスリをやったことがあるか?」

「ないわけじゃない」

「どう感じた?」

「別に。アルコールとたいしてちがわないと思った」

「それだけか?」

「酔っぱらいは酔っぱらいにやさしい。だがジャンキーはジャンキーをカモろうとする」

「なるほど。おもしろいたとえだ」

「酒はいきなり酔ったりはしない。調整できる。だがドラッグは――」

将は指をパチンと鳴らした。

「いきなりくる。ハイになってからヤバいと思ってもどうしようもない」

「つまりコントロールできない？」

わずかに間をおき、

「そうだな」

と将は答えた。

「まさにヤク中が求めているのがそれだ。じょじょに酔うなんてまだるこしいことは御免だ。一瞬で、このくさくさした浮き世を忘れたい。ハイでもダウンでも、とにかくすぐに酔いたい。そういう連中がはまる。たとえ何千人を殺してもヤク中はいなくならん。なぜか。自分が酔っているだけで、他人に迷惑はかけていないと思っているからだ。もちろんまちがっている。クスリ代欲しさに強盗をしたり、フラッシュバックでぶっ飛んで人殺しをする奴もいる。エイリアンと戦っているつもりでな」

菅下はいった。

「酒も同じだろう。酔っぱらいは喧嘩をふっかけるし、酒代欲しさに強盗をするアル中もいる。酒とドラッグのちがいは、法律で認められているかどうかだけだ」

将はからかうように答えた。

「その通りだ。だからこそクスリは莫大な利益を生む。違法薬物がこの世から消えることはない。法律が禁じても禁じても、次から次に新しいクスリが生まれている。それが大金になると見れば、扱う人間、組織も増える。永久に終わらない追っかけっこだ」

菅下は将の目を見つめた。

「人間に欲がある限り、いくら中毒者を殺してもなくならない」

将は肩をすくめた。

「つまり、人間がそういう生きものだってことだろう。酒だろうがドラッグだろうが、気持よくなるためなら、何でもする」

菅下は頷いた。

「だからこそ放置はできない。麻薬組織や密売人を野放しにすれば、中毒者はただ増える一方だ」

「あんたたちは決して勝ち目のない戦争をしているってことか」

「はっきりいえばそうだ。だからこそ強い意志が必要になる」

将はしばらく黙っていたが口を開いた。

「今日より明日がよくなると思っている人間はドラッグには手をださない。未来に何の希望もなく、この世の中はクソでしかないと思えば、ドラッグくらいしか楽しみがなくなる。学校にいきたくともいけない、働きたくとも勤め口がない、俺が知っているジャンキーはそんな奴ばかりだった」

「君はなぜその仲間入りをしなかったんだ?」

「わからない。たぶん、いつか別の生きかたができると思っていたからだろう。島に帰って静かに暮らすのに、ドラッグは必要ない」

「後悔しているのか? 故郷をでていったことを」

将は菅下をにらんだ。

「そんな質問には答えない」

菅下は将を見返し、いった。

「加納は後悔していた。君が故郷をでていくのを止めなかったことを」

将は息を吸いこんだ。

「あいつには関係ない」

菅下はおだやかに、

「そうかな?」

と訊き返した。

「あいつが何を話したのかは知らないが、俺がでていったのは、俺がそうしたかったからで、頼まれたからじゃない」

将は語気を強めた。菅下は目をそらし、窓の外を見やった。

「加納は君のことを気にかけていた。君が麻薬中毒患者になっているのではないか。麻薬組織のために働くような人間になっているのではないか、とね」

「馬鹿だ」

「馬鹿は君だ。ひと言、アメリカにいて元気でやっている。軍隊にいると教えてやれば、そんな心配をしないですんだ。加納はどこかで君と会うのじゃないか、君を逮捕することになるのじゃないか、と不安を抱えて仕事をしていた。加納の大胆な捜査も、それが理由だ。その結果、加納は行方不明になった。君がもし、今どこで何をしているかを知らせてやっていたら、こうはならなかった」

「俺に責任があるってのか」

菅下は将に目を戻し、答えた。

「そうだ」

「ふざけるなっ」

将は立ちあがった。

「良がどれだけ立派な麻薬取締官かは知らないが、俺とは何の関係もない。あいつがやりたくてやっていることだ」

「すわれ。まだ話は終わっていない」

「説教する気なら、さっさと俺を大阪府警にひき渡せ。二十年以上会っていない奴の行方がわからないからって俺のせいにされるのは御免だ」

「すわれといっている」

厳しく菅下はくり返した。

「兄貴とちがって、君はさんざん人生を遠回りしてきた人間だ。ここで十分二十分使ったところで、どうということはないだろう」

将は菅下をにらみつけた。

「話を聞いてもいいが、あとであんたを一発殴る」

菅下は首を傾《かし》げた。

「殴りたければ、そうしろ」

将は腰をおろした。

「じゃあ聞こう」

「近年、東京を中心にまったく新しい、覚せい剤の密売組織が出現し、活動している。本来覚せい剤の密売は暴力団の縄張りだ。指定広域暴力団の多くは、表向き覚せい剤を禁じているが、末端の組員にとっては、なくてはならないシノギだ。暴力団排除条例によってどんどんさわれるシノギがなくなりつつある今、クスリの密売からは手を引けないというのが実情だ。だが、我々がつきとめた新たな組織は、ＳＮＳを使い、クスリをデリバリィすることで、暴力団とは無関係の密売網を築いている。中毒者からの依頼があると、売人はバイクや自転車で中毒者のもとにクスリを届けるが、代金はネットで決済し、ブツの引き渡しも宅配ボックスなどを利用するから互いに顔を合わせない。売人もまた同じ方法で元締めからブツを受けとっているらしく互いの素姓を知るということがない。中毒者を検挙しても、売人との連絡手段がＳＮＳであるため、たどるのは容易ではない」

「やりようはある筈だ。ジャンキーを泳がせて、届けたプッシャー《売人》を監視する」

「まったくその通りの方法を、東京のマトリがとった。が、何度やっても監視の途中で売人が姿を消してしまい、元締めに接触するところをおさえられなかった。監視がバレていたとしか考えられない」

「スパイがいるんだ」

菅下は小さく頷いた。

「スパイがいるかどうかは不明だが、取締官の面《メン》が割れていることはまちがいない。そこで東京で面の割れていない加納に、売人との接触が命じられた。接触は成功し、加納は密売組織に潜入した。それが二ヵ月前のことだ」

「良はプッシャーをやったのか」

菅下は首をふった。

「用心棒だ」

「用心棒？」

「新たな密売組織を追いかけているのは我々だけではない。シノギを荒された暴力団も同様だ。田島組系の北島会《ほくとう》という暴力団が、密売組織の売人をたどって元締めをつきとめようとしていた。以前使っていた売人が、北島会から新しい密売組織に鞍替えしたようだ。売人は行方不明だったが、み月前に死体で見つかった。それからひと月のあいだに、売人四人が襲われた。路上で囲まれ所持していたクスリを奪われたり、自転車やバイクに車をぶつけられた。明らかに北島会による嫌がらせだ」

「それで用心棒か。じゃあ良は、その北島会に殺されたのかもしれない」

将は険しい表情になった。

「殺されてどこかに埋められたのじゃないか」

「その可能性もあるが、密売組織のことを調べようと拉致された可能性もある。北島会には、海老名《えびな》という切れ者がいる」

菅下はいって書類ホールダーから新たな写真をだした。面長で耳が尖《とが》り、オールバックに髪をなでつけた男が写っている。

「北島会のクスリのシノギを仕切っている。海老名なら、潰す以外のことを考える」

「潰す以外のこと？」

将は菅下を見つめた。

「北島会が最も知りたいのは、クスリの供給ルートだ。どこからどうやってクスリをもちこんでいるのか。それが安全で確実なルートなら、そっくり自分たちのものにしようと考える筈だ」

「良はそれを知っていたのか」

「わからない。密売組織に潜入してからは正体が露見するのを防ぐため、極力、接触を避けていた。密売組織は摘発を警戒して構成員に私物の携帯電話の所持を許さず、専用の携帯を支給していた。だからメールやラインでも加納と連絡がとれなかった。用心棒をつとめている加納の姿を東京のマトリが視認していて、それが先月の八日だ。以降、加納の消息は不明だ」

「先月の八日なら二十四日前だ」

将はつぶやいた。

「考えられる可能性はふたつある。まず、密売組織に正体が露見した。次に北島会に襲われた」

菅下がいうと、

「どちらにしても殺されてる」

将はいった。

「だとすると死体が見つからないのはなぜかね。潜入捜査が発覚すれば、殺して、見せしめにするのが麻薬組織の常だ。構成員の顔を知る取締官を生かしてはおかない」

将は息を吸いこんだ。

「死体をこっそり処分したんだ」

「つまり見せしめにはしなかった？　その理由は何だ」

「マトリじゃない俺にわかるわけがない」

「その答が、さっきの君の言葉だ。スパイがいる、といったな。スパイが加納の正体を密売組織に知らせたのだとすれば、加納の死体が見つかるのは困る」

「良が殺されたのは、スパイが正体をバラしたからだとわかってしまう、か？」

将が訊くと菅下は頷いた。

「その通りだ」

「マトリの中にスパイがいるんだな」

「マトリとは限らない。警察官かもしれない。密売組織につながっている警察官が加納の正体を暴いた可能性もある。指紋を調べれば、麻薬取締官の身分が発覚する」

将は黙って考えていた。

「だが、殺されたと決まったわけではない。拉致され監視下におかれている可能性もある」

菅下はいった。

「何のために？」

「北島会なら覚せい剤の供給ルートを吐かせる。密売組織なら、マトリがどこまで組織の実態をつきとめているのかを知る」

将は首をふった。

「どっちにしたって一ヵ月近くもかける筈がない」

「第三の可能性もある」

「第三？」

将は菅下を見つめた。

「加納本人が自分の意志で姿を消した」

「何のために？」

「君がいったように麻薬取締官は決して勝ち目のない戦争をしている。君は、戦争に疲れることはなかったか？」

将は息を吐いた。

「うんざりした。今もしている」

「加納にも同じことが起こった。覚せい剤の取引には大金が動く。その大金をもたらすのは、クズのような中毒者たちだ。そんな連中をひとりでも減らそうと命がけで戦っても、決して勝ち目はない。それならいっそ、密売組織の中で上り詰め、大金を得てやろうと考えたのかもしれん」

将は首をふった。

「いったろう。良は小心者なんだ。そんな度胸がある筈ない」

「今の加納は、君の知る加納ではない。マトリとして修羅場をくぐっている」

将は菅下を見つめていたが、

「所帯は？　良は結婚していたのか」

と訊ねた。

「いや、君と同じで独身だった。ただ――」

菅下は言葉を濁した。

「ただ何だ？」

「東京で知り合った女性と親密な関係になっていた」

「どんな女だ？」

菅下は答えず、身をのりだした。

「我々に協力するか」

「何をさせたいんだ?」

「加納の行方を探してもらいたい」

「俺が?」

「東京にいき、加納と接触があった人間に会うだけで、情報が得られる筈だ」

「つまり、良のフリをしろ、というのか」

「そうだ。君が双子の弟であることは、東京のマトリにも警察官にも知らせない。もしその中にスパイがいれば、恐慌をきたす。自分の正体を暴かれるのではないか、とな」

「バックアップは?」

「私と、信頼のおける近畿麻薬取締部の人間だけだ。東京の人間は一切信用しない」

将は首をふった。

「ずいぶんなことをさせようというんだな。良には、裏切り者が混じっていたかもしれないが東京のマトリがついていた。だが俺にはそれすらなしで、殺されたかもしれない良のフリをしろ、と」

「そうだ。加納にかわってスパイを炙《あぶ》りだし、密売組織の実態をつかんでもらいたい。君には加納以外の家族もいない。その上、兵士として訓練を積んでいる。勲章をいくつももらっているな」

「調べたのか」

「DEAにいる知り合いを通じてアメリカ陸軍に問い合わせた。君が歴戦の勇士だとお墨つきがでた。必要なら、素手でも人を殺せると」

「殺せるかもしれないが、人殺しが好きなわけじゃない」

将は菅下をにらんだ。菅下は動じるようすもなく、いった。

「加納の消息をつきとめられるのは君だけだ」

将は深々と息を吸いこんだ。

「引き受けてくれるなら、最大限のバックアップはする。東京での君の行動は、麻薬取締官の捜査活動に準ずるものとして、法的な責任を問われない。活動資金も提供する、ただしあくまでも秘密は守ってもらう」

「武器は？　銃はもてるのか」

菅下は首をふった。

「それは無理だ。加納も丸腰だった」

将は考え、いった。

「つまりあんたは、身内のスパイをこっそりつきとめたいってわけだ。そうだろう？」

「麻薬取締部内にスパイがいる可能性は否定できない」

無表情に菅下は答えた。

「スパイがわかったらどうする？　黙ってクビにするのか？　それとも――」

「君が知る必要はない」

「だがそいつのせいで良が殺されたのだとしたら、放ってはおけない」

菅下は冷ややかな目を将に向けた。

「ここだけの話、それを君がするというのなら、あえて止めはしない。密売組織に関する情報を十分に入手してからなら」

「本気でいっているのか」

「私は変わり者だ」

菅下は答えた。

「俺に良のフリをさせるのも、あんたのアイデアか」

「そうだ。裏切り者は決して許さない」

将は菅下を見つめた。

「良が裏切り者だったら？　そのときはどうする？」

菅下はすぐには答えず、将を見つめ返した。やがていった。

「そのときは、私に任せてもらいたい」

将は目をそらした。窓から見える大阪府警の建物に視線を注いだ。

「どちらを選ぶ？　あそこにいくか、東京にいくか」

菅下が訊ねた。

3

近畿麻薬取締部をでた将は、新大阪から新幹線で名古屋に移動した。その夜遅く、名古屋駅発の高速バスに乗りこみ、翌早朝に新宿に到着した。

夜は明けていたが、まだ六時前だった。新宿駅からＪＲに乗った将は池袋に向かった。

池袋駅西口をでると徒歩で北に向かう。池袋にくるのは初めてだったが、菅下から渡されたスマートホンの地図アプリのおかげで道に迷うことはなかった。将自身の携帯はずっと電池切れのままスーツケースの中だ。

「慶州大酒店」という看板をかかげたビルの前で将は立ち止まった。名前こそ豪華だが、古びた七階だてのビルだ。小さく「ＨＯＴＥＬ」と記されている。紫色のガラスがはまった自動扉は、まるでラブホテルのようだ。実際、内部に入ると、「ＦＲＯＮＴ」と表示されたカウンターは客と目を合わせないような造りになっていた。

カウンターに歩みよった将は、

「シュウさんの紹介できた」

と内側の人間に告げた。無言で鍵がつきだされた。「７０１」と番号の入ったプラスチック板がついている。

それを手に将は小さなエレベータに乗りこんだ。内部には中国語のポスターが貼られている。どうやらルームサービスの紹介らしい。中華料理から寿司まであるようだ。

腹は減っていたが、何よりシャワーを浴び、ゆっくり寝たかった。日本に向かう飛行機からずっと、まともな睡眠をとっていない。７０１号室は、最上階の廊下のつきあたりにあった。キングサイズのベッドに安物の応接セットがおかれている。

スーツを脱ぎ、クローゼットにかけると将はバスルームに入った。趣味の悪い、ピンク色の椅子がおかれていて、明らかにすわる以外の目的に使うと思《おぼ》しい凹みがある。

それを足で押しやり、将はシャワーを浴びた。バスルームをでると、ひっぱってきたスーツケースを開いた。

軍隊の経験で、パッキングと必要最小限の荷物で移動するのは得意になった。スーツケースの中には替えの下着とジーンズ、シャツ類以外は、ほとんど私物がない。軍隊での思い出の品は勲章も含め、除隊したときにすべてサンディエゴの知り合いの家に送ったきり、とりにいっていない。今後アメリカで暮らすか日本に戻るかを決めずに、故郷を訪ねたのだった。

生活手段を考えれば、退役軍人に支援のあるアメリカで暮らす他ないだろうと思っていた。それが、菅下の出現でかわった。

良が麻薬取締官になっていたとは、まるで想像もしていなかった。

Tシャツとトランクスを着け、備え付けの小さな冷蔵庫を開けた。缶ビールとコーラが入っている。缶ビールを手に、応接セットの椅子にかけた。

かたわらに小さな窓がある。開くと一メートルとおかず、隣のビルの外壁があった。にもかかわらず、騒音とハッカクの匂いが流れこむ。

ハッカクの匂いが妙になつかしい。アメリカに渡ってしばらくサンフランシスコにいたことがあった。サンフランシスコのチャイナタウンに近いアパートで本名も出身地も知らない東南アジア人三人と共同生活を送った。

食事はいつもチャイナタウンの安いテイクアウトだった。チャイナタウンに足を踏み入れるたび、ハッカクの匂いを嗅いだ。

漢字が並んだ看板に最初は親しみを覚えたが、同居していたひとりがチャイナマフィアに殺されたのを機にそのアパートをでた。

殺された男の、仲間だけの葬儀に呼ばれ、初めてベトナム人だったことを知った。チュウといった。

ハッカクの匂いを吸いこみながらビールを飲んだ。テーブルにおいたスマートホンが小さな音をたてた。

菅下からのメールが届いたのだった。

〈港区赤坂三丁目に『ダナン』というレストランがある。そこで働く、マイという女性が加納と交際していた。接触すれば情報を得られるかもしれないが、加納の行動範囲に足を踏み入れる以上、警戒は怠るな。このメールもすぐに消せ〉

〈その女は信用できるのか？〉

将はメールを返した。

〈不明だ〉

そっけない返信だった。将は苦笑し、メールを消してスマートホンをテーブルに戻すと、缶ビールを飲み干した。ベッドに仰向けに横たわる。

大きな息を吐き、天井を見上げた。

良が生きているか死んでるか、まずはそれを確かめる。

予感めいたものは何もない。アフガニスタンの経験で、生死に関する予感ほどあてにならないものはない、と学んだ。

今度こそ生きのびられないといっていた奴が奇跡のような生還をとげ、俺は不死身だとほざいた奴が、その直後流れ弾に頭を吹き飛ばされた。

双子だから、互いの身に何かあったらわかるなんて嘘っぱちだ。二十年も離れていたら他人とかわらない。街で会っても、そうと気づかないかもしれないとまで思っていた。

それが写真を見てびっくりだ。遠く離れた地でまるでちがう時間を過ごしてきたというのに、自分でも驚くほど似ていた。

もっともそうでなければ、菅下はこんな真似をさせなかったろう。

菅下の考えはわかっている。マトリの中にいるスパイをつきとめたいのだ。自分はそのための囮《おとり》だ。

良のことは部下だと思っているかもしれないが、将の身に何があろうと眉ひとつ動かさないだろう。

それでも菅下の依頼をひきうけたのは、良がどうなったのかを知りたかったからだ。二十年会っていなかった兄がどんな奴だったのかも知りたい。

良が将の身を心配していたという菅下の言葉は、正直嬉しかった。同時に馬鹿な奴だ、とも思った。

良は自分に負い目を感じている。その理由は、良と自分だけの秘密だ。

今となっては、どうでもいいと将は思っていたが、良にはちがったようだ。

それが理由で良が無茶をして殺されてしまったのだとしたら、菅下がいうようにひと言、近況を知らせるべきだったのか。

わからなかった。

自分のことなど忘れてくれ、と将はずっと思ってきたのに。

「馬鹿」

天井を見上げながら将はつぶやいた。

4

中国語の叫び声に、目が覚めた。腕時計をのぞくと午後四時を回っていて、将は驚いた。八時間以上、眠っていたようだ。

中国語がまた聞こえた。女の声だった。誰かを罵《ののし》っているようだ。

激しい尿意を覚え、トイレに立った。

テーブルにおいていたスマートホンを手にしたが、菅下からのメールはきていなかった。

アプリで「ダナン」までの道のりを検索した。どうやら地下鉄一本でいけるようだ。東京の地下鉄はまるで迷路だから、乗り換えなしですむのはありがたい。

ジーンズをはき、Tシャツの上にダンガリーのシャツを羽織って部屋をでた。

財布の中には、当座の活動資金として渡された五十万円のうちの十万円が入っている。残りの四十万はスーツケースの中だが、盗まれる心配はしていなかった。もし盗まれたとしても、このホテルを紹介したのは菅下だ。

一階に降りると、フロントに鍵を預け、ホテルの外にでた。

地理を知るためにホテルの周囲を少し歩き回った。腹ごしらえもする。

あたりはまるでチャイナタウンだった。並んでいるのはどれも中国人の店で、客も通行人もほとんどが中国人だ。日本人のほうがはるかに少ない。

このあたりだけがそうなのか、池袋全体がチャイナタウンなのかわからなかったが、むしろ将はほっとした。初めてきた東京で〝田舎者〟と感じないですむ。自分もこの中国人たちと同じく異邦人だと思えるからだ。

駅の反対側にも中国人はおおぜいいた。買物にきたのか、大きなスーツケースや段ボールをくくりつけたキャリアーをひっぱっている者も多い。

池袋の東口は、西口ほど多くはないが、それでも歩いている人間の半数近くが日本人ではないようだ。

日本はいったいいつから、こんなに外国人だらけの国になってしまったのだろう。

アメリカに渡った直後、あまりに多くの国の人間がそこで暮らしていることにとまどったのを思いだす。肌の色だけではどこの出身かがわからず、ましてや言葉を聞いてもさっぱりだった。

ただ英語が母国語でない国出身の人間とは、むしろコミュニケーションが楽だった。互いに使える英単語が少なく共通していたからだ。

アメリカに渡ってきた人間は皆英語を覚えようとする。そんなとき役に立ったのは、子供向けのアニメ番組だ。

ニュースやトークショー、ドラマと異なり、難しい単語が流れないし、ストーリーも単純で、登場人物が何をいっているのか想像がつく。

アメリカ人なら十歳を超えたら見ないようなアニメ番組で英語を覚えた。

この街にいる中国人も、皆日本のアニメ番組を見るのだろうか。

それはないだろう。この連中の大半は旅行者だ。日本にきて観光をし、うまいものを食い、土産を買って帰っていく。日本語など覚える必要がない。その証拠に、街のあらゆるところに、英語、中国語、ハングル文字の看板がでている。

八歳まで育った島に、外国人はひとりもいなかった。

大阪には、中国人と韓国人の知り合いがいた。アメリカでは自分が外国人だったが、誰も珍しがらなかった。

そして今、自分はベトナム料理店を訪ねようとしている。働いているのはベトナム人だけなのか、日本人もいるのか。"マイ"とは日本人なのか。まるで見当がつかない。

ただ何人《なにじん》であろうと、良とつきあっていたのなら日本語が話せるにちがいない。

将は地下鉄に乗りこんだ。

アプリの指示にしたがい、赤坂見附駅で地下鉄を降りる。

地上にでたのは午後六時過ぎだった。まだ明るく、むっとする暑さだ。

「ダナン」は地下鉄の駅からほど近い、雑居ビルの二階にあった。エレベータではなく、外階段であがる仕組だ。その階段には熱帯樹の鉢植えが並んでいる。

外階段が面した道には路上駐車の列があった。将が階段を見上げていると、そのうちの一台のドアが開き、男が二人降りたった。

将は気にとめず階段を上った。

「イラッシャイマセ」

訛《なま》りのある声がかけられた。白いシャツを着たボーイが並んだテーブルの奥にいる。色が黒く、風貌からベトナム人だろうと将は思った。

「三人様デスカ」

ボーイが訊ね、将はすぐうしろに二人の男が立っていることに気づいた。

「そうだ」

男のひとりが答えたので、将は男を見た。

ボーイが空いているテーブルのひとつを示した。半分近いテーブルが埋まっている。

答えた男はノータイでスーツを着け、髪をオールバックにしている。サラリーマンに見えなくもないが、もうひとりは小柄で目つきが悪い。顎《あご》を引き、下から将をにらみつけていた。

「何なんだ、あんたら」

「いいからすわろうや。あんたと話がしたくてずっと待ってたんだよ」

オールバックの男は答えた。

「知り合いか？　俺たちは」

将は訊ねた。

「いいや。だがこれから仲よくなれるかもしれん」

将はにらんでいるもうひとりの男に目を移した。歳は三十そこそこだろう。スーツを着ていなければ、ただのチンピラだ。

「仲よくなりたいようには見えないな」

「ああん？　何だと、この野郎」

チンピラは顎をつきだした。

「よせ。下の車で待ってろ」

オールバックの男がいうと、チンピラは視線をはずした。小さく頷き、無言で店をでていく。

「これで邪魔はいなくなった。さっ」

男がうながし、将はテーブルについた。向かいに男もすわる。

「あんたの名前は？」

「小関《こせき》ってんだ。よろしくな、西田《にしだ》さん」

西田？と訊き返しかけ、将は言葉を呑みこんだ。

良が偽名を使っていたとは菅下から聞いていない。だが麻薬組織に潜入しようというのだから、本名を名乗っていたとも思えない。

「どうして西田だと知ってるんだ」

　将はいった。小関はにやりと笑った。

「そんなことはすぐにわかるさ。青山霊園で、うちの若い者をかわいがってくれたろう。すぐに調べさせた。支部長と仲よくやっているらしいじゃないか」

「支部長？」

「自転車《チャリンコ》部隊を束ねている野郎だ。支部長と呼ばれてるんだろう。調べはついてる。それにあんた、西《にし》の出だろう」

　小関は将を見つめた。将は無言で見返した。

　下手なことをいうと、偽者だとバレるかもしれない。

「いらっしゃいませ」

　黒いカバーのメニューがさしだされ、将は顔を上げた。タキシードスーツを着た、彫りの深い女が立っていた。大きな瞳は濡れたように黒く、光沢のある、キメの細かい肌をしている。

「こりゃ美人だ」

　小関がつぶやいた。女は優雅に頭を下げた。

「ありがとうございます。メニューをどうぞ」

「ビールをくれや」

　小関はメニューには目もくれずいった。

「ベトナムビールでよろしいでしょうか。日本とタイのビールもございますが」

「日本のビールだ」

　女は将に目を移した。瞳をのぞきこみ、

「こちら様は？」

　と訊ねる。意味深な視線だった。

「ジンリッキーを」

「ジンリッキーですね。承知いたしました。お料理のほうはいかがいたしましょう？」

「あとにしてくれ」

小関がいい、女はメニューをひっこめた。

「承知いたしました」

店の奥に戻っていく。将は小関とそれを見送った。

「あんた、ここがどんな店だか、知っていてきてるんだろうな」

小関がいった。

「どんな店なんだ?」

将は小関を見た。

「とぼけるなよ。グエンの野郎が三日とあげず、この店にはきてるって話だ。案外、さっきの女がレコなのかもな」

「グエン?」

小関はわざとらしく目をみひらいた。

「知らないのかよ」

「ああ」

小関は首をふった。

「とぼけた野郎だな。あんたグエンとコネをつけたくてここにきてるんだろう」

「何のためにコネをつける?」

小関の目に怒りが浮かんだ。

「いい加減にしろや。素人どうしじゃねえんだ」

「オ待タセシマシタ」

トレイを手にしたボーイが現われた。ビールとジンリッキーの入ったグラスが載っている。

「さっきの姐さんはどうした?」

尖った声で小関は訊いた。

「姐サン?」

「メニューをもってきた女だ」

「マイサンデスカ」

ボーイがいったので、将は息を吸いこんだ。

「マイってのか、あの女」

「ハイ。マイサンハマネージャーデス」

「ほう。偉えんだな」

「マイサン、急用デ帰リマシタ」

ボーイはいって、グラスをおくとテーブルを離れていった。

「残念だったな」

将はいった。

「別にどうってことはねえよ。ベトナム女に興味はねえ」

小関はビールのグラスをもちあげた。

「じゃあ、よろしくな西田さん」

「あんたはいろいろと俺のことを知っているようだが、俺はあんたのことを何も知らない。不公平じゃないか」

将はグラスを合わせた。

「別に話すようなことは何もねえよ。俺はケチなサラリーマンだ」

「サラリーマン？」

「そうさ」

小関は肩をそびやかした。

「見えねえか、サラリーマンに」

「外見は、な。中身は極道のようだが」

「やめてくれ。今どき極道なんていったら、コーヒー一杯飲めねえぞ」

小関は首をふった。

「どっちなんだ？」

「あんたこそどっちなんだ。本当は、うちと同じで奴らのルートを狙ってる西の人なんだろう？　西の人間だから西田って名乗ってるだけで」

「つまり偽名だと？」

「当然じゃねえか。うちの調査能力をなめるなよ。あんたみたいに腕の立つ人間のデータが何もない筈ねえ。つまり名前も何も嘘っぱちで、奴らの組織をそっくり乗っ取るのが狙いなのだろう」

「奴らって誰だ？」

「おい、いい加減にしねえと怒るぜ。こっちは穏便に話を進めようってのに」

小関は目を細めた。

「わかった。話を整理させてくれ。あんたはどこかの、サ、ラ、リ、ー、マ、ン、で奴らとやらのルートを狙っている。俺も同じサラリーマンだが、関西の会社の人間で、奴らとやらの組織を乗っ取りにきたのだとあんたは思っている」

「その通り」

「つまりあんたと俺はライバルってわけだ」

将がいうと、小関はビールをひと口飲んだ。

「そこが相談て奴だ。今どきドンパチなんざはやらねえし、一発でも音が鳴れば、デコスケどもが雪崩を打って襲いかかってくる。だから手を組まねえか。あんたはうまく奴らに入りこんだようじゃないか。俺らと手を組めば、奴らの組織をより早くいただける」

「それは狡《ずる》いな」

「狡いだと?」

「だってそうだろう。俺がもしあんたのいう通りの人間なら、体を張って奴らとやらの組織に入りこんだのに、あんたは外にいて危ない橋を渡らずに、山分けしようという」

「そうかもしれねえが、こっちはうちの縄張りであんたは余所者《よそ》だ。それくらいのハンディはしかたない。嫌だというのなら、あんたの命が縮むだけだ。いくらあんたの腕っぷしが強くても、人も道具もこっちが多い。それにうちの者をかわいがった落とし前もある」

「それは威《おど》しか?」

「そうじゃねえ。取引条件て奴だ。あんたは命拾いをして心強い仲間を得る。悪くないとは思わないか」

小関は平然といった。

「無理な説得に聞こえるが」

「嫌ならいいんだぜ」

将はジンリッキーを飲んだ。ジンが少なく、ほとんど炭酸水だ。

「考えさせてくれ」

「かまわねえよ。五分やる」

将は小関を見た。

「あんた、せっかちだな」

「東京ってとこはそれだけものごとが早く動くんだ。五分で短かいなら十分やる」

声を低くして小関はつづけた。

「いいか、下じゃさっきの野郎が待っている。ああいうちっこいのは怒ると見境がなくなるぜ」

「ちっこいのがどうしたっていうんだい」

しゃがれ声が降ってきて、将と小関はふりむいた。

ずんぐりとした体つきの女が立っていた。紺のパンツスーツを着け、男のように短かい髪をジェルで立たせている。身長は一六〇センチあるかどうかだろうが、スーツの袖や太股《ふともも》が筋肉ではち切れそうにふくらんでいて、まるでボディビルダーのような体つきをしていた。

小関が舌打ちした。

「オレの悪口をいってたろう」

しゃがれ声の女はいった。

「あんたの話なんかしてねえよ。この話は二、三日預けとくわ。考えておいてくれ」

いって小関は立ちあがった。

「何だい、逃げんのか」

しゃがれ声の女はいった。

「仕事があんだよ」

小関は早足で「ダナン」をでていった。フンと鼻を鳴らし、女は小関がほとんど口をつけなかったビールのグラスを手にした。気にするようすもなく、ごくごくと飲む。

空になったグラスをテーブルに戻すと、将をにらんだ。

「何をじろじろ見てる？」

「いや、ビールが好きなんだな、と思って」

しかたなく将はいった。

「喉が渇いていただけだ」

女はいい、今度は将のジンリッキーに手をのばした。

「飲まないならもらうよ」

将の返事を待たず、口をつける。

「何だい、こりゃ」

ひと口飲んでいった。

「ジンリッキーだ。かなり薄いが」

「ただの炭酸水だ」

女はいって将をにらんだ。

「で、北島会の小関と何を話していた?」

「北島会。あいつは北島会の人間なのか」

「何を今さらいってんだ」

女は首をふった。

「サラリーマンだと思ってた」

将がいうと、女の表情が険しくなった。

「とぼけるなよ。あんなカタギがいるわけないだろうが」

「そういうあんたは何だい? 別の組の人なのか」

将は女を見つめた。年齢は同じくらいのようだが、正体がまるでわからない。

「株式会社桜田門さ」

「桜田門?」

女は懐から黒いケースをだした。開いてバッジと身分証をつきだす。

「警視庁、組織犯罪対策部五課のダイブツだ」

実際「大仏香緒里」と記されている。

「笑うなよ。笑ったら張り倒す」

将が口を開く前に大仏はいった。

「いい名前じゃないか。一度聞いたら忘れない」

大仏の顔が赤くなった。が、将が真顔なので、怒りを抑えたようだ。

「お前の名前は?」

大仏は訊ねた。

「西田」

将は答えた。

「本名か」

「さあ。調べるのは仕事だろう」

「生意気なことをいうじゃないか。小関と何を話していた？」

「俺に恨みがあるらしい。チャラにしてやるから手を組めといわれた」

「恨み？」

「小関の会社の人間を俺がかわいがったというんだ」

「その話か」

大仏は驚いたようすもなくいった。

「どんな話なんだ？」

「北島会のチンピラが自転車部隊の小僧を待ち伏せて、青山霊園にひっぱりこんだ。そこに男が現われ、チンピラを叩きのめしたらしい」

「チンピラの数は？」

「二人か三人」

「それをひとりでやったのか。強いんだな」

良にそんな腕っぷしがあるとは驚きだった。

「何をいってる。自分がしたことだろうが」

「覚えがない」

「ふざけるな。被害届がでてないから調子にのってるのか」

大仏の顔が再び赤くなった。

「いつの話だ？」

将は訊ねた。

「ひと月前だ。ひとりは腕を折られた」

「詳しいな。北島会に知り合いがいるのか」

「クスリを扱ってる組なら、どこだろうと知ってる奴はいる」

平然と大仏は答え、将はその目を見つめた。

「何だい？」

大仏は訊ねた。

「いや、あんたは極道に好かれているのか嫌われているのか、どっちだろうと思ってな」

「オレのことを好いてる奴はいないね。嫌ってるか恐がってるか、どっちかだ」

大仏は将を見返した。

「小関はお前と手を組んでどうしようというん

だ？」

「いっしょに組織を乗っ取ろうと誘われた」

「なるほど、小関らしい」

大仏はつぶやいた。

「小関って、どんな奴なんだ？」

「腕っぷしはからきしだが、頭が回る。北島会の海老名の懐刀《ふところがたな》さ」

海老名の名は菅下から聞いていた。

「そうなのか」

「とぼけるなよ。お前が自転車部隊の用心棒をやっていることはわかってる。見かけない顔だし極道の匂いもしないが、いったい何者だ？」

「潜入捜査官さ」

大仏の目がみひらかれた。

「マトリなのか」

「なんて、な」

将が笑うと、大仏は目を吊りあげた。

「ふざけやがって。デカをからかうと痛い目にあうぞ」

「おっかねえ」

大仏は立ちあがった。指をつきつけ、いう。

「いいか、目を離さないからな。何かあったらすぐにパクってやる。覚悟しておけ」

店をでていった。残ったのは空のグラスふたつだ。勘定は将もちになりそうだった。

5

「ダナン」をでて、あてもなく歩きだした。

良が生きているなら、どこか近くにいるような気もする。

小関に大仏と、次から次に妙な奴が現われたが、二人とも良とはこれまで話したことがなかったようだ。なのに二人とも話しかけてきたのは、このひと月良の姿を見なかったからだろう。それが理由なら、二人とも良の身に何が起こったのかを知らない。

良をさらったか殺したのが北島会だったら、小関はまず驚いた筈だ。同様に大仏が良の正体を暴いた汚職警官でも、将がぴんぴんしているのを怪しんだろう。

とはいえ小関はもちろん、大仏も信頼できるとは限らない。二人が組んでいる可能性だってある。小関が嫌っているフリをして、大仏を将に信用させようという作戦だったかもしれない。

疑いだせばキリがない。もっと多くの人間から話を聞く必要がありそうだ。

赤坂には細い路地が多い。将があてもなく歩いていると、そのうちのひとつから自転車が飛びだしてきた。レーサータイプで、またがっている奴もヘルメットをつけている。

自転車は将の目前で急停止した。うしろが尖ったヘルメットにサングラスをかけた若い男が声をあげた。

「西田さん!」

将は思わず立ち止まった。

「どこにいたんです? ずっと捜してたんすよ!」

「俺をか?」

「あたり前じゃないすか。支部長だって心配してます」

男はサングラスを外した。まだ二十そこそこの若者だ。将を見つめる。

「体の具合でも悪かったんですか」

将は顔をそむけた。あまりじろじろ見られると偽者だとバレるかもしれない。

「ああ……。ちょっとな」

「青山霊園で俺を助けてくれたときの怪我ですか」

若者がいったので、将はふりむいた。良に助けられたという自転車部隊のメンバーはこの男のようだ。

「どうしたんです? 忘れたんすか。頭を打ったとか。俺ですよ、ヒデトです」

「そうか、ヒデトだったな」

「本当に、大丈夫っすか」

ヒデトと名乗った若者は自転車を降り、将の顔をのぞきこんだ。

「まあ、あんまり大丈夫じゃないんだ。その通り、頭をぶつけてさ。いろんなことを忘れちまったようなんだ」

苦肉の策だ。ヒデトの言葉にのっかることにした。

「やっぱり」

ヒデトはいって息を吐いた。

「そうじゃないかと思ったんです。あんとき墓石にぶつかってたじゃないですか。やべえと思ったんですよ」

「墓石に!?」

「ええ、北島会のチンピラ投げとばした弾みで。くらっときたって、あとでいってましたもん。でもダメっすよ、こんなところうろうろしちゃあ。店にくるなって彼女にもいわれてたらしいじゃないすか」

「そうだっけ」

「そうだっけじゃないッすよ。ヤバいなあ。もう。そうだ！　マイさんちにいきましょうよ。前に『ダナン』いった帰り、いってたじゃないすか。そこのホテルの向かいのマンションだって」

ヒデトはいって、将の腕をとった。片手で自転車をひっぱりながら歩きだす。よほど良と親しかったようだ。

ヒデトは飛びだしてきた路地の先に将を連れていった。「ダナン」のある通りと平行して走る通りで、外国人観光客向けらしい、こぢんまりとしたホテルが何軒か並んでいる。

「確か、ここっていってましたよね。あっ」

そのホテルの向かいにある建物を指さしたヒデトが立ち止まった。

黒の革ジャケットにジーンズを着けた「ダナン」の女マネージャーが、建物の前で腕組みしていたのだ。ひどく険しい表情を浮かべている。

「あれマイさんじゃないですか。なんか怒ってるみたいすよ」

ヒデトはいって、将から離れた。

「マイさーん、久しぶりでーす」

ヒデトは手をふった。女は目もくれず、手をふり返した。

「じゃ俺、これで消えますから」

ヒデトはいって自転車にまたがった。あっという間にその姿は見えなくなった。

女はずっと将をにらんでいる。

「どこいってた?」

店で見せた表情とはまるでちがう恐い顔で訊ねた。

「どこって、その辺を歩いてた」

「一ヵ月もか」

「ああ、そっちか。いろいろあってな」

「いろいろ、何? 他の女か」

濃い眉が吊りあがっている。

「他の女? ちがう。ちょっと怪我をしたんだ。頭を打ってさ」

ヒデトにした芝居をつづけることにした。

女の表情が一変した。

「頭の怪我? 大丈夫?」

とのぞきこむ。ふんわりといい香りがした。香水とは異なるハーブのような匂いだ。

「いや、大丈夫なんだけど……」

「病院いったか?」

「いった。入院していたんだ」

「なぜ電話してこないの!?」

女の表情が再び険しくなった。

「それが携帯とかをなくして……」

女はまじまじと将を見つめた。

「あなた、少し変だね。何があった?」

「いや、だから頭をぶつけて、その……記憶が少し飛んでるんだ」

女は大きな瞳で将の目をのぞきこんだ。

「わたしのこと忘れた?」

「いや……覚えてはいるんだが、ところどころ思いだせなくて」

「わたしはマイ。あなたは西田。西田シゲル、神戸からきた。わたしはベトナム、ホーチミンからきた」

女は真剣な表情でいった。

「俺と君はその、いい仲だったのか」

「いい仲?」

「つまり……恋人だった?」

マイの顔が赤くなった。

「意地悪。それ、わたしに訊く?」

「ごめん。だがうまく思いだせないんだ」

小関や大仏、ヒデトには感じなかったうしろめたさがあった。このマイという女は本気で良とつきあっていたらしい。

「わたしたち、そうでした」

「そうでした?」

「トイ　ラッティッ　バン」

女は顔をまっ赤にした。

「ごめん、わからない。ベトナム語かい?」

「そう。アイ　ラブ　ユーという意味です」

恥ずかしげに横を向き、答えた。

「トイ　ラッティッ　バン」

将がくり返すと、女は将の肩をつかんだ。

「わたしすごく心配してた。あなた、どうしたのか。死んでるかもしれないと思ったけど、どうすることもできなかった。警察いったら、あなた困るかもしれない」

目にはうっすらと涙が浮かんでいる。

「どうして困ると思ったんだ?」

将は訊ねた。

「だってそうでしょう。あなたしていることよくないこと。警察、あなたをつかまえる」

良は恋人だったこの女にも、自分の正体を話していなかったようだ。

「あなた『ダナン』にきた。わたしに会いたくてきたのでしょう。ちがいますか」

「そ、そうだけど」

「わたし嬉しかった。わたしのこと嫌いなったのかと思った。『ダナン』にくるなといったから」

マイの目から涙がこぼれ落ちるのを見て将は驚いた。顔をそむけ、

「ごめん。そんなつもりじゃなかった。具合が悪かったんだ」

といった。

「本当にごめん。許してほしい」

奇妙な気分だった。だましているという思いが、詫びる言葉に真実みを与えている。同時に、こんなにも思ってくれる女性を欺いていたらしい良に怒りを感じた。任務とはいえ、あんまりだろう。

マイは涙で濡れた目で将を見つめている。

「いいです。戻ってきてくれたなら、それで」

鼻をすすり、いった。将は胸が痛くなった。

マイは恥ずかしそうにいった。

「わたしの部屋いきましょう。『ダナン』にきたから、きっとわたしの部屋にくると思って、ここで待っていました」

「いや、それは……」

思いもよらない展開に将はつぶやいた。マイの部屋にいけばどうなるか、たやすく見当はつく。が、ベッドの中でまで良のフリができるとは思えないし、何より真剣に良の身を心配していたマイを、これ以上だますわけにはいかない。

といって、真実を口にするのも無理だ。

君が好きだった男は俺の双子の兄弟で、もしかしたら死んでいて、麻薬取締官という正体を隠して君とつきあっていた、などといえるわけがない。

二重、三重の意味でこの女性を傷つけてしまうだろう。といって良のフリをして彼女の部屋にいけば、とり返しのつかない結果を招く。

この女性を傷つけたくない。将は本気でそう感じていた。

「なぜ？　やっぱりわたしのこと嫌いになったのか」

「ちがう、ちがう。そうじゃなくて、その、怪我が……」

マイの目がみひらかれた。

「怪我？」

「そ、そうなんだ」

マイの目が将の下半身に向けられた。

「あそこ、怪我したのか」

一点に注がれる。

「怪我したというか、その……、そうなんだ。たぶん、うまくいかない」

ヒデトにつづいて、マイの〝誤解〟にも乗ることにした。マイは手で口を押さえた。

「いずれは治ると思う。でも今はちょっと」

俺は何をいっているんだと思いながらも、将はいいわけをしていた。治ったからといって、マイを抱くわけにはいかないのに。

「オッケイ、わかりました。コーヒー飲みましょう。それなら大丈夫？」

マイはすがるような目で将の目をのぞきこんだ。将はつい頷いてしまった。

「それなら……」

マイは将の腕をとり、マンションの中へと誘った。建物は古く、盛り場のまん中に建ってはいるが、決して高級マンションというわけではなさそうだ。エレベータホールには英語とハングルで書かれたポスターが貼られていた。

「夜十時以降は大きな物音をたてないこと。ゴミの選別を守って、決められた日以外はださないこと」

住人には外国人が多いようだ。

エレベータに乗りこみ、マイは「8」まであるボタンの「6」を押した。

六階で降りると廊下のつき当たりまで将の腕を引

いていった。扉の鍵を開け、ドアを押す。

マイからも香った、ハーブの匂いが将の鼻をくすぐった。カーペットをしいた床にクッションが積まれ、観葉植物の鉢がところ狭しとおかれている。明りはついていた。

丈の低いテーブルが床のそこここにおかれ、ひとつには開かれたノートパソコンが載り、ひとつにはマグカップがおかれている。キッチンテーブルや応接セットの類はない。

「すわって下さい」

マイは将をそっと押した。何となく落ちつかず、将は部屋を見回した。

「コーヒー淹れます」

マイはキッチンに立っていった。

将は部屋の隅にあぐらをかいた。何も載っていないテーブルのかたわらだ。

「やっぱり、そこね」

カップを手に戻ってきたマイは笑った。

「そこ?」

「いつもそこにすわる。シゲルはそこが好き」

嬉しそうにいって、マイは将にカップを手渡した。自分はマグカップのおかれたテーブルのかたわらに横ずわりする。

将は無言だった。パソコンやマグカップの載ったテーブルのそばはすわりづらかっただけだが、真実を告げるのもためらわれた。コーヒーをひと口飲む。異様に甘く、濃いコーヒーだ。だが決してまずくはない。

「甘いな」

思わずつぶやいてから、マイを見た。良がマイとつきあっていたなら、この味は良の好みにあわせたものかもしれない。

「初めて飲んだときも、あなたはそういった。でも好きになった」

将は頷いた。確かに、ふた口み口と飲んでみると悪くない。アメリカですっかり薄いコーヒーに慣れていたが、もともとは濃いコーヒーが好きだった。

マイもマグカップを手にしている。

「最後に会ったのはいつだっけ」

探りを入れようと、将は訊ねた。

「ひと月前。あなた『ダナン』にきて、グエンに会いたいといった。わたしはグエンに会うためなら、もう『ダナン』にはこないで下さいといいました。あなたは怒ってでていきました」

「グエンのことが思いだせない。『ダナン』の人か？」

「ちがいます。グエンはお客さん。週に何度も『ダナン』にくるベトナム人です」

「俺は仲がよかったのか？」

「いいえ、話したことはありません。あなたはグエンのことをわたしに訊きました」

小関もグエンの名を口にしていた。「三日にあげず、この店にはきてる」と。そして「グエンとコネをつけたくてここにきてるんだろう」と、疑った。

「そうだ。グエンのことを知りたかったんだ。いったい何者なんだ？」

将がいうと、マイは顔をそむけた。

「グエンは危険な人です。近づいてはいけません」

「犯罪者なのか」

「いろいろなことをしています。怒らせたらとても危ない」

「どんなことをしたら怒るんだ？」

「自分のことをあれこれ調べる人は嫌いです。それと――」

「それと？」

マイは大きく息を吐いた。

「わたしと仲よくしようとする人も嫌い。だから『ダナン』にはこないで下さいとシゲルにいいました」

小関がマイをグエンのレコといっていたのを思いだした。将はマイを見つめた。マイはグエンというベトナム人の恋人なのだろうか。

だがもしそうなら、ベトナム語でいった「アイラブ　ユー」の言葉と矛盾する。

あるいはマイはグエンの愛人で、逆らえない関係にあるのかもしれない。それなのに良とつきあっているので、店にこないでくれと頼んだのか。

将ははっとした。グエンが大物のベトナム人犯罪者で、マイがその愛人だというのに二人がつきあっていたとすれば、それが理由で良が殺された可能性もある。だからマイは泣くほど良の身を心配していたのだ。

だとすれば、良は任務とはまるで無関係な理由で殺されたことになる。

いや、そうとは限らない。グエンと麻薬組織には何らかの関係があり、探るために良はマイに近づいたのかもしれない。

「まだ怒っていますか？」

考えていると、不安そうにマイが訊ねた。

「いや、そうじゃないんだ。グエンのことを思いだそうとしていた。グエンはどんな人だったっけ」

マイはため息を吐いた。パソコンににじり寄ると、キィボードを操作した。画面を将に向ける。

「この人です」

「ダナン」の外階段でマイと並んで立つ男の写真が表示されていた。細身で額が広く、理知的な顔立ちをしている。年齢は四十代のどこかだろう。口もとはゆるんでいるが、目は笑っていない。とはいえ危険人物のようには見えなかった。服装もアロハのような開襟シャツにスラックスで、ギャングにありがちなタトゥや指輪、ネックレスといった装飾品もない。

商店主か税理士といった雰囲気だ。

「これがグエン？」

マイは頷いた。

「そんなに恐そうには見えない」

「それがグエンなんです。いつもにこにこしているけれど心の中はちがう」

「怒らせたら危ないというのは？」

「グエンには部下がたくさんいます。グエンにいわれたら何でもする人たちです」

「どこに住んでいる？」

マイは将を見つめた。

「なぜそんなことを訊くんですか」

「グエンを思いだせないんだ。どうして俺はグエンについて調べていたんだろう」

マイは悲しげに首をふった。

「シゲルはグエンとビジネスをしたいといっていました」

「ビジネス？　何のビジネスだ？」

「知りません」

「本当に知らないのか」

マイはきっとなった。

「シゲル、わたしよりグエンのことが大事ですか」

「そうじゃない。そうじゃないが――」

良はグエンに殺されたのかもしれないのだが、それをいうわけにはいかない。

「帰って下さい！」

マイが玄関を示した。

「マイ……」

マイは両手で顔をおおった。

「帰って！」

本物の良なら抱きしめ、なだめるところだが、将にはできなかった。もしそうして、マイが体を預けてきたら、自制できるという自信はない。

そうなれば偽者とバレるに決まっている。

将は息を吐き、マイの部屋をでていった。

6

マイのマンションをでて歩いた。無性に腹が立つ。マイに対してではない。自分と、こんな役をさせた菅下にだ。

これ以上赤坂にいたくなくて、将は地下鉄に乗った。池袋へと戻る。

「慶州大酒店」の701号室に入ると、椅子に腰かけスマートホンをとりだした。あらかじめ登録されている菅下の携帯を呼びだす。

「私も今連絡しようと思っていたところだ。収穫はあったかね」

「クズになった気分だ」

将は吐きだした。

「『ダナン』にいったのか?」

「いった。いろんな奴らが現われた」

「マイ以外に?」

将は息を吸いこんだ。

「まず小関という北島会のやくざがやってきて、手を組もうと誘われた。良は西田シゲルという名を使っていて、あんたのいう新しい麻薬組織を乗っとるためにに入りこんだ関西の極道だと、小関は思いこんでいる」

「その推測は妥当だ。加納は神戸から流れてきたチンピラに化けていた。新しい組織がどこからクスリを引いているのかを北島会も知りたがっていて、それには乗っとるのが一番だ。小関は、北島会の海老名の懐刀だ。自分たちと同じ狙いだと、加納のことを考えたのだろう」

「良はヒデトという自転車部隊の坊やを守るために、青山霊園で北島会のチンピラを何人か叩きのめしたらしい」

「小関がそういったのか」

「大仏という女刑事からも聞いた」

「女刑事?」

「身分証を見せられ、すごまれた。何かあったらすぐにパクってやる、と」

「女なのか?」

「女だが、手強そうだった」

「調べてみよう。マイとは接触できたのか?」

「ああ。グエンというベトナム人を知っているか?」

「グエン？　聞いたことがない」

「『ダナン』の常連で大物らしい。マイの恋人で、良はそいつににらまれ消された可能性もある。グエンのことをいろいろ調べていたようだ」

「貴重な情報だ」

「もういいだろう。俺は抜ける」

「何をいっている？　加納のフリをするのがそんなに嫌なのか？」

「嫌だね」

「たった半日でそれだけの収穫を得たんだ。あと何日か、がんばってもらいたい」

将は黙った。

「それとも恐くなったのか」

「馬鹿いうな」

「君は加納のことを小心者だといったが、そのフリもできないほど小心者というわけだ。銃をもち戦友もいる軍隊では勇士だったかもしれないが、丸腰でたったひとりでは加納にはとうてい及ばないということだな」

「ふざけるな。恐くて抜けるといっているのじゃない」

「ではなぜかね」

マイのことを傷つけたくないからだとはいいたくなかった。双子の兄と同じ女に惚れたのかと菅下ならいいそうだ。

「向いてない」

しかたなく将は吐きだした。

「俺は良とはちがう。こういう小細工は面倒なんだ」

「なるほど。だったら君のやり方でしてみてはどうだ？」

「俺のやり方？」

「小細工をせずぶつかってみたらいい。小関でも大仏でも。何か、加納に関する情報をひきだせるかもしれない」

「あいつらは、良がどうなったのかをたぶん知らない」

「なぜそう思う？」

「北島会が良を殺したり、大仏が良の正体を暴いたのなら、俺を良だと思って接触してこない筈だ。ひと月近く良がいなかったところに俺が現われたんで、話しかけてきたんだ」

「なるほど。思ったより自分の立場を理解できているようだ」

意外そうに菅下がいったので、将はまたかっとなった。我慢していると菅下はつづけた。

「つまり加納の身に何か起こったのだとしても、少なくとも北島会によるものではない、と。その大仏という刑事に関しては、調べてみないとわからないが。ひとりだったのかね？　大仏は」

「ひとりだ」

「警察官としては珍しい。ひとりで捜査にはあたらないものだが」

「相棒がいたとしても、俺の目に入るところにはいなかった」

「そのヒデトという売人は、何も知らなかったのかね？」

「ヒデトを守ろうと殴り合いをしたとき、良は墓石に頭をぶつけたらしい。それで具合を悪くしたのじゃないかと疑っていた」

「つまりそのヒデトも、加納の身に何が起こったのかを知らなかったと？」

「心配していただけだ」

「マイもかね？」

「彼女も、だ。危険だからグエンには近づくなといわれた」

「グエンについて、もっと情報が必要だな。どんな人物なのだ？」

「写真を見たが、四十代のどこかでおとなしそうな男だった」

答えながら、将は菅下のペースにのせられていることに気づいた。抜けるつもりが、より詳しい話になっている。

「俺がそういうと、いつもにこにこしているが腹の中はちがうとマイはいった。多くの部下がいて、命令されれば何でもするというんだ」

「多くの部下がいる……」

「日本にはベトナム人の組織はないのか」

「把握できているわけではないが、あっておかしくない。日本にいるベトナム人は、中国人に劣らぬほど多い。そこから犯罪組織が生まれても不思議はない」

「グエンはベトナム人組織のボスなのかもしれない。マイの話では、良はグエンとビジネスをしたいといっていたそうだ」

将はいった。

「ビジネスを?」

菅下が訊き返した。

「そうだ。ビジネスだ。何のビジネスかを訊いたら、マイに追いだされた」

「それはどういうことかね」

「マイは、俺がグエンに興味をもつのを嫌がっていた」

「加納とグエンは、マイを巡る三角関係だったのではないのか」

「そうかもしれないが、良がグエンのことを知りたがったのは、任務に関係していたからじゃないかと思う。それでグエンが危険を感じて消した——」

菅下は唸《うな》り声をたてた。

「であるなら、グエンが君を見たら驚く筈だ。消した筈の男が現われた、と」

「つまりグエンに会え、か」

「少なくともそうしなければ、加納に化けた意味がない」

「マイは怒るぞ」

「それが何か問題かね」

将は返事に詰まった。マイは自分の恋人ではない。怒ったからどうだというのだ。

「まさかとは思うが、君はマイに同情しているのか」

「しちゃいけないのか。恋人が殺されたのかもしれないのだぞ」

「彼女が犯人とつながっている可能性もある。加納の正体を知り、そのグエンという男に話したのかもしれない。グエンが秘かに加納を消したので、マイはそれを知らない。そうだとしても、君はマイに同情するか」

将は黙った。

「いいかね、潜入捜査中は対象者に決して心を許してはならない。たとえどれほど善人に見えても、正体を告げるべきではないんだ。よかれと思って真実を話しても、相手は裏切られたと感じるだけだ」

「じゃあ相手が犯罪者じゃなかったら？　捜査が終わっても何も教えないのか」

「教えて何の意味がある？　犯罪者ではなく実は正義の味方だと教えたら、尊敬されるとでも思うのかね。とんでもない。ずっと嘘をついていたのか、だましていたのかと怒りだすのが関の山だ。捜査が終了したら、関係者には何も告げず、消える。逃げたか逮捕されたのか、それすら不明にしておくんだ。なぜか。新たな潜入捜査の過程で、過去の事件関係者に会い、その人物に正体を明していたらどうなる？　命がいくつあっても足りない」

将は息を吐いた。菅下のいう通りだ。

「でも俺はマトリじゃない」

「マトリのフリをしている。もっと複雑だ」

「あんたがひっぱりこんだんだ」

「泣きごとかね」

「くそ」

将は歯をくいしばった。

「理解できたようだな。不用意な言動は、即、身の危険につながる。君が現われたことは、加納が潜入中だった組織と北島会、そしてグエンという人物にも伝わるだろう。これからが本番だ。心してもらいたい」

「心してどうするんだ」

「連中は必ずまた接触してくる。情報をたぐれ。何か他に訊きたいことはあるかね？」

「ない」

電話は切れた。将はベッドにひっくりかえった。

ふと気づいた。自転車部隊を束ねているのが「支部長」と呼ばれている人間だと小関がいっていたのを話さなかった。本来菅下が求めているのは、きっとそういう情報なのだろう。

「どうでもいい」

天井をにらみ、将は吐きだした。時計を見る。まだ午後九時だ。昼寝をしたので眠くはない。

突然、電話が鳴った。ベッドサイドにおかれた固定電話だ。

「はい」

受話器を耳にあてた。

「フロントです。お客様にお会いしたいという方がみえています」

男か女かわからないような、中性的な声が告げた。

「会いたい方？」

「今、電話をかわります」

「おもしろいねぐらじゃないか」

女のしゃがれ声がいった。大仏だ。どうしてここがわかったのかと考え、尾行されたのだと気づいた。

「何の用だ」

「また話をしたくなった。降りてこい」

「ふざけるな」

「降りてこないなら、ホテルの人間と話す。追いだされてもいいのか」

「いやがらせか」

「酒も飲み足りない」

たかる気なのか。将は呆れた。

「今からいく」

電話を切り、部屋をでた。一階に降りると、大仏は柱の陰にいた。

「ラブホテルなのか、ここは」

将の顔を見るなり訊ねた。

「知らん」

「怪しげなカップルが二組入っていくのを見た。女は風俗のようだった」

「俺はひとりだ」

「あんな美人の彼女がいたら、風俗なんて用はないだろうさ」

「誰のことをいってる」

「赤坂のマンションに入っていったろう。長くなるかと思ったら、すぐにでてきたが」

将は舌打ちした。

「あとをつけてたのか」

「仕事でね」

「酒をタカるのも仕事か」

大仏の目が三角になった。

「誰がタカるといった？　割りカンだ」

いいあっていると、フロントの内側から咳ばらいが聞こえた。迷惑だからどこかにいってくれという意思表示にちがいない。

「いこう」

将はいって「慶州大酒店」の玄関をでた。

「考えたものだ。新中華街のホテルとは」

大仏がいった。

「新中華街？」

「知らないのか。横浜の中華街と区別して、池袋のこのあたりは新中華街と呼ばれている」

「そうなのか」

「神戸にもあったろう、何といったっけ」

試されているような気がした。

「南京町か」

「それだ」

「で、どこで飲むんだ？」

「腹も減ってる。そこらの居酒屋に入ろう」

大仏がいったので将はあたりを見回した。居酒屋といっても中華風の店ばかりだ。

「そこでいい」

大仏はいって、赤い派手な看板を掲げた店の入口をくぐった。

「イラッシャイマセ！　二人？」

「そうだ」

中国語と日本語がとびかい、煙草の煙がたちこめている。席は八割がた埋まっていた。

「混んでるな」

将がつぶやくと、

「きっと安くて旨いんだ」

大仏はいった。店の隅の狭いテーブルに案内される。隣は日本人と中国人の混じった団体だ。

「生ビールだ、ふたつ」

大仏は勝手に注文し、壁に貼られた品書きに目を走らせた。

「あと豚肉の小籠包と空心菜炒め。それに白菜の甘酢漬け」

料理も注文する。ビールが届いた。

「改めて乾杯だ。あの美人は『ダナン』のマネージャーだろう。いつからいい仲なんだ？」

ジョッキを掲げ、大仏が訊ねた。

「いい仲なんかじゃない」

「いい仲でもない男を部屋にひっぱりこんだのか。あばずれ女だな」

平然といって、大仏は煙草に火をつけた。

「吸うか？」

さしだしたのは青い箱のハイライトだった。

「ハイライト！」

思わず将はいった。見るのは高校生以来だ。

「昔は人気ナンバーワンだったのに、今は買うのにも苦労する。どうした、いらないのか」

「煙草は吸わない」

「マジか!?」

大仏は素っ頓狂な声をだした。

「煙草を吸わない極道がいるのか。時代だな」

「誰が極道だって？」

「そうそう、西田って極道で、関西からきている奴はいなかった。お前、本名ちがうだろう」

将は大仏を見つめた。

「いつ調べた？」

「オレにだって相棒はいる。そいつに調べさせた」

「だったらその相棒と飲めばいいじゃないか」

「家に帰った。生まれたばかりの双子の赤ん坊がいる。マイホームパパで酒も飲まない。デカのくせにつまんない奴だ」

双子と聞いてどきりとしたが、大仏の表情に変化はない。

「あんたの家族は？　亭主はいないのか」

「いないね」

大仏は首をふり、訊ねた。

「あのマネージャー、なんて名前だっけ」

マイから話をそらしたつもりだったが、そううまくはいかなかったようだ。

「マイだ」

「そうそう。日本人にもマイっているよな。ベトナム人にけっこう多い名らしいが」

「グエンというベトナム人を知っているか？」

「グエン？」

大仏は首を傾げた。

「マイの彼氏らしい。気をつけろといわれた」

「お前が彼氏じゃないのか」

「ちがう」

将は首をふった。

「そのグエンという野郎は何者なんだ？」

「わからないが、部下がたくさんいて、グエンにいわれたら何でもする、といっていた」

「『クィー』か」

不意に大仏が身をのりだした。そこに料理が届いた。湯気のあがる蒸籠《せいろ》の蓋を開くと、白い小籠包が四つ入っている。いきなりひとつを口に入れ、

「あひっ、あひひっ」

大仏が悲鳴をあげた。中の熱いスープで火傷したようだ。将は用心して息を吹きかけた。

「『クィー』って何だ?」

「知らないのか」

大仏はいってビールを口に含み、火傷を冷やすつもりか、ぐじゅぐじゅと音をたてた。将は思わず顔をしかめた。女なのに、そこいらの中年男より、よほどオッサン臭い。

「知らないね」

口の中で泡だてたビールをごくりと飲み、

「ああ熱かった。とぼけているのじゃないのか」

大仏はいった。

「とぼけてなんかいない」

「『クィー』はベトナム人犯罪組織の通称だ。自分たちを指して『クィー』ともいうし、ボスのことでもある。聞いたことくらいあるだろう」

「まったくないね」

将が首をふると疑わしげに大仏は見つめた。

「いったい何をやっている連中なんだ?」

「コピー商品やドラッグの密輸だ。去年あたりから在日ベトナム人のあいだで噂になっているが、実態はまるでつかめない」

「ドラッグ……」

「お前が用心棒をやっている組織とも関係があるのじゃないか」

「さあな」

「やけにすましてるじゃないか。雇われてるんだから、多少は情報が入ってくるだろう」

「俺の仕事はただの用心棒だ。それに――」

「それに何だ」

「青山霊園でやりあったときに頭に怪我をした。そのせいでいろいろなことがわからなくなっている」

〝記憶喪失〟という言葉を口にするのは、あまりに嘘くさい。

「何だと」

あっけにとられたように大仏は将を見つめた。

「だからひと月も姿を見せなかったのか」

将は頷いた。

「入院していたのか」

「ああ」

大仏は不意にテーブルの皿をどけ、将の目をのぞきこんだ。

「何だよ」

思わず将は顔をそらした。

「確かに感じがかわっている。前のお前は、もう少しちがった」

「どうちがった？」

「色が生っ白《ちろ》くて、妙にワルを気どっているようだった。今のお前は黒くて、自然だ」

「入院しているあいだ屋上で日光浴していたんだ」

しかたなく将はいった。

「消されたと思っていた」

大仏はいった。

「誰にだ？」

「お前にかわいがられた北島会のチンピラが仕返しに埋めたのかと。だが小関が今日、お前に話しかけたんでちがうとわかった。お前を雇っている組織をいっしょに乗っとろうと誘われたといっていたな」

将は頷いた。

「その話を詳しく聞かせろ」

「刑事ってのは、もっと調べ回るものじゃないのか。捜査の相手に直接教えろというか」

呆れて将はいった。

「知りたいのは、お前を雇っている組織のことで、用心棒をやっているチンピラなんかに興味ないね」

大仏はビールを呷《あお》り、

「お代わり！」

と空になったジョッキを振った。

「俺を怒らせて喋らせようという作戦か」

将がいうと、大仏は目をみはった。

「お前、馬鹿じゃないんだな。用心棒なんてしてるから、腕っぷしだけの筋肉馬鹿だと思っていた」

「そういうあんたも、女だが、筋肉馬鹿に見える」

「女だからってナメられるのは我慢できない。ずっと鍛えている」

大仏はいった。

「そりゃすごい」

「で、お前、いつ用心棒に復帰するんだ？」

「それが携帯とかをなくしちまったんで、復帰できるかどうかわからない」

「さっき自転車部隊の小僧と話していたじゃないか。確か小林ヒデトといったか。お前が青山霊園で助けた」

「そうらしいな」

「そうらしい？」

「だから覚えてないんだ」

大仏は呆れたように首をふり、訊ねた。

「小僧の連絡先を知りたいか」

「教えてくれるのか」

「条件がある」

「何だ」

「自転車部隊を動かしている奴のことを教えろ。ドラッグを配って歩いてるチャリンコ小僧のことなんかどうでもいい。束ねている人間がいる筈だ。そいつのことを知りたい」

「支部長か？」

「それは覚えているのか」

「いや、小関から聞いた」

「小関は他に何かいったか」

「自転車部隊を束ねているのが支部長と呼ばれているってことだけだ。俺はその支部長と仲がよかったらしい」

「仲がいい？　支部長は女なのか」

「どうかな。覚えてない」

「本当か」

大仏は疑わしげにいった。

「覚えていたら、デカなんかと話すかよ。思いだしたいから、いろいろ訊いているんだ」

将は強気にでた。

「そういうことにしておいてやる」

大仏はいって手帳をとりだした。

「ヒデトの携帯の番号ならわかる。お前のことを調べるために締めあげた」

「クスリはもっていなかったのか、そのときは」

「もってなかった。あいつらクスリを運んでいるときは、うまく姿をくらましやがる」

いまいましそうに大仏は吐きだした。菅下も同じようなことをいっていた。

大仏が口にしたヒデトの携帯の番号を、将はスマホに打ちこんだ。

「何だ、携帯をもっているじゃないか」

「なくしたから新しく買ったんだ」

「番号教えろ」

「自分じゃわからない」

「じゃあオレの携帯にかけろ。番号をいうぞ」

いわれるまま将は大仏の携帯にかけた。

「よし。これでいつでもお前を呼びだせる」

満足そうに大仏はいった。

「呼びだしてどうしようっていうんだ」

「話を訊く」

「おい、俺はスパイじゃないぞ」

「ギブアンドテイクだ。お前が情報をよこせば、オレも情報をやる」

「俺は別に情報なんて欲しくない」

「それは本当の目的をお前が忘れているからだ」

「本当の目的？」

「小関がいったように、お前は組織を乗っとるつもりだったのだろう。それが怪我をして、バックにいる連中とのつながりが切れた。だからかわりにオレが助けてやる」

「助けてくれなんて頼んでない。それにどうして俺が組織を乗っとろうとしていると思うんだ？」

「お前のやり方だ」

「やり方？」

「お前は、北島会に襲われた自転車部隊の奴らを助けて支部長に恩を売った。連中の組織はデリバリィに特化していて用心棒がいない。そこが極道の組織とはちがうところだ。お前はそれにつけこみ、うまく入りこんだ。自転車部隊のひとりが殺されたのも大きい」

「それはかすかに覚えている。以前は北島会の売人だった奴じゃないか」

菅下から聞いた話を思いだし、将はいった。

大仏は頷いた。

「井川といって、十代の頃から何度もつかまってい るシャブ中だった。クスリ代を稼ぐためなら何でもやった。自転車部隊に鞍替えして、かかえていた客をもっていかれ頭にきた北島会がやったのかもしれない」

「だったらなぜ北島会をパクらない？」

「井川はいきなり殺されたわけじゃない。一週間近く行方不明だった。極道がそういうやり方をするときは、簡単に証拠をつかませない。チンピラをひっぱって叩いたところで、知らぬ存ぜぬを通すだけだ」

「小関なら何か知ってるのじゃないか」

「そりゃ知ってるだろうさ。だがな——」

いって大仏はゲップをした。

「やたらにつつき回しても、ネタはあがらない」

「どうしてだ？　こんな風に小関に直接訊けばいいだろう。それとも北島会には強気にでられない理由でもあるのか」

「ほう、今度はお前がオレを怒らせようってわけか。その手はくわないぜ、兄さん」

大仏は首をふった。酔ってきたようだ。二杯めのジョッキもほぼ空だ。

「それより次に何を飲む？　まだビールか？」

将がいうと大仏はにやりと笑った。

「何だい、やけにサービスがいいじゃないか。奢ってくれるのか」

「奢ったら何かいいことでもあるのか」

「そうだな。警察官を買収しようとした現行犯でパクってやる」

「何？」

「冗談だよ！　焦った顔しやがって」

大仏はげらげらと笑った。将はあきれて大仏を見つめた。不意に笑いやみ、大仏がいった。

「井川がなんで一週間近くも行方不明だったと思う？」

「いや、なぜだ？」

将は首をふった。

「当ててみろ」

大仏は将を指さした。

「新しい組織についていろいろ訊きだそうとした」

将が答えると、大仏は訊き返した。

「それに一週間近くもかけたのはどうしてだ？」

「なかなか口を割らなかったとか」

「そんなワケないだろう、シャブ中の売人だぞ。クスリをやるといやあ、あることないことペラペラ喋るに決まっている」

大仏はいって、再びゲップをした。

「じゃあなぜだ？」

「それがわからないんだよ。だから下手に小関もつけない。何か理由があった筈だが、そこを調べようとすると、小関もその上にいる海老名も飛んじまうだろう」

将は考えこんだ。

「それにな、井川を消す必要まではなかった筈だ。たかがシャブ中の売人でも殺しは殺しだ。今どき、極道が人殺しをしたら、とことん痛めつけられるとわかっている筈だ」

大仏がつづけたので、将はいった。

「見せしめじゃないのか。鞍替えした奴はこんな目にあうぞ、という」

「それならチンピラが自首する。そいつが実行犯にしろ、そうでないにしろ」

大仏は首をふった。

「じゃあ、井川ってのを殺したのは北島会じゃないのか？」

「の、可能性もある。おーい、ハイボール！」

大仏はボーイに叫んだ。運ばれてきたハイボールをひと口飲むなり、

「薄いな！」

と舌打ちした。

「ウイスキーだけもらって足せよ」

いって将はウイスキーのオンザロックを頼んだ。届いたロックグラスの中身をハイボールのグラスに注ぎ、大仏は箸でかき回した。

味見をして、

「うん、こんなもんだろう」

と頷く。かなりの酒好きのようだ。

「北島会じゃなけりゃ誰なんだ？」

「お前だろう？」

大仏はいって将の目をのぞきこんだ。

「ふざけるな！　そんなわけないだろう」

「井川が死んだのは、お前が現われる前だが、だからといってお前が犯人じゃないということにはならない」

「話にならない。帰るぞ」

将は腰を浮かした。大仏が手をのばし、腕をつかんだ。

「まあ待て。今のは試しただけだ。お前がホシなら、何か反応するかと思ってさ」

「俺はその井川なんて奴に会ったこともない」

「そうか？　お前、記憶喪失なのだろう。殺《や》ったのを忘れているだけじゃないのか」

大仏が目を細め、将は背筋が冷たくなった。記憶を失ったフリをしていると、無実を証明するのは難しい。

「人殺しをしたら、それを忘れるわけない」

「ほう。人殺しをしたことがあるような口ぶりだ

な」

　将は黙った。

「怪しいな、お前」

「井川はどんな風に殺されたんだ？」

　話をそらせようと、将は訊ねた。

「刺し殺された」

「死体はどこにあったんだ？」

「荒川の河川敷だ。夜中に車で運び、捨てていったらしい」

　大仏は答え、ハイボールを飲んだ。

「どうだ？　自分が殺ったと思いだしたか」

「馬鹿なことをいうな。だいたいなぜ、俺がそいつを殺さなけりゃならない」

「正体を知られたからってのはどうだ」

「正体？　俺の正体か」

「ああ。組織を乗っとろうとしているというのを感づかれたんで、支部長に知らされる前に口を塞いだ」

「なぜ感づかれた？」

「そうだな」

　いって大仏は首をゆらゆらと動かした。

「井川はたまたま昔のお前を知っていた。西田と名乗って組織に潜りこむ前のお前と会ったことがあったというのはどうだ」

「なるほど」

　将は感心した。酔っていても頭は回るようだ。

「井川は以前、京都にいたことがある。その頃、お前と会ったのかもしれん」

「おもしろい読みだが、外れだ。俺は井川なんて奴は知らないし、京都にいたこともない」

「お前はそういう他ないさ」

　大仏はにやりと笑った。

「本当のことだ」

　フン、と大仏は鼻を鳴らした。

「いってろ。いずれ証拠をつかんでやる」

「がんばってくれ」

いって将は立ちあがった。

「どこへいくんだ」

「俺はそろそろひきあげる。これは割りカンの飲み代だ」

五千円札をテーブルにおいた。多過ぎる額だが、大仏は平然と頷いた。

「わかった。預かっておく」

将を指さす。

「また話そうぜ。用があったら電話するからな」

「勝手にしろ」

将は告げ、店をでていった。「慶州大酒店」に戻り、シャワーを浴びてベッドに倒れこむ。たいして動き回ってもいないのに、ひどく疲れた気分だった。

疲れているのは、体ではなく頭だ。他人に化けるというのは、これほど疲れることなのか。

いや他人じゃない。双子の兄弟に化けた。

それともちがう。自分が化けたのは、兄の良が化けていた西田という架空の人物だ。

実体のない人間を演じるのは、こんなにも大変なのか。役者はたいしたものだと考え、彼らには台本がある、と気がついた。

自分の芝居には台本がない。だからより難しい。

今日一日で会った人間を思い返す。

小関、大仏、マイ、ヒデト。四人もの人間と話したのに、良がどうなったのかを知る手がかりは得られなかった。

手がかりを得るためには、グエン、そして支部長と呼ばれている組織の人間に会わなければならない。

どうするかは明日、考えよう。使い慣れない頭を使ったせいで、知恵熱がでそうだ。今日は寝てしまえ。

将は明りを消した。

7

ホテルのすぐそばに、朝から開いている中華粥の店があり、将はそこで朝食をすませた。テイクアウトのコーヒーを買い、「慶州大酒店」の部屋に戻って菅下の携帯を呼びだした。

「早いな。あれから調べたのだが、警視庁に大仏香緒里という警察官は実在する。組対に所属していて、我々と同じ組織を追っているようだ」

　電話にでるなり、菅下はいった。

「その大仏から聞いたんだが、『クィー』というベトナム人組織があるのだそうだな」

　将がいうと菅下は黙った。

「なぜ黙る？」

「『クィー』に対し、我々も新組織との関係を疑っていた」

「どういう関係だ？」

「クスリを供給しているのが『クィー』ではないか、という疑いだ。『クィー』が密輸入しているシャブが、組織に渡っている。大仏という警察官は鼻がきくようだな」

「あんたは酒好きか？」

　将は訊ねた。

「嫌いではないが、なぜだ？」

「大仏は大酒飲みだ。一度会ってみな」

　将の言葉を無視し、菅下は訊ねた。

「『クィー』のメンバーについて、その大仏は何かいっていたか」

「グエンのことを疑っていた」

「グエンについては手がかりが乏しい。もっと情報が必要だ」

「東京《こっち》で良はどこに住んでいた？」

「新宿区内の賃貸アパートだ」

「そこはどうなっている？」

「まだ解約はしていない。なぜかね」

「良に化けるなら、そこにいたほうがいいと思ってな。何か手がかりがあるかもしれないし」

将はいった。

「部屋にはなかった。訪ねてきた者に正体がバレる危険があるので、加納はよけいなものをおかなかった」

「それでもそのアパートに移ったほうがよくはないか？　誰か訪ねてきて、何かわかるかもしれない」

将はいった。菅下は考えていたが、

「わかった。部屋の鍵を届けさせる」

と答えて、電話を切った。

将は息を吐いた。菅下の役に立ちたいわけではない。良がどうなったのかを知りたいだけだ、と自分にいいわけする。

昼になると部屋の電話が鳴った。フロントからで、荷物が届いているという。部屋まで届けてはくれないようだ。将は一階まで降りた。小さな箱を渡される。

部屋に戻って開くと、鍵と紙片が入っていた。「新宿区若葉2―×―×　ワカハイム201」と記されている。鍵はありふれたシリンダー錠タイプのものだ。

渡されたスマートホンで住所を検索すると、ＪＲなら四ツ谷駅、地下鉄だと四谷三丁目駅から歩いていけるようだ。とりあえずどんな部屋なのかを見ようと、将はホテルをでた。

地下鉄を四谷三丁目駅で降り、スマートホンの位置情報アプリを頼りにアパートを捜した。大通りから一本入った、ごちゃごちゃとした一画にワカハイムはあった。ありふれた三階だてのアパートだ。エレベータはなく、階段で二階に上がる。

静かで、あまり生活の匂いのないアパートだった。２０１号室は、廊下のつきあたりだ。

クリーム色に塗られた扉に鍵をさしこむと、将はノブを引いた。

生活の匂いがしないのも道理で、扉の内側は、六畳もないようなワンルームだった。家族が住むには狭すぎる。むっとする空気が淀んでいた。

正面の窓ぎわにシングルベッドがあり、床に座卓と座椅子がおかれている。座卓の上に本が一冊あった。将は靴を脱ぎ、部屋にあがった。座卓にあったのは、「簡単なベトナム語会話集」という本だった。

それをパラパラとめくった。良はマイのためにベトナム語を覚えようとしていたのだろうか。

マイがあれだけ日本語を話せるのだから、その必要はなかった筈だ。とすると、グエンと親しくなるためかもしれない。マイを巡って、良とグエンが三角関係だったなら、マイに通訳を頼むわけにもいかない。

本をおき、将は室内を見回した。押し入れを改造したようなクローゼットがある。開くと、スーツが二着に黒い革のジャケット、シャツ類が入っていた。革ジャケットをとり、袖を通してみた。ぴったりのサイズだ。かつては痩せていた良だが、ひと回り大きくなったようだ。

ジャケットやスーツのポケットを調べたが、何も見つからなかった。菅下もこの部屋を調べたような口ぶりだった。麻薬取締官が調べて見つけられなかったものを自分が見つけられるとも思えない。

玄関に下駄箱があり、ナイキのスニーカーが一足あった。いくら双子のものでも、さすがにスニーカーははく気にはならない。

洗面所に入った。ユニットバスにはシャンプーと整髪用のジェル、シェーバーがあるだけだ。

あきれるほど殺風景な部屋だった。潜入捜査のためとはいえ、本当にここで暮らしていたのだろうか。

菅下の話では良は二ヵ月前に組織に潜入し、ひと月前から連絡がとれなくなった。つまり最低でも一ヵ月はこの部屋で暮らした計算になる。

菅下がいっていたように、訪ねてきた人間に正体がバレるのを警戒して私物をおかなかったのだろうが、それにしても殺風景すぎる。

将はベッドに腰かけた。安物に見えたが、まだ新しいらしくスプリングはへたっていない。シングルベッドなので、寝返りを打つのも窮屈そうだ。

玄関のわきには小さなシンクとキッチンがある。コンロがふたつに流し台、小型の冷蔵庫がおかれていた。

立ちあがり冷蔵庫を開けた。牛乳のパックと緑茶のペットボトルが入っているだけだ。

緑茶のペットボトルは中身が減っていたが、牛乳のパックは封が切られていない。といっても印刷された賞味期限はひと月以上前の日付だ。とっくに腐っているだろう。

そう考え、はっとした。良は牛乳が嫌いだった。小学生のときに牛乳で腹痛を起こし、以来飲めなかった筈だ。

手をつけていないとはいえ、その良の部屋の冷蔵庫に牛乳パックがあるのは妙だ。大人になって飲めるようになったとも考えられるが、食べものに関しては嫌いなものには決して手をつけようとしなかった。

牛乳パックを手にとった。開け口はきれいだが、振るとぶにゅぶにゅとした感触が伝わる。やはり中身は腐って固まっているようだ。

銘柄はコンビニやスーパーで買える、ごくありきたりのものだ。

牛乳嫌いを克服したのだろうか。いずれにしても、捨てるべきだろう。水道の蛇口をひねり、将は開け口を広げた。

豆腐のように固まった牛乳を流し台にあける。すっぱい臭いがたちのぼった。早く中身をあけようと、将はパックを逆さにした。

そのとき、牛乳パックの底に書かれた数字が目に入った。人の手で書いた字で「４３０１９７５」と記されている。

将はそれを見つめた。電話番号にしては少ない。

市外局番の03をつけても、090や080を足しても、電話番号にはあとひとつ数字が足らない。良が書いたのだろうか。数字の筆跡では良のものかどうかはわからなかった。

空になったパックに水を入れ、将はすすいだ。パックを捨てようと思っていたが、捨てないほうがよさそうだ。

これは手がかりといえるのだろうか。

わからなかった。数字はマジックかサインペンで書かれたもののようだ。良が書いたとは限らない。良が牛乳を買ったスーパーなりコンビニの店員が何かの記号として書いたものかもしれない。

しばらく見ていたが、結局冷蔵庫に戻した。他にどうしていいか、思いつかない。

ベッドに戻る。軍隊で訓練をうけた将の目から見ても、ベッドはきれいだった。シーツはきちんとかけられ、皺などはよっていない。

かけ布団もま新しい。


部屋の中はひどくむし暑く、将はベッドのかたわらの窓を開けた。背中合わせに建つマンションの外壁が二メートルほど離れて見えた。それでもわずかに風が入り、将は息を吐いた。窓の上の壁にエアコンがとりつけられているが、それを動かすまでもない。

不意にインターホンが鳴り、将は思わず立ちあがった。

玄関に歩みより、ドアスコープをのぞく。

マイが立っていた。思いつめたような顔をしている。再びインターホンが鳴った。

将はノブを押した。開いたドアに驚いたのか、マイは目をみひらいた。

「おはよう」

将はいった。マイは将を見つめた。

「いないと思いました」

「朝飯を食いにいって、今、帰ってきた」

「朝ご飯、食べるのは珍しいです」

マイがいった。

「え？」

「あなた、朝ご飯食べない。わたしのうちでも食べなかった」

マイはつづけた。

「そうだっけ。ほら、入院していると、三食でてくるからさ……」

マイは疑わしげに将を見つめた。しかたなく将は訊ねた。

「君は、どうしたんだ、急に」

「あやまりたくてきました。きのう、あなたを帰らせたから」

マイは目を伏せた。きのうとちがい、ノースリーブのワンピースを着けている。

「気にすることない。俺が悪かったんだ。いろいろ訊いたから」

「怒ってないですか」

「怒ってなんかいない」

「本当に？」

マイは顔を上げた。

「本当だ」

答えながら、将は不安になった。この状況はよくない。またしても二人きりだ。いきなり現われたということは、マイは過去もここにきているようだ。

「わたしのこと嫌いになったのかと思いました」

「そ、そんなことはないよ。ただ、ほら記憶があやふやだから、どうしていいのかわからない」

しどろもどろになって将はいった。昔から女性とのこういうやりとりが苦手だった。つきあっていても、うまく感情を言葉にできず怒らせてしまうことが多かった。

「あのさ、新しい携帯を買ったんだ。番号がかわっているから、教えておく」

マイを部屋に招き入れ、将はスマートホンを手にした。マイの顔が明るくなった。

「教えて下さい」

肩から吊るしていたバッグからスマートホンをだした。

「ええと、自分の番号のだしかたがわからないから、そっちの番号をいって。かける」

大仏と番号のやりとりをしたときのことを思いだし、将はいった。

「わたしの番号はこれです」

電話を操作し、マイは画面を将に向けた。表示された番号を呼びだした。マイの手の電話が振動した。

「登録します」

マイはいった。

「俺の前の番号はある？」

将は訊ねた。マイは頷き、

「これです」

と画面を示した。ローマ字の「Nisida Sigeru」の下に十一桁の番号が表示されていた。

「かけた？」

その番号を自分の電話に打ちこみながら将は訊ねた。

「何度もかけました。朝も夜も。ずっとつながりませんでした」

悲しげにマイはいった。

「そうか」

将はつぶやいた。ひどく良のことを心配していたようだ。

「俺がグエンにどうかされたと思ったのかい」

マイは目をみひらいた。

「どういう意味ですか」

「だから、俺のことをグエンは気に入らなかったのじゃないかな、と」

「思いだしたのですか、グエンのことを」

「あまり思いだせない。けれど、俺と君のことをよくは思っていなかったのじゃないか」

マイの目に怒りが浮かんだ。

「グエンはわたしの自由を奪いたいのです。ここはベトナムじゃないのに」

「そうだろうな」

「え？」

「いや、君はすごくきれいだから心配なのだろう」

思わず本音がでていた。マイの表情がぱっと輝いた。

「わたしのことをきれいと思いますか」

「そりゃそうさ。誰でもそう思う」

「嬉しい」

マイは将に抱きついた。将の胴に両手を回し、引き寄せる。将は思わず両手をあげた。抱きしめ返したら、戻れなくなりそうだ。マイの髪からハーブのいい香りがし、ワンピースの胸が将の胸に押しつけられている。そのふくらみを感じ、理性を失いそうになった。

「シゲル」

マイがささやき、我にかえった。

マイの体を離そうとしたが、マイの腕には力がこもっている。それを無理やりひきはがした。

「駄目だ」

マイは今にも泣きそうな顔だ。

「聞いてくれ」

将はマイをベッドにすわらせた。自分は座椅子にかける。

「逆です」

マイがいった。

「逆？」

「ここではいつもシゲルがベッド、わたしがそこでした」

「じゃあそうしよう」

将はマイと位置をかわった。ついでにベッドサイドにあったリモコンでエアコンを作動させる。

「きのうも話したけれど、俺は頭を怪我したんだ。前のことを思いだしたり、思いだせなかったりする」

「どうして怪我したの」

「それもよくわからない」

「誰かがシゲルを叩きましたか」

「かもしれないが、覚えていないんだ。だから、まだ誰にも気を許せない」

マイは真剣な表情で見つめている。

「わかります。でもわたしじゃない。信じて下さい」

「もちろん。マイがやったとは思っていないさ」

「本当に？」

「本当だ。だけど誰に怪我をさせられたのかを思いだせないのは、とても不安だ」

「不安？」

「恐いってことさ」

マイは頷いた。

「わかります。シゲルとまた会えなくなるのは、わたしも恐いです」

「だろ。だから誰が俺に怪我をさせたのかをつきとめたいんだ。グエンのことを知ろうと思ったのも、それが理由だ」

「グエンがシゲルを叩いた……」

マイは再び泣きそうになり、将はあわてていった。

「まだわからない。グエンの手下かもしれない。グエンには手下がいっぱいいるって、マイはいっていたろう」

「はい。グエンの命令なら、何でも聞く人がいます」

「そいつにやられたのかもしれない」

マイは考えこんだ。

「マイは、俺の友だちに会ったことがあるか？」

「友だち？」

「そう。誰かを紹介したり、『ダナン』に連れてきたとか」

「きのう会った自転車の人」

ヒデトのことだ。

「他には？」

マイは考えていたがいった。

「そういえば、いっしょに『ダナン』にきた人がいます」

「どんな奴だ？」

将は訊ねた。

「すごく大きな人です。椅子が壊れると思ったくらい。最初スモウの人かと思いました」

関取のような体つきをしていたようだ。

「名前は？　何という人だった」

マイは首をふった。

「わかりません。シゲルより年上でした」

「それはいつ頃だい」

「『ダナン』に最後にきたときですから、八月の初めです。一ヵ月たっています」

「何を話していた？　俺はその太った人と」

マイは再び首をふった。

「近くにいてはいけないと思い、離れていました。でも、シゲルが『クィー』のことを話していたのが聞こえました」

「『クィー』だって」

「そうです」

将は息を吸いこんだ。大仏も『クィー』の話をしていた。

「変だと思いました。どうして『クィー』の話を日本人がするのだろう」

「しちゃおかしいのか」

マイは笑った。

「子供が恐がる話です」

「どういうことだい」

「『クィー』というのは、ベトナム語でデビルのことです」

「デビル？　悪魔か」

マイは頷いた。

「それ以外で『クィー』について何か聞いたことはないか」

マイは首を傾げた。

「どういうことですか。シゲルも『クィー』がいると思っているのですか」

「『クィー』が、誰か、たとえばグエンの渾名《あだな》だとか」

「まさか。グエンは恐いけど、『クィー』とはいいません」

マイは首をふった。どうやらマイは『クィー』について、言葉本来の意味しか知らないようだ。

「で、太った男は何といっていた？」

「よく聞こえなかったのですが、シゲルはその人が『クィー』のことを知っていると思っているようでした」

「知っていたのか？」

「わかりません。他のお客さんがきて、わたしは忙しくなりました」

マイは真剣な表情で将を見つめた。

「わたし、役に立たない？」

「いや、そんなことはない。その太った男以外と『ダナン』にきたことはないのかい」

「この前、きました、スーツの人」

小関だ。

「それは覚えている」

マイは肩をすくめた。

「見たのはその二人だけです」

大仏が現われたとき、マイは店にいなかった。

「太った男は、そのあと『ダナン』にこなかったか？　俺がいないときでも」

マイは首をふった。

「わたしがいるときにはきません」

将は息を吐いた。「クィー」のことを話していた以上、麻薬組織に関係する人間と考えてよさそうだ。ヒデトならその男について何か知っているかもしれない。

マイはじっと将の顔を見つめている。

「誰がシゲルに怪我をさせたのか、わたし知りたいです」

「俺が知りたいよ、それは」

「わたし手伝います。いいですか」

「いや、それは――」

駄目だといいかけ、将は口ごもった。マイに危険が及ぶかもしれない。とはいえ、グエンのことも含め、手がかりを与えてくれそうなのは、マイとヒデトしかいない。大仏や小関には下手なことを訊けば、偽者だと正体がバレてしまう。

「シゲルのことを叩いたのが、グエンかグエンの部下だったら、わたし許さない」

決意のこもった目でマイはいった。

「許さないって……」

「もうグエンと会いません。わたしたちの関係は終わりです」

「待った。そんな風に決めつけちゃいけない。まだ何もわからないのだから。そうだ、俺がグエンに会うことはできないかな」

将はマイを見つめた。マイは将を見つめ返した。

「ほら、もしグエンが俺に怪我をさせた犯人なら、会えば何かわかるかもしれないだろ」

マイは考えている。

「『ダナン』にグエンはよくくるのかい」

「週に一回か二回きます。わたしの部屋にもきます。いつも急にきます」

いらだたしげにマイはいった。マイの〝浮気〟を疑い、現場をおさえようとしているのかもしれない。

「その場に俺がいたことはあったか？」

「ありません。グエンがくるのはいつも昼です。シゲルがわたしの部屋にくるのは夜でした。昼に会うときはわたしがここにきました」

「俺たち、知り合ってどれくらいになるんだ？」

「シゲルと会ったのは――」

マイは考え、答えた。

「六月の終わりです。シゲルは『ダナン』にひとりできました。ベトナム料理が好きだからきたんです」

「そう、なんだ……」

「忘れました？」

マイは悲しげに訊ねた。

「ごめん、覚えてない」

「お店が暇で、わたしたちはお喋りをしました。シゲルは、東京にきたばかりだといっていました。仕事を捜している、と」

「それで仕事は見つかったのかな」

「初めてきた日の次の日に、またきて、見つかったといいました。セキュリティの仕事だといっていました。だからアパートを捜すって」

将は無言で頷いた。今の話だけでは、良が偶然マイと知り合ったのか、グエンの情報を得ようと近づいたのか、判断できない。

情報が目的だったとしても、マイは当然、それを知らない。

そう考えると良に腹が立った。マイを利用していた可能性がある。こんなにけんめいに自分のことを考えてくれているマイを、情報を得るための道具として使ったのだ。

同時に菅下の言葉を思いだした。

——犯罪者ではなく実は正義の味方だと教えたら、尊敬されるとでも思うのかね。ずっと嘘をついていたのか、だましていたのかと怒りだすのが関の山だ。捜査が終了したら、関係者には何も告げず、消える。逃げたか逮捕されたのか、それすら不明にしておくんだ。

真実を告げるのは、良がマイを道具にしたと教えるに等しい。

将は息を吐いた。それを勘ちがいしたのか、マイはひどく悲しげな顔になった。

「わたしのこと、嫌いになったのですか」

「いや、ちがう」

将は首をふった。

「そんなのじゃない。混乱しているだけだ。嫌いになんかなってない」

「本当ですか。もしシゲルが迷惑なら、わたし消えます」

「いや、それは困る。今は――」

まだ、といいそうになり、将は黙った。マイは頷いた。

「わかりました。シゲルが思いだすまで、わたしは待ちます」

「そうしてくれるとありがたい」

マイは頷き、立ちあがった。

「そろそろお店にいかないと。ディナーの準備があります」

「ここから『ダナン』は近いのかい？」

地理的な見当がまるでつかない。

「近いです。歩いたら三十分くらいかかりますが、タクシーだったら、十分もかかりません」

「そうなんだ」

「じゃあ。何かあったら、いつでも電話を下さい」

マイは名残り惜しそうに部屋を見回し、玄関に立った。

「ああ、必ず電話する」

「グエンがお店にきたら、シゲルに電話しますか」

「そうしてくれ」

将がいうと、マイは頷き、でていった。扉が閉まり、将は大きく息を吐いた。ベッドにひっくりかえる。

マイと二人きりで会うのは、これきりにしなければ。天井を見つめ、思った。

マイの気持が痛い。いや、それだけではない。マイに好かれているとわかればわかるほど、それに応えられない自分の心も痛い。

マイに惹かれている。だがそれを口にすることもできなければ、行動に移すこともできない。このまま良のフリをして、恋人になってしまおうか。

いやそれは絶対に駄目だ。なぜなら肌を合わせた瞬間、自分が偽者であると見抜かれるにちがいないからだ。

マイはどれだけ傷つき怒るだろう。良が麻薬取締官で、自分がその双子の弟だと告げたところで、何のいいわけにもならない。それどころか、良がマイをだましていたことまで教える結果となり、さらに傷つけてしまう。

八方塞がりだ。

「くそ」

このまま消えてしまおうか。菅下にはもちろんマイにも何も告げず、アメリカに戻るのだ。アメリカにはシンプルな生活が待っている。民間軍事会社にいけば高給が保証され、妙な芝居をする必要もない。菅下だってそこまで追ってはこられないだろう。

だがそうしたら、マイに対するもやもやとした気持からは解放されても、良がどうなったのかをつきとめられなくなる。

将は深々と息を吸いこんだ。

叔父の家をでることを決めたとき、良は反対した。

――お前が逃げだしたと思われる
かまわない、と将はいった。逃げたと思わせておけばいい。大飯食らいの問題児がいなくなって、叔父さんもほっとするだろう。

そのときの良の顔を覚えている。苦しげで泣きそうな表情だった。

――でも本当は……

いいんだよ、いかにも俺がやりそうなことなんだから、俺がいなくなれば、皆んな、ああやっぱり、と思うさ。それに何より、もう、うんざりなんだ。学校もこの家も。でていきたいんだよ。

――でて、どこにいくんだ?

とりあえずは大阪かな。大阪にいけば、何かしら仕事があると思うんだ。

――そのあとは?

そんなことわかるわけないだろう。お前だって、どこの大学に受かるか、まだわからないだろうが。

将は笑いとばした。良は黙った。

双子って不便だ。なまじ似てるから、いつも比べられる。成績だって運動だって。でも俺たち、見かけ以外はまるで似てない。

——確かに比べられるのは嫌だ

だろ。俺が消えたら、誰も比べられなくなる。お前もさっぱりするぜ。

——でもいいのか、逃げだしたって、ずっと思われるんだぞ

本当はちがうって、俺もお前もわかっていりゃ、それでいい。

良はうつむいた。

——お前に責任を押しつけるのは嫌だ

やめろ。お前は優等生の人気者でいろ。むしろ、俺がそうしたいんだよ。ここを逃げだすいいわけになる。

将は起き上がった。あのときは逃げたわけではなかった。すべて丸く収めるには、自分が逃げだしたと周囲に思わせるのが一番だった。

むしろつらかったのは良のほうだろう。良の〝罪〟をかぶることで、いつも上だと思われていた良に貸しを作れる、という打算すら自分にはあった。

それが気づいたら二十年たってしまっていた。今さら良に借りの気持が残っているなどとは思ってもいなかった。

だから菅下の言葉を聞いて、驚いた。良はずっと気にしていたのだ。

「逃げられないな」

将はつぶやいた。あのときは逃げたフリだったが、今、アメリカに戻ったら本当に逃げることになる。

自分が悪さをするたびに、良は学校や叔父に、いいわけをしてかばった。いいわけをするな、かばってなんかほしくないといったら、良は怒った。

――お前のためにしてるんじゃない。お前が何かやれば、そのたびに俺も足をひっぱられるんだ。それがわかんないのか。双子なんだ、関係ないとは誰も考えてくれないんだよ

悪いことをしたとはこれっぽっちも思わなかった。双子だからっていっしょにする奴が悪いのだ。

奇妙な話だが、今、二十年以上前の良の腹立ちがわかる。自分が、良にどれだけ嫌な気持を味わわせたのか、気づいた。

将は携帯を手にした。大仏から聞いたヒデトの番号を呼びだす。

知らない番号からの着信を警戒したのか、ヒデトはでなかった。留守番応答サービスに切りかわり、将は告げた。

「西田だ。携帯を失くしたんで、今はこの番号だ。聞いたら、折り返してくれ」

すぐにコールバックがあった。

「西田さん！　誰かと思いましたよ」

「きのうは話せなかったが、携帯を失くした上に入院をしていたんだ」

嘘もくり返していると、すらすらでてくるようになる。

「そうだったんすか！　もう大丈夫なんですか？」

「体は大丈夫なんだが、きのうもいったように記憶がいろいろ飛んじまってていてな」

「そりゃマズいっすね」

「だろう。携帯もないんで、仕事もどうしたものかな、と」

「えっ、支部長と話してないんですか」

「そうなんだ。連絡しようにもできない。支部長の番号を知ってるなら教えてほしい」

「いや、知ってはいますけど、勝手に教えたら、俺が怒られちゃいますよ」

「じゃあこうしよう。支部長に連絡して、俺が話したがってると伝えてくれ。この番号を教えていいから」

「なるほど、わかりました」

ヒデトは答えた。

「ただいつ支部長に連絡がつくか、わかんないすよ。あの人、昼間は電話にでないことが多いんで。でも、西田さんがでてきたってわかれば、連絡してくるかな……」

「もし支部長に連絡がついたら、その前に一度、俺と会わないか」

「え、それはいいですけど……」

「いろいろ思いだすにはヒデトの協力がいる。助けてほしいんだ」

「西田さんの役に立つなら、オッケィすよ」

明るい口調でヒデトはいった。

「じゃあ、支部長に連絡して、また電話しますね」

ヒデトから連絡がくるまですることがなかった。将は一度池袋の「慶州大酒店」に戻った。部屋においてある荷物をとり、フロントにチェックアウトすると告げた。料金は一泊一万円だった。高いような気もしたが、菅下から渡された〝経費〟で支払った。

ワカハイムにとんぼがえりすると、クローゼットに自分の衣服を入れた。おかれている良の服はそのままにしておく。

四時過ぎに携帯が鳴った。ヒデトだった。

「支部長と連絡がつきました。えらく驚いてましたよ。西田さん、生きてたのかって」

「俺が死んでいると思っていたのか」

「ずっと連絡がとれなかったからじゃないですか。ひと月近いっしょ」

「で、何といっていた？」

「そっちの携帯に連絡するといっていました」

「そうか」

「あと二時間したら、俺も体空きますんで、飯でも食いませんか」

「いいな。どこで会う？」

「ダナン」は避けたいと思いながら、将は訊ねた。

「前に西田さんに連れていってもらった六本木のバーはどうですか。カレーがうまいっていってましたよ」

「俺がヒデトを連れていったのか？」

「ええ。覚えてないんですか」

わざと間をおき、

「駄目だ。思いだせない」

と将はいった。

「『ヤドリギ』って店です。ミッドタウンの向かい側にある路地を入ったところです」

「よくいってたのか、俺は」

「俺を連れていってくれたくらいですから、そうだったんじゃないですか」

手がかりが得られるかもしれない。

「わかった、そこで会おう。何時にする？」

「七時半でどうです。飲むなら、自転車《チャリ》おいていきますんで」

「七時半だな」

「場所はスマホで調べりゃわかると思いますが、わからなかったら電話下さい」

「了解」

ヒデトと会う前に「ヤドリギ」にいく必要があった。店の人間が良とどれくらい親しくしていたのか確かめなければならない。ことによれば、良の正体を知っているかもしれないし、将が偽者だとヒデトの前で見抜かれる事態も避けなければならない。

「六本木、バー、ヤドリギ」で検索するとすぐにヒットした。午後六時から営業開始とある。いきかたを調べ、将はワカハイムをでた。

8

地下鉄を使い、将は六本木に向かった。東京は地下鉄が網の目のように走っていて、それがさらに郊外に向かう鉄道につながっているようだ。スマホのアプリがなければ、とうてい乗りこなせない。

グーグルマップで自分の位置を確かめながら将は「ヤドリギ」に向かった。ヒデトがいったミッドタウンというのは、地下鉄の駅につながった超高層ビルで、そこからほど近い路地にバー「ヤドリギ」はあった。古い雑居ビルの外階段を二階に上がると、黒い鉄製の扉がある。

六時にはまだ少しあったが、将が扉を押すと鍵はかかっていなかった。

カウンターだけの細長い店で、白いシャツに蝶タイをつけた男がひとり、グラスを磨いている。

「いいですか？」

男は将を見るや、目を大きくみひらいた。

「良さん！」

西田でもシゲルでもなく、「良さん」と呼んだ。

将は男を見つめた。

「生きてたんですか、良さん」

「良のことを知っているんですね」

将がいうと、バーテンダーの男はさらに目をみひらいた。年齢は四十くらいだろう。色が浅黒く、痩せている。

「良さんじゃないんですか……」

「将といいます」

「ショウ。じゃあ、良さんの双子の——」

将は頷き、並んでいる椅子のひとつに手をかけた。

「すわっていいですか。ちょっと話をお聞きしたいので」

「あ、もちろんです。すみません、気がつかなくて」

バーテンダーはいった。

「何か飲まれますか」

将が腰をおろすと訊ねた。

「じゃあビールを下さい」

「ビールは生じゃなくて小壜《こびん》なんですが、よろしいですか」

将が頷くと、バーテンダーは冷蔵庫からだしたグラスにビールを注いだ。

「どうぞ。しかし、よく似ている。入ってこられたとき、てっきり良さんだと思いました」

ビールをひと口飲み、

「良とは古いつきあいなのですか」

と将は訊ねた。

「良さんとは京都にいたときに知り合ったんです。もう十年近くなりますか。働いていた洋食屋に良さんがよくこられて。亡くなったミオさんと」

「亡くなった？」

将は訊き返した。

「つきあっておられた女性です。結婚するつもりだったのじゃないですかね。それが電車の事故で亡くなられて。ご存じないのですか？」

「実はずっと日本を離れていて。戻ってきたのは、ほぼ二十年ぶりなんです」

「二十年も……。じゃあご存じなくて当然だ」

大きな脱線事故が京都であったのだ、とバーテンダーはいった。電車の乗客数十名が亡くなり、良の恋人だった女もそのひとりだった。

「それがミオという人ですか」

「ええ。良さん、めちゃくちゃ落ちこんでおられました。当然ですよね。結婚まで約束されていたのだから」

ナッツの入った小皿を将の前におき、バーテンダーはいった。

「あの、お名前は？」

「あ、宮崎といいます」

「宮崎さん。加納将です」

改めて将は頭を下げた。

「将さんて、高校生のときに良さんと別れ別れになったのですよね」

宮崎はいった。

「別れ別れというか、俺が家出したんです。大阪に少しいたんですが、その後アメリカに渡りました」

宮崎は頷いた。

「『俺はひとりぼっちの星のもとに生まれたんだ』って、良さんはよくいってました。子供の頃、ご両親と死に別れ、ひきとられた叔父さんも強盗に殺され、恋人は事故で亡くした。双子の弟さんは行方知れずだって」

将は息を吸いこんだ。

「良の仕事をご存じでしたか？」

グラスを磨く宮崎の手が止まった。

「将さん、失礼、加納さんはご存じですか」

将は頷いた。

「西田という名前を良は使っていたそうですね。西田シゲル」

「ええ。こっちで知り合ったという若い男を連れてきたときは、そう名乗っていました。私にも話を合わせてほしいといわれて」

「今は俺が西田シゲルです」

将がいうと宮崎は首を傾げた。

「どういうことですか」

「良の行方がわからない。良のフリをして、良がどうなったのかを調べてほしいと、良の上司らしい人に頼まれました」

「菅下さんですか」

宮崎の問いに将は頷いた。

「一度、良さんが連れてきました。ちょっと恐そうな感じの人ですよね」

「良はその上司の命令で、東京にいたんです」

「良さんがひとりできたときに聞きました。顔を知られていない良さんに白羽の矢が立ったんだといっていました。新しい麻薬組織を追いかけているといって。連れてきた若い男は、その組織の下っ端みたいでした」

宮崎はいった。

「もう少しすると、その男がここにきます。俺を良のように、つまり西田シゲルのように扱って下さい」

宮崎は混乱したような表情になった。

「西田のフリをしている良さんのフリをする、ということですか」

「そうです。ここでは西田シゲルはどういう人間だということになっていました？」

「関西でやんちゃしていられなくなり、東京に流れてきたことにしてほしい、と良さんはいってました。京都、大阪、神戸でいろいろやっていた、と。私とは京都で知り合った。ま、実際そうなんですけれど。私が先にこっちでバーを始め、関西にいられなくなった西田さんも東京にきたんで、つきあいが復活した。まあ、その若い男がきたときにした話ですけど」

「良はなぜここにその若い男を連れてきたんでしょう？」

「私も初め、それが不思議でした。麻薬組織の人間に正体がバレたらヤバいじゃないですか。ましてそれが私のせいだなんてことになったら、立つ瀬がない。だけど他に知っている酒場がないんだ、と。東京のことはわからない。適当にそこいらにある店に入ったら、もしかすると極道や麻薬組織とつながっているかもしれない。だから絶対シロだとわかっている店で飲みたいんだと。若い男を連れてきたのは、そいつをエスにするためだと思います」

「エス？」

「スパイですよ。誰がクスリの中毒で誰がそいつにクスリを売っているのか、またその卸し元がどこなのか、麻薬Gメンは常に情報を追いかけている。それをもたらしてくれるのはエスだけだ、と良さんはいってました。だからエスの身は守ってやらなけりゃいけない。よほど信用できると思わない限り、正体を明せないからって」

「そいつ、ヒデトというんですが、良は正体を明していたのでしょうか」

宮崎は考え、首をふった。

「東京ではまだ誰にも明していなかったと思います。ここでだけ、加納良に戻れるっていってましたから」

答え、将の顔を見つめた。

「立ち入ったことを訊くようですが、加納さんはアメリカで何をしておられたのですか」

「兵隊です」

「兵隊？」

「アフガニスタンにずっといました。陸軍の兵士として」

宮崎は目を丸くした。

「日本人がアメリカ兵になれるのですか」

「志願し、検査に合格すれば。国籍の取得も可能です」

「じゃあ加納さんは今アメリカ人なのですか？」

将は頷いた。宮崎は息を吐いた。

「そんなことがあるんですね」

「今はいろいろとうるさくなっていますが、二十年前は簡単でした」

「良さんはそれを知っていたのですか」

「いいえ。アメリカに渡ってからは、一度も良に連絡をしませんでした。良は俺のことを心配していたそうですね」

「そうですよ。たったひとりの身寄りなのに、どうして連絡してあげなかったのですか」

口調はていねいだが、非難しているような響きがあった。将が黙っていると、

「すみません。さしでがましいことをいって」

と宮崎は頭を下げた。

「いいえ。宮崎さんのいう通りです。同じことを、良の上司にもいわれました。でも連絡をしたら、良の足を引っぱると思ったんです」

将はいった。宮崎はじっと将を見つめた。

「あるとき、まだミオさんがお元気だったときに、良さんから聞いたことがあります。弟の将は俺の罪をかぶったんだって。だから将が道を踏み外すようなことになれば、それは俺のせいだって」

将は首をふった。

「そんなことはまるでありません。確かに俺は一度だけあいつの罪をかぶりましたが、それ以外のときは全部、あいつは俺をかばってくれました。それに俺はもう叔父の家をでたくてしかたがなかった。ちょうどいい口実にしただけです。俺とちがってあいつは叔父さんに気に入られていたし……。まさか叔父さんが殺されていたなんて思いもしなかった」

宮崎は何度も頷いた。

「良さんはあなたに会いたがっていました。いなくなってからあなたが帰ってくるなんて皮肉な話です」

「あいつの身に何があったと思いますか」

将は宮崎を見返した。

「さあ……」

宮崎は息を吐いた。

「良さんは、週に一度はひとりでここにきてくれていました。加納良に戻れる場が必要なんだって。それ以上のことはいいませんでしたが、危ない橋を渡っているのだなというのはわかりました。周りは全部犯罪者じゃないですか。正体がバレたら何をされるかわからない」

「誰かに狙われていたとか」

「いえ、そこまでは聞いていません。でも何かの弾みで正体がバレるということはあったかもしれません。関西で昔つかまえた奴にばったり会うとか」

「ヒデト以外の人間を連れてきたことはありませんか。たとえば女性とかを」

「いいえ。そのヒデトという人も一度きりで、あとはいつもひとりでした」

「誰かの名を口にしたことはありますか」

宮崎は考えこんだ。

「いや、聞いたことはないな」

宮崎は首をふった。

「こっちで何をしていたのかを話しませんでしたか」

将が訊ねると、

「自分から売りこんで用心棒のようなことをやっているといっていました。クスリを届ける人間が襲われるんで、それを守っている。襲うのは、縄張りを荒された極道だって」

宮崎は答えた。

「実際にどんな連中とやりあったかを聞きました？」

「いや、そこまでは……。でも連れてきた若いのは知っている風でした」

「『クィー』という名を聞いたことはありますか？」

「『クィー』？　店の名ですか」

「人かグループの名のようです」

宮崎は首を傾げた。

「聞いたことがありませんね」

「マイという女性はどうです？」

「その人の名なら聞いたことがあります。良さんは悩んでいるようでした。こっちにきて知り合い親しくなったのだけれど、身分を明すことができない。どうしたらいいだろうって」

「良が最後にここにきたのはいつです？」

「ちょっと待って下さい」

宮崎はいって、カウンターの内側においたノートをめくった。

「先月の十日です」

「十日!?」

菅下の話では、先月の八日、用心棒をつとめている良の姿を東京のマトリが見ていて、それ以降消息がわからなくなっている。

「どんなようすでした？　そのときの良は」

「荒れていました。何か嫌なことがあったらしくて、きたときはもう酔ってましたが、さらに酔おうとしていました」

「なぜ荒れていたのか、聞きましたか？」

宮崎は宙を見つめた。

「裏切り者がいる、というようなことを何回か口にしてました」

「裏切り者？」

「ええ」

「誰のことをいっていたんでしょう？」

「いえ、そこまではわかりません」

潜入している麻薬組織の中の人間なのか、それとも麻薬Gメンの誰かをいっているのか。

将は考えこんだ。

「で、その直後から良さんが店にこなくなったんで、心配していたんです」

宮崎がいったので、将は頷いた。死んだと考えていたのも不思議ではない。

良の正体を麻薬組織に知らせた人間がいたのだろうか。そうでなければ、警察官や麻薬Gメンの情報を組織に流している人物の正体をつきとめたとか。

菅下だろうか。もし菅下が裏切り者だったら、良が荒れたというのも頷ける。

だがそうだったら、わざわざ自分に良のフリをさせてまで安否を知ろうとはしないと思い直した。菅下が裏切り者なら、それをつきとめられるような危険はおかさない筈だ。

携帯が鳴った。ヒデトだった。

「思ってたより早く六本木に着いたんすけど、西田さん、今どこです？」

「もう『ヤドリギ』にきている」

「了解です。カレー頼みました？」

「いや、まだだ」

「じゃあ申しわけないんですが、俺のぶんも頼んでおいてもらえますか。大盛りで」

「わかった」

電話を切り、将は宮崎を見た。

「話にでた若いのが今からきます。俺を良だと思って芝居をして下さい。あと、カレーの大盛りをふたつ、お願いします」

宮崎は無言で頷き、カウンターの奥にあるキッチンに消えた。

数分後、ヒデトが店の扉を開いた。ショートパンツにTシャツという軽装だ。

「こんばんは」

キッチンから顔をだした宮崎がいった。

「こんばんはっす。あ、ビール、いいすね。俺もビール下さい」

「承知しました」

宮崎はいって、将の隣にすわったヒデトのグラスにビールを注ぎ、再びキッチンに入った。

「カレー、頼んでおいた」

「ありがとうございます。じゃ乾杯」

ヒデトとグラスを合わせる。

「六本木くるの、久しぶりっすよ」

「そうなのか」

「だって北島会のシマじゃないすか。見つかったらヤバいですもん」

「北島会というのは、俺が霊園でやりあった連中か」

「そうです。本当は通っちゃヤバいってわかってたんですけど、六本木から西麻布に抜ける道は下り坂だから早いし楽なんですよ。それで俺が通ったら、北島会の連中に見つかったんです。車で通せんぼされて、青山霊園に連れこまれたんすよ。こりゃ終わったなって覚悟したら、そこに西田さんがきてくれた」

「俺は青山霊園にいたのか」

「いえ、六本木にたまたまいて、さらわれる俺を見かけたんでタクシーで追っかけたんだといってました」

「たまたまいた……。この店にでもいたのかな」

「ちがうと思います。俺が北島会に見つかったのはヒルズのそばですから。こっからは離れてます」

「ヒルズ?」

「六本木ヒルズです。六本木には、ヒルズとミッドタウンって大きなビルがふたつあって、六本木交差点をはさんで離れてるんです。歩くと十分以上かかります。ここはミッドタウンのそばだから、用事がなけりゃヒルズのほうにいったりしませんよ」

「つまり俺は理由があって、その六本木ヒルズの近くにいて、さらわれるお前を見かけたってことか」

「じゃないですか。覚えてないんですか」

将は首をふった。キッチンから、カレーの香ばしい匂いが漂ってくる。

「そういや、西田さん、そのとき、きちっとした格好をしてました。スーツにネクタイをしめて。ヒルズで誰か大物に会ってたのじゃないですか」

「大物？　組織のか」

ヒデトは肩をすくめた。

「俺なんか、ほら、ただのチャリ部隊だから支部長から上に会ったことないすけど、西田さんなら支部長も上に引き合わせようと思っておかしくないじゃないですか」

「そうなら、大物は六本木にいるってことか」

「いや、わかんないっすよ。ただの勘ですから。でも西田さん、東京にきたばっかりで知り合いはいないっていってたじゃないですか。それがネクタイしめて六本木にいたのだから、誰か大物に会っていたと思うのがふつうでしょう」

「何時頃だった？」

「夜の八時くらいですかね。デリバリィを頼んできたのが、日赤《にっせき》近くのマンションに住んでる常連で、そいつはいつも夜の七時くらいにオーダーしてくるんすよ。あ、日赤ってのは広尾にあるでかい病院で、そのすぐ近くのマンションに客は住んでるんです。買ったら二、三億はしそうな、すげえマンションで、専用の宅配ボックスに品物はおいていくんですけど」

「代金の支払いはどうしてるんだ」

「ネットで決済です。オーダーを受けた時点で、口座から落ちるんで、俺らは金には触らないんです」

「それで大丈夫なのか」

「ぜんぜん大丈夫です。もし品物と金の両方をもっていて事故とかにあったらマズいじゃないですか」

ヒデトは声をひそめた。

「品物だけなら、自分が楽しむためだっていえますが、金ももってたら、プッシャーだってバレちまいますからね」

「なるほど。誰が考えたんだ？」

「支部長ですよ。支部長ってのは、自分でいいだしたんですけど、本当はけっこう組織の上なんじゃないかな。そういや、支部長から電話きました？」

将は首をふった。

「いや、こない」

「忙しいのかな」

怪しまれているのかもしれない、と将は思った。ひと月も消息不明だっただけに、警察につかまっていたのではないかと疑われてもおかしくない。あるいは良を消したのが支部長で、死んだ筈の良が現われたことに混乱している可能性もある。

「俺が話したがっているといったら、支部長はどう反応していた？」

「ラインですからわからないす。会ったのは何度かだけで、それからは渡された携帯にラインで連絡がくるんです」

「全員に携帯が支給されるのか」

ヒデトは頷いた。

「それも支部長のアイデアみたいっすよ。ＧＰＳで位置をいつでも確認できるんで、仕事中は必ずもたされるんです」

「支部長は頭がいいんだな」

「見た目はとてもそうは思えませんけどね」

見た目？と訊き返そうとしたところで、宮崎がカレーの皿を手にキッチンから現われた。色は濃いがさらっとした感じのカレーがライスにかかり、牛肉と思しいかたまりがのっている。

「うまそう！」

ヒデトは声をあげた。

「これ、自家製のピクルスです。よかったらどうぞ」

刻んだ玉ネギ、キュウリ、ニンジンの入った小皿がついている。

「いただきまーす」

ヒデトがスプーンをとりあげ、将もそれにならった。

カレーは、口に入れた一瞬甘いと感じるのが、じわじわと辛さにかわる。コクがあってうまかった。

うまい、うまいを連発し、ヒデトはスプーンを口に運んだ。将も同様で、つけ合わせのピクルスを食べ忘れるところだった。

宮崎はわずかに得意げな表情を浮かべ、カウンターの内側から二人を見ている。自慢の味らしい。

カレーライスを食べるのは久しぶりだった。

カレーに似て非なる料理は、中央アジアや中東地域にもある。が、具材の味つけにカレーの香りが使われることはあっても、煮こんでペースト状になったものをライスと混ぜ合わせて食べることはなかった。

二人とも途中からほぼ無言になってカレーを平らげた。

「ああうまかった！　失礼ないいかたですけど、この味ならカレー屋やったって、客が並ぶのじゃないですか」

ヒデトがいった。

「それ専門となると難しいものですよ。それに仕込みに時間がかかります」

宮崎は笑いながら答えた。

「そういうものなんだ。いや、西田さんがうまいっていうだけのことはありました。これでも俺、いろんな場所でカレーは食べてるんで、ちょっとは詳しいつもりなんです。ここのカレーはたいしたもんです」

ヒデトの言葉に将は頷いた。

「支部長に食わせてやったら、大喜びして十杯くらい平らげるんじゃないですか」

「そんなに大食いなのか」

「だってあの体っすよ」

ヒデトがいったので、将はマイから聞いた、関取のような体つきの男を良が連れてきたという話を思いだした。

「相撲とりのような体だったな」

「椅子から尻がはみでてますからね。たぶん百二、三十キロはあるんじゃないですか。あの体だから、自分は動かないで、ラインであちこちに指令を飛ばしているんです。ま、動きたくとも動けないでしょうが」

ヒデトは頷いた。

そのとき将の携帯が振動した。見知らぬ携帯番号が表示されている。カウンターにおいたその画面を見て、

「支部長っすよ。やべえ、聞こえていたのじゃないだろうな」

ヒデトがいった。

「そんなわけないだろう」

将は笑って耳にあてた。

「はい」

「西田くんだな」

ぜえぜえと喉を鳴らしているような声がいった。

「そうです」

「支部長だ。ヒデトから聞いて電話をした。てっきり殺されたと思っていた」

「入院していたんです。頭を怪我して」

「一度会って話そうか。もし仕事をつづける気があるのなら」

「もちろんありますよ。食っていけません」

「なるほど。今日このあとは大丈夫かね」

「大丈夫です」

「ヒデトといっしょかね？　六本木にいるようだが」

「はい」

「じゃあヒデトに連絡するので、二人とも待機していてくれ」

「了解しました」

電話を切り、将はヒデトを見た。

「ヒデトに連絡する、といっていた。今夜中に会ってくれるらしい」

菅下に知らせるべきだろうか。支部長をつかまえれば多くの情報が得られるだろう。

だが良が殺されたのだとしても、犯人が支部長とは限らない。支部長以外の人間が犯人だったら、それをつきとめるのが難しくなる。

菅下に知らせるのは、支部長に会ってより多くの情報を得てからでも遅くはない。

「支部長はふだんどこにいるんだ？」

将はヒデトに訊ねた。

「特注のアルファァードっすよ」

「特注のアルファァード？」

「俺らは『走る支部長室』って呼んでます。白のアルファァードで、うしろの席をうんと広くとってあるんです。それにパソコンや携帯を何台も積んで、GPSの情報を見ながらオーダーのメールに対応して、チャリ部隊を走らせてます。なんで車に乗ってるかっていうと、常に移動していれば、誰かがつかまって、警察に捜されても、すぐ逃げられるじゃないですか」

将は唸った。

「頭がいいな、確かに。もともとは何者なんだ？」

「さあ。そんなこと訊けませんよ。もしかしたら支部長が組織のボスかもしれないって思うこともあるんですが、さすがにそれはないかなって」

「チャリ部隊の他の連中もそういってるのか？」

「チャリ部隊どうしが顔を合わせることは少ないんです。それも支部長の方針です。あまり仲よくするな、と。確かにひとりがつかまったらイモヅル式につかまる可能性がありますからね」

「じゃあチャリ部隊に知り合いはいないのか」

「ひとりいましたけど……」

いって、ヒデトは宮崎を気にした。宮崎は空になった二人の皿を下げ、キッチンに入った。ヒデトは低い声でいった。

「西田さんがうちにくる前なんですが、井川ってのがいました。井川はもともとバイク便のメッセンジャーだったんで、ライダーに顔が広かったんです。チャリ部隊を作ったのも井川と支部長です。井川と俺は、前に北島会の仕事をしてたことがあって、それでつきあってたんです。でも殺されちまって」

「井川が、か」

ヒデトは頷いた。

「北島会にやられたんだと思います。井川は客もけっこうもっていたんで、卸し元を乗りかえられた北島会が頭にきたのじゃないですかね。井川が殺られてからですよ、うちの人間が襲われるようになったのは」

「北島会に戻ろうとは思わなかったのか」

ヒデトは首をふった。

「北島会は、まるきりやくざですからね。今の時代、やくざ者とつるんでもろくなことがない。それに歩合はこっちのほうが全然いい。北島会でやってるより一・五倍は稼げます。だから井川も、知り合いのライダーとかをひっぱってて」

「なるほど。北島会が怒るわけだ」

「それだけじゃないんす。俺らの歩合がいいのは、仕入れが安いってことなんです。安かろう悪かろうじゃ客は逃げますが、ものも悪くないし、値段も北島会より安いんで、客は当然こっちに流れます。だからよけい頭にきてるのだと思います」

「小関ってやくざを知っているか」

「もちろんですよ。海老名さんの下にいる奴です。俺を青山霊園にひっぱりこんだのも、小関とその手下です」

「すると俺は小関とやりあったのか」

「いや、そのとき小関は見ているだけでした。西田さんが、小関の手下を二人片づけたとき、『お前、素人じゃないな』といってましたけど」

「素人じゃなけりゃ何だというんだ」

「決まってます。極道です。俺もそうじゃないかと思ってました。西田さん、本当は関西じゃ名前の知れた極道なのじゃないですか？」

ヒデトは意味ありげにいった。

「名の知れた極道が、なぜ東京まできて用心棒をする？」

「狙いはもちろん、うちのブツの仕入れルートだ。小関だって同じです。ものがよくて値が安いとなったら、誰でもルートが知りたい」

「ヒデトはルートを知ってるのか」

「まさか！」

ヒデトは首をふった。

「ルートは企業秘密ですよ。知ってるかどうかさえ口にしないのが、この業界の常識です」

「支部長は知っているな」

「だとしても、そんなこと訊けません」

ヒデトのショートパンツから振動音がした。

「支部長です」

スマホをひっぱりだしたヒデトがいって耳にあてた。

「はい、ヒデトです！」

はい、はい、と相手の言葉に頷いている。口をはさんだり、まぜ返すような発言はしない。

「わかりました。はい！　そうします」

通話を終え、ヒデトはふうっと息を吐いた。

「何だって？」

「西田さんを檜町《ひのきちょう》公園まで連れてこいといわれました」

「檜町公園？」

「ミッドタウンの裏側にある公園です。そこで話をしたいって」

「いつ？」

「三十分後っていわれました」

将はヒデトを見つめた。

「支部長は俺と何を話すんだ？」

「さあ。でもこの一ヵ月何をしていたかとかそういうことを訊きたいんじゃないすか。檜町公園つっても、西田さんは知らないだろうから、俺が連れてこい、と」

「手間をかけて悪いな」

「いや、いいんすよ。西田さんには助けられたし、そのせいで西田さんは怪我をしちゃったわけだから」

将はヒデトの顔を見直した。

「何すか？」

「いや、いい奴だと思ってさ。もっとまっとうな仕事にもつけるだろうに」

「それ、前もいわれましたよ。忘れちまったんですね。俺、寝たきりの弟がいて、親もいないんで面倒みなけりゃならないんです」

「そいつは——」

いいかけ、将は黙った。

「そんな深刻な顔しないで下さい。別にいやいやチャリ部隊やってるわけじゃないんですから」

ヒデトは笑いとばした。将は黙ってビールを呷った。麻薬組織を追いつめれば、このヒデトも逮捕され刑務所に送られる。そうなったら寝たきりだという弟はどうなるのか。それより何より、ここまで信頼を寄せてくれているヒデトを裏切る結果になる。

良がヒデトをスパイにしようとしていたと、宮崎はいった。そのためにはまずだましていたことを告げなければならない。その上で、麻薬取締部に寝返るよう説得する必要がある。

そんなことが可能だと、良は本当に考えていたのだろうか。自分にはとてもできそうにない。

だがそうすれば、ヒデトは逮捕を免れられるかもしれない。

「そろそろいかないと」

考えていると、ヒデトがいった。将は頷き、

「お会計をお願いします」

と宮崎に告げた。提示された紙には、拍子抜けす

るほど安い金額が書かれていた。

全額を将が払い、二人は「ヤドリギ」をでた。扉を閉め際、

「またきて下さいね」

と宮崎が将の目を見ていい、

「もちろんです」

と答えた。宮崎には、良に関する話をもっと聞かなければならない。

ヒデトの案内で二人は表通りにでた。きたときは明るかったので気づかなかったが、地下鉄の駅とつながって超高層ビルがあり、それをとり巻くように、きらびやかな照明が点《とも》っている。通りを渡って、その光の中に入った。ホテルや高級ブランドショップがあり、歩いている人間の半数近くが日本人ではない。といっても「慶州大酒店」の周辺とはちがう。同じ中国人でも見るからに金持そうな家族連れや、ビジネススーツを着た白人やインド人などが、家や職場の近所といった雰囲気でいきかっている。

ロスアンゼルスにいたときは、さまざまな肌の色をした人間が暮らし働いているのをあたり前だと思っていた。自分もそのひとりだったし、多様性こそがアメリカの魅力であり強みだと学んだ。日本にもそれを感じる場所があったのだ。

「こっちすよ」

ヒデトにいわれ、我にかえった。まるでおのぼりさんだ。ぽかんと口を開け、街や人に見とれていた。

華やかな建物の中に、ショートパンツにTシャツのヒデトは入っていく。それを咎《とが》める人間はいない。

これがロスだったら、大金持が住んだり買物にくるような場所には銃をもった警備員がいて、正体不明のチンピラは寄せつけない。それだけ日本の治安がいい、ということだ。

金持の街に貧乏人がまぎれこんでも疑われず、つ

まみだされることもない。

それに気づいた瞬間、日本に住みたいと将は思った。

ヒデトにつづき、将は高層ビルの前庭を歩いていった。オープンスペースのバーやレストランのかたわらを抜けて渡り廊下にでる。ホテルや超高級マンションとショップゾーンをつなぐ通路のようだ。

それをまっすぐ歩き階段を降りると、芝生をしきつめた広場にでた。人工の小川が流れ、甘い草いきれが漂っている。

赤や青の光が地面近くを跳ね回っていて、何かと思ったら、犬を散歩させているのだった。点滅するライトを首輪につけた小型犬が何頭もいて、飼い主が立ち話をしている。このあたりで犬の散歩をさせているからには、近くの住人なのだろう。

あたりはすでに暗くなっているが、緊張も警戒もしているようすはない。

芝生の広場にはゆるやかな傾斜があり、下りていくとバスケットゴールや水遊び場がある。

その周辺に、ぽつんぽつんとベンチがおかれていた。

公園の中には照明塔が立っているが、煌々《こうこう》と明るいわけではない。つまりそれだけ治安に気を使う必要がないのだ。強盗や痴漢がでる地域なら、もっと明るくしている。

「あそこっす」

照明から離れたベンチのひとつをヒデトが指した。

植えこみに囲まれ、黒く大きな人影がある。近づいていくと、ベンチのほぼ二人ぶんを占める巨漢がすわっていた。

「きたか」

暗がりをすかすように将を見やった巨漢がいった。

「支部長ですか」

将はいった。巨漢は、残ったベンチのすきまを平手で叩いた。

「すわんなさい。狭くて悪いが」

　将はベンチの端に尻を乗せた。巨漢と隣りあう。お互いを見た。

　大きな顔に黒ぶちの眼鏡がくいこんでいる。淡いグレーのスーツは特注にちがいない。白いシャツに黒いネクタイを結んでいた。

　眼鏡の奥の大きな目が、まっすぐ将に向けられている。どこか人間離れした雰囲気があり、巨大な獣に見つめられているような気分になった。ヒデトは離れて立った。

「ずいぶん髪を短くしたな」

　太い声だった。

「頭に怪我をしたんで」

　将は答えた。

「入院していたのか」

　将は頷いた。

「どこの病院だ？」

「場所も名前もわかりません。救急車で運ばれて、そのまま入院させられました」

　病院のことを訊かれたらそう答えようと考えていた嘘をついた。

「どれくらい入院していた？」

「二十日間くらいです」

「ずいぶん長い」

「いろんなことを忘れてしまっていて。最初は自分の名前とかもいえなかったんです」

「記憶喪失か」

「らしいです。自分じゃよくわからないんですよ」

　支部長はヒデトに顔を向けた。

「救急車を呼んだのはお前か？」

「ちがいます。青山霊園で別れたときは元気だったんです、西田さん」

「道を歩いていて、急に倒れたらしいです。近くにいた人が救急車を呼んだみたいです」

　これも考えていた嘘を、将はいった。

支部長は唸り声をたてた。ライオンのようだと将は思った。強盗や痴漢はいないが、麻薬組織のライオンがこの公園にはいる。

「それで全部思いだせたのか」

「ところどころ抜けてます。話しかけられてもわからない」

です。話しかけられてもわからない」

「ヒデトとは赤坂で会ったそうじゃないか。なぜ赤坂にいた？」

「『ダナン』て店を覚えていたんです。あとは何もわからなくて。だからいけば何かわかるかもしれないと思って」

「わかったのか？」

「小関ってやくざに話しかけられました。北島会の人間だそうです。手を組まないかといって」

「手を組んで何をする？」

「俺のことを関西の極道だと思っていて、組織を乗っとるのが目的だろうというんです。だからいっしょにやろう、と」


ここは嘘をつかないほうがいいだろうと思い、将は正直に告げた。

「そうなのか？」

「何がですか」

「関西の極道なのか？」

「ちがいます」

「本当か？　忘れているだけじゃないのか」

「そういわれると自信がありません。でも極道なら、誰か組の人間が病院にきてくれてもよかったのに、誰もきませんでした。退院したあとも、何もありませんでしたし」

「なるほど」

支部長は再び唸った。

「道で倒れているときに財布とか携帯を全部盗《と》られちまって、誰とも連絡ができませんでした。だから自分のことは自分で調べるしかなくて。治療代も借りっぱなしなんで、働かなけりゃならないし。ヒデトとばったり会ったのは、ラッキーでした」

将はいった。すらすらと嘘がでてくる。

「他に会った人間はいないのか」

「もうひとり。男みたいな髪型をした、ごつい女刑事がいます」

支部長が大仏のことを知っているか探ろうと、将はカマをかけた。

「ごつい女刑事？」

「本物かどうかはわかりませんが、バッジを見せられました」

支部長はヒデトを見た。

「知ってるか」

「知りません」

ヒデトが答えた。嘘だ。大仏はヒデトを締めあげたといい、携帯の番号も知っていた。だがそれをここで口にすれば、ヒデトは困る。将は黙っていた。

支部長が唸った。

「名前は何というか、知っているか」

「わかりません」

将はとぼけた。

「その刑事は何といってきたんだ？」

「俺が何者だか知りたがっていました。あと、何だか妙な名を口にして、知っているかと訊かれました」

「妙な名？」

「『クィー』を知らないかって」

支部長の顔を見つめながら、将はいった。

支部長の表情はまるでかわらない。

「『クィー』？」

「はい。何だか知っていますか」

「知らん」

支部長はゆっくり首をふった。目は将から離れない。

「そうですか。俺も知らないんで、そう答えました」

支部長は大きく息を吸いこんだ。喉の奥で音がする。苦しげにも聞こえる音だ。

「大丈夫ですか？」

将は訊ねた。

「何が？」

「何だか苦しそうです」

「心配しなくていい」

いって支部長は上着に手をいれた。何かをつまみだす。

「これをもっていろ」

スマートホンをさしだした。

「携帯なら新しいのを買いました」

「今日からはこれを使え。いつでももって歩くんだ。そうすれば居場所がこちらにわかる。充電器はあるか」

「自分のと同じメーカーなら、あると思います」

大阪で菅下から渡されていた。

「どうだ？」

「同じようです」

「仕事のときは、そこに連絡を入れる」

「何をすればいいんですか」

「それはそのとき指示をする」

「デリバリィの護衛じゃないんですか」

将は訊ねた。良の〝仕事〟はそうだった筈だ。

「青山霊園での一件以降、北島会はチャリ部隊に手をだしてこない。だから別の仕事をしてもらう。今はそれ以上いえない」

支部長はきっぱりといって立ちあがった。ゆさゆさと大きな体を動かし、公園を下に向かう。下の道路とつながった階段があり、その手すりにすがって降りていった。ハザードを点した白のアルファードが止まっている。

階段を下りきったところで立ち止まり、支部長は見送っている将とヒデトをふりかえった。

「いけ」

追い払うように手をふった。将はナンバーを読みとろうとしたが、アルファードはライトを消していた。運転手の顔も見えない。

アルファードのスライドドアが開き、支部長はのそのそと乗りこんだ。

「いきましょう」

ヒデトがいった。アルファードのナンバーをのぞくのをあきらめ、将はヒデトを追って歩きだした。

「これからどうします？」

ミッドタウンに戻ってくると、ヒデトが訊ねた。

「何の予定もない。ヒデトは？」

「いってみたい店があるんですけど、つきあってくれますか。西田さんがいっしょなら何かあっても安心だし」

ヒデトがいった。

「六本木なのか」

ヒデトは頷いた。

「週末はクラブみたいになるんですけど、ふだんは立ち飲みのバーなんです。さっき話した井川が教えてくれた店で」

興味を惹かれた。

「いってみるか」

ヒデトは嬉しそうな笑みを見せた。

「こっちです。六本木の反対側なんすけど」

9

六本木の中心だという、頭上を高速道路が走る交差点を渡った。

「あれがヒルズで、あっちが東京タワーです」

ヒデトが示した右手には円筒型の超高層ビルがそびえ、左手にはオレンジ色に輝く鉄塔があった。まっすぐにのびる道の正面に鉄塔は立っているように見えた。それが東京タワーであることは、さすがに将も知っていた。子供の頃観た映画やテレビドラマにさんざん登場した。

「遠いのか、東京タワーは」

「歩くとけっこうあります。近くに見えますが、坂を下りて上って二十分くらいかかりますよ」

ヒデトが答えた。二人はその東京タワーに向かって歩いていた。あいかわらず外国人が多いが、微妙にその人種がかわってきていることに将は気づいた。

ミッドタウンの周辺にいたのは、富裕層と思しい中国人やホワイトカラーだったが、六本木交差点をはさんで、アラブ系やアフリカ系が多くなる。並んでいるケバブショップで働いているのはイラン人だろうし「ＳＥＣＵＲＩＴＹ」と書かれたＴシャツを着た巨漢はナイジェリア人に見える。同じ黒人でも、その体型や歩き方などで、何となくアメリカ人かアフリカ人かの見分けがついた。

通りの雰囲気が、金持の街から急に盛り場っぽくなる。アルコールの匂いと猥雑《わいざつ》な空気が漂っているのだ。

「ここです」

ヒデトが示したのは、格安量販店に近い建物の地下だった。暗い階段を降りていくと、ロックサウンドの重低音が伝わってきた。

階段を下りきったところにある扉の前には、Ｔシャツにスーツを着けた黒人が立っていた。無言で二人のために扉を開く。

音楽の音量が一気にはね上がった。明滅するライトにカウンターとテーブルが照らしだされている。夜に入ったばかりだが、まるで深夜のように酔っぱらった男がカウンターに寄りかかり、きわどい服装の女が声を上げている。従業員ではなく、客のようだ。なぜわかったかというと、体にぴったりとはりついたタンクトップとショートパンツ姿のウェイトレスが何人も歩き回っていたからだ。

店内は半分近く埋まっていて、立っている客とすわっている客が同じくらいだ。立っているのは、酒やドラッグでハイになり、じっとしていられない連中のように見える。

将はなつかしさを覚えた。こういう怪しいバーに、ガキの頃はさんざん通った。ケンカを売り、売られ、ぼこぼこに叩きのめされたこともある。幸運だったのは、ナイフで切られても、銃では撃たれなかったことだ。

「いい店だな」

大音量のロックに負けないよう、将が大声でいうと、ヒデトは嬉しそうに笑った。

「でしょう。一度、西田さんを連れてきたかったんすよ」

その目が、客を縫って動き回るウェイトレスのひとりを追っている。

客の半数がアジア人で、半数が白人、アフリカ、アラブ人だった。そのウェイトレスも、複数の人種が混じったエキゾチックな顔立ちをしている。巻いた金髪を顔の左側でまとめ、まっ赤に塗った唇をきつく結んで、ビール壜の載ったトレイを運んでいた。

「お気に入りか」

将がいうと、ヒデトは驚いたようにふりかえった。

「な、何の話すか」

「とぼけるな。目にハートマークが並んでいたぞ」

将はいってヒデトのわき腹をつついた。そのウェイトレスが二人に気づいた。テーブルの客にビールを渡し、近づいてくる。

「ヒデト、ハイ！」

濃いメイクのせいできつく見える顔が笑うととたんにあどけなくなり、未成年ではないかとすら思える。

「ハイ、ペニー。この人は俺の先輩で西田さん」

ヒデトが紹介すると、ペニーは微笑んだ。

「ハイ！　西田サン。何、飲みます？」

「ジンリッキーを」

「ジンリッキー、オーケィ。ヒデトは？」

「お、俺はビール」

「ジャパニーズ？　オァ――」

「ジャパニーズで」

「オーケィ」

ペニーはショートパンツのヒップを見せつけるように歩きさった。

「すわろう」

将はいって、手近の空いたテーブルを示した。ヒデトと二人で椅子にかけ、あたりを観察する。客の三分の一くらいは日本人のようだが、見るからにやくざといった人間はひとりもいない。といってネクタイをしめているようなのもいなかった。学生のように若いか、何の仕事をしているのか想像のつかない三十代、四十代の男と、外国人の男を漁《あさ》りにきているらしい、派手な服装の女ばかりだ。

やがてペニーがポテトチップの入ったバスケットと飲みものをもって現われた。

「ここは俺が払います」

ヒデトが早口でいって、千円札を二枚さしだした。

「お釣りはいいから」

ペニーに告げた。

「サンキュー、ヒデト」

ペニーは再びあどけない笑顔を見せ、歩きさった。ヒデトはひたすらその姿を見つめている。

「じゃ次は俺が払う」

将はいってグラスを掲げ、乾杯した。そしてヒデトの耳に口を近づけた。

「デートに誘え」

「そんな！　無理っす」

ぶるぶるとヒデトは首をふった。

「俺なんか相手にされるわけないじゃないすか」

「そうかな。そんなに性格が悪いようには見えないが」

「ああ見えて、カナダからの留学生なんですよ」

「それがどうした？　留学生ってのは、そんなにお高いのか」

「そうじゃないすけど……」

ジーンズにタンクトップ姿の男が近づいてくるの

がヒデトの肩ごしに見えた。日本人のようだ。ヒデトをにらみつけているが、ヒデトは気づいていない。

ボディビルでもやっていそうな体つきで、年齢は三十五、六といったところだ。そのうしろに痩せて陰気な顔をした男がいて、こっちはもう少し年上に見える。

「おい!」

タンクトップの男がヒデトの背後に立ち、大声をだした。ヒデトはふりかえり、とびあがった。

「あ、赤木さん!」

「久しぶりじゃねえか。いいのか、お前六本木なんかうろついて。またかわいがられるぞ」

赤木と呼ばれた男は、空いている椅子をひき寄せると、将とヒデトのあいだに割りこんだ。

「見てたぞ。お前、あの姐ちゃんにチップをやってたな。金回りがいいじゃねえか」

赤木はヒデトの顔をのぞきこんだ。やくざには見えないが、まっとうな仕事をしているようにも見えなかった。ヒデトは体を硬くし黙っている。

将は赤木の連れの男に目を向けた。こちらは麻のジャケットにパナマ帽のようなハットをかぶっている。まるで生気のない、どんよりとした視線を向けていた。

「仕事してんのか、最近。ん?」

赤木がヒデトの胸を太い指でつついた。

「まさか、今も仕事中ってか? ん? それでこっちはお客さんとか」

赤木は将をふりかえった。

「何なんだ、あんた?」

将はおだやかにいった。

「何なんだ? 偉そうじゃねえか。客となると立場が強いな」

赤木がいやらしい目で将の顔を見つめた。ヒデトが小さく首をふった。挑発するなという意味のようだ。

「俺は客だよ、確かに。何か問題でもあるのか」

将がいうと、赤木はにやりと笑った。

「いいねえ、客だって認めたか。よし、ちょっときてもらおうか」

立ちあがり、店の奥を顎で示した。

「どこへいくんだ？」

「トイレだよ。ここだとゆっくり話せないだろう？」

いって赤木は連れをふりかえった。連れが頷く。

「おい、逃げんなよ」

ヒデトにいって、赤木は将の腕をつかんだ。

「トイレで俺を口説こうってのか？」

赤木は将の顔を指さした。

「余裕だねえ。いくぞ」

将の腕をひっぱった。ヒデトは目をみひらき、すわっている。

赤木とパナマ帽の男とともに、将は男子用トイレに入った。中は明るく、五人が同時に用を足せる広さがある。

「さて、と」

赤木は首を倒し、ぽきぽきと鳴らした。

「名前何てんだ、お前」

パナマ帽の男はトイレの出入口に立ち、他の客が入れないように通せんぼうをしている。

「人に名前を訊くときは、自分が先に名乗るものだろう」

「強気だな。てことは、ブツはもってないってわけか」

「ブツ？」

「決まってる。ヒデトが運ぶしゃぶだよ」

「クスリに興味はない」

将はいった。

「興味がねえ野郎が、なんでプッシャーなんかとつるんでるんだ？」

「あんた、誰だ」

赤木はヒップポケットから細ヒモで留めた黒革の

ケースをとりだした。開けて見せる。金色のバッジの中央に「麻」の字があった。菅下から見せられたものと同じだ。

「麻薬取締官だ」

将は赤木の顔をまじまじと見つめた。菅下とはまるでちがう。口のきき方もチンピラのようだし、何よりバッジで相手を威圧しようという意図が見えすいていた。

「何だ、その目はよ」

赤木がいった。

「別に」

「別に、だと、この野郎!」

赤木が将のシャツをつかんだ。

「よせ」

パナマ帽の男がいった。赤木は手を離し、相棒をふりかえった。

「こいつ、俺たちのことをナメてるぞ」

パナマ帽はゆっくりと将に歩みよった。下からのぞきこむように将の顔をにらみつける。

「バッジなんて珍しくも何ともないってか。え?見せられ慣れてるんだろ」

細い目に陰険な光が宿っていた。

「いいや。バッジをもっているのにチンピラみたいな話しかたをするからあきれていたんだ」

「誰がチンピラだっ」

赤木が声を張りあげた。パナマ帽が片手をあげ、制した。

「おい、兄ちゃん。職務質問ての、させてもらっていいか」

将の顔をのぞきこんだままいう。

「あんたも同類か」

将はいった。パナマ帽は麻のジャケットからバッジケースをだした。

「関東信越厚生局麻薬取締部の青井だ。あんたの名前は?」

「西田だ。西田シゲル」

「その名前や住所を証明するものを何かもっているか？　もっていたら見せてもらいたい」

「もってない」

将は首をふった。

「免許証もないのか」

「ない。財布を失くした」

「ふざけたこといってんじゃねえぞ、こら」

赤木が肩を怒らせた。

「本当だ」

「調べさせてもらっていいかな。身体検査って奴だ」

青井が訊ねた。若い男がトイレの入口をくぐって現われた。

「故障中だ、他いけ！」

赤木が怒鳴った。

「どうぞ」

将はいった。身に着けているのは携帯電話二台とアパートの鍵、それに現金だけだ。

青井は手際よく将のポケットを探った。

「携帯は二台もっているくせに、身分証はない、と」

「あんたが探しているのは携帯電話か」

将はいった。

「いいや。もう一度、名前を訊こうか」

「西田シゲル」

「出身はどこだ？」

「神戸」

青井は将の目を見つめた。

「ドウシマシタ？」

入口に立っていた黒人がトイレをのぞきこんだ。

「トイレ、故障デスカ？」

「もう直ったよ」

青井は答え、赤木をうながした。

「いこうぜ」

「いいのか」

不満そうに赤木は頬をふくらませた。

「次だ、次。この兄さんの顔は覚えた。次に会ったとき、締めあげてやる」

青井が答えた。

「じゃあそのときは、あんたが喜ぶようなものをもってることにしよう」

将はいった。青井の顔色がかわった。

「おい、マトリをナメると痛い目にあうぞ。俺らはその辺のお巡りとはわけがちがうんだ」

「お巡りはそんな威しは口にしないしな」

「口の減らねえ野郎だ。覚悟しておけ」

青井はいって、赤木の腕をつかんだ。黒人を押しのけ、トイレをでていく。

「大丈夫デスカ」

黒人が訊ね、将は頷いた。

「大丈夫だ」

黒人がでていくと、ヒデトが顔をのぞかせた。

「あいつら、マトリの赤鬼、青鬼っていわれてるんです。クラブとか回って、キメてるのを見つけちゃ締めあげて……」

「つかまえるのか」

「いや。威していろいろ訊きだすんすよ。噂じゃ、金で話がつくってんですけど」

「どう、話がつくんだ」

「だから見逃してもらうってことです。でもあの調子ですから、おっかなくてそんなのできないっすよ」

「金をとって見逃したら、犯罪だろう」

「それはそうですけど……」

菅下に知らせたほうがいいかもしれない。二人が悪徳Gメンなら、麻薬組織とつながっている可能性もある。

「ここにあいつらがくるのを知ってたのか」

将はヒデトを見つめた。

「まさか今日きてるとは思わなかったんです。西田さんがいなかったら、どれだけ絞られてたか」

ヒデトの顔はまっ白だった。

「前につかまったことがあるのか」

ヒデトは頷いた。

「井川といたときにここでやられました。運悪く井川がパケをもってて。速攻連行されて、絞りあげられました。トイレで拾ったっていい張ったんすが、井川はふた晩泊められました」

将は首をふった。パケというのが覚せい剤の小袋を意味するのは知っていた。

「ふた晩ですんだのなら軽いものだろう」

「確かにそうですけど立件したって、実刑まではなかなかならない。それがわかってても、ネチネチやるんだからたまんないっす」

それが嫌なら売人なんてやめればいいのだと思ったが、そう告げるわけにもいかない。

「その井川からは金をとらなかったのか」

「俺らからとってもタカが知れてますからね。上の人間の名を吐かせて、そこからとろうと考えたのじゃないですか」

「井川は吐かなかったってことか」

「さすがにそれは吐かないっすよ。そのときはまだ北島会の仕事をしてたんですが」

「殺されるからか」

ヒデトは首を傾げた。

「いや、殺されはしないと思います」

「北島会は怒るだろう」

「そりゃ怒りますけど、人殺しは罪が重いですからね。売人ひとり殺しても金になるわけじゃない。殺すくらいなら、干せばいいだけです。品物回してもらえなけりゃ、売人は商売になりません。自分もやれなくなって苦しいし」

合理的な考え方だ。確かに裏切った売人を殺して死刑や長期刑になっては割に合わない。

その点アメリカはちがった。麻薬組織の末端で、殺人は日常茶飯事だ。売人の大半は黒人や中南米、アジア人といった有色人種で、縄張り争いは常だった。売人が死体で見つかっても、警察は通り一遍の捜査をするだけで犯人はまず逮捕されない。だから簡単に人殺しが起きる。

「ヒデトもやってるのか」

将が訊ねると、今さら何を訊くのだというように
ヒデトは目をみひらいた。

「それは、まあ。でもズブズブになっちまったら、チャリもこげませんから。俺の場合はどっちかっていうと金のためですかね」

「井川はどうだった?」

「あいつは根っから好きでした。キメてバイク飛ばすのがいいっていってましたからね。いつ事故って死んでもおかしくなかった」

「北島会に殺されたのだろ?」

将がいうとヒデトは首をすくめた。

「たぶんそうじゃないかって話です。客をもっていくのは、サツに密告《たれこむ》よりヤバいですからね。井川や俺が入ってから、うちはどんどん客を増やして、そのぶん北島会は売り上げが落ちている筈なんで。それは頭にくるでしょう。シノギを減らさせたってのが一番マズかった」

将は頷いた。

「そろそろいきましょう。もうあいつらも帰ったと思いますし」

ヒデトがいい、二人はトイレをでた。店の客がいつのまにか増えている。将とヒデトは店内を見回した。赤木と青井の姿はなく、その上ペニーもいない。

「彼女がいないな」

将がいうと、

「早番で帰ったのかもしれません。ここは午後三時から午前三時までやってるんで、女の子は三交代だったりするんです」

ヒデトが答えた。

「どうする?」

「でましょうか」

二人は店をでた。表通りも人の数が増えている。

「どこかで飲み直すか」

将はいい、ヒデトは頷いた。

「いいですね。でも六本木は離れませんんか」

「そうだな」

答えて、将は思いついた。

「赤坂はここから遠いのか？」

「いや、隣町みたいなものです」

「だったら『ダナン』にいこう」

「わかりました。歩いていくにはちょっとあるんで、タクシーでいきましょう」

将は頷き、通りかかった空車に手をあげた。

10

ヒデトの言葉通り、「ダナン」まではあっという間だった。料金も千円かからないくらいだ。

二人は外階段を上って「ダナン」に入った。客の入りはほぼ半分というところだ。

マイがいた。黒のスーツに身を包み、きびきびと動いている。その姿に目を奪われ、将は苦笑した。ヒデトのことを笑えない。

「食事はすませたんで、飲みものだけでもいいかな？」

近づいてきたベトナム人のウェイターに将は訊ねた。ウェイターは頷き、

「ドーゾ」

と、カウンターを示した。マイが二人に気づいた。

「いらっしゃいませ」

と歩みよってくる。

カウンターにかけ、将はジントニックを頼んだ。ヒデトはここでもビールだ。ビールが好きらしい。

「おつまみ何かいりますか」

マイが訊ねた。

「任せるよ。あまりたくさんはいらない」

将は答え、マイはにっこり笑って頷いた。

「本当にきれいな人っすよね。俺もペニーと仲よくなれたらいいな」

マイのことを恋人だと思いこんでいるのか、ヒデトはいった。将はため息をこらえ、ヒデトに告げた。

「まずデートに誘わなけりゃな」

「それが難関です。俺のことなんて、ただの客としか思ってないすよ」

「デートに誘えばそうじゃなくなる。たとえ断わったとしても、お前のことを覚えるだろう。めげずに誘いつづければ、いつかうまくいく」

「そんなものですか」

「何の話ですか」

声がふってきた。マイが揚げた小海老の料理を二人の前においた。

「女は自分を好きな男を嫌いじゃないって話だ」

将はいった。マイは微笑んだ。

「そうです」

「デートを一度断わられたくらいであきらめちゃ駄目だろ」

将はいった。マイは首を傾げた。

「そうですね。でもしつこい人も駄目」

「わかんないっす。どっちがいいんですか。断わられてもがんばったほうがいいのか。あきらめたほうがいいのか」

「あきらめたら嫌われないかもしれないが、好きにもなってもらえない。どうせなら嫌われる覚悟で攻めろよ」

将はいった。

「じゃあ西田さんはマイさんをがんがん攻めたんですか」

ヒデトは将とマイの顔を見比べた。マイの顔が赤くなった。

「それは――」

将は口ごもった。

「わからないです！」

マイはいって逃げるようにテーブルを離れていった。ヒデトがあわてた。

「俺、なんかマズいことといいましたか」

「いや、気にするな」

将はいった。マイがひどく愛おしい。感情を抑えなければ。女にのぼせている場合ではない。しかも相手は将を、別人を演じていた良だと思いこんでいる。

二重の壁だ。自分は良ではない上に、良が演じていた西田シゲルというのは架空の人物だ。

そのとき「ダナン」の入口をくぐって四人の男が現われた。先頭の目つきの悪い男に見覚えがあった。北島会の小関が連れていたチンピラだ。チンピラはまっすぐ将のテーブルに歩みよってきた。

「おい、ちょっとツラ貸せ」

将にいった。ヒデトには目もくれない。

「なんで?」

「店に迷惑かけたくねえだろ。いいんだぜ。俺たちはここで暴れても。サツがきても一日か二日、泊められるだけだ。店はぐちゃぐちゃになるがな」

チンピラは肩をそびやかした。

「小関はどうした?」

「今日は忙しくてな。かわりに俺があんたと話をする」

ヒデトは固まっている。

「話をするだけなら、すわったらどうだ? 一杯やりながら話せばいい」

将は告げた。

「ふざけんな!」

チンピラは怒鳴った。

「いいから表でろや」

マイが近づいてこようとするのを、片手をあげて将は止めた。

「わかった、わかった。外にでよう」

ヒデトに目を向けた。

「帰ってろ」

「西田さん――」

ヒデトが不安そうにいった。

「お前はかかわるな」

とだけいって将は立ちあがり、「ダナン」の出入口に向かった。男たちに囲まれて階段を降りる。

狭い道を塞ぐように、ハザードを点したワンボックスカーが止まっていた。

「乗れ」

チンピラは顎をしゃくった。将は足を止めた。

「あんたの名前を訊こうか」

「手前《てめえ》なんかに名乗る名前はねえ。これから手前は血ヘドを吐いてのたうち回るんだ」

勝ち誇ったようにチンピラはいった。

「そんなにあんたを怒らせたのか、俺は」

将が訊くと、チンピラは眉を吊りあげた。

「いいから乗れや！　さもないと――」

上着の前を開いた。ベルトに小さなオートマチック拳銃をさしこんでいる。

将はそれを一瞬で抜きとった。

「あっ」

チンピラの顔色がかわった。

ワルサーに似たオートマチックだが、撃鉄が起きていない。スライドを引くと、薬室は空だった。これだと引き金を引いても弾丸はでない。素人だ。

「何しやがる!?」

ざざっとチンピラたちが後退《あとずさ》った。将は弾倉を抜き、空にした拳銃をチンピラに押しつけた。

「返すよ」

「ふざけんな！　弾丸《たま》も返せ！」

「話をするのにいらないだろう。話が終わったら返す」

将は弾倉をポケットに入れた。

「手前……」

あっけにとられたようにチンピラはつぶやいた。

将はワンボックスカーのスライドドアを自ら開いた。

この何日間かのもやもやがたまっている。特にマイのことでは、良にも自分にもいらだちがあった。暴れてそれをすっきりさせたい。

将はワンボックスに乗りこんだ。

「吠えヅラかくなよ！」

いってチンピラは仲間に合図をした。ワンボックスには運転手が乗っていた。将につづいて四人が乗ると、すぐに発進する。

「おい、芝浦いけ」

「了解です」

どうやらこのチンピラが一番格上らしい。芝浦がどこなのかはわからないが、人目を気にせず人を痛めつけられる場所なのだろう。

ワンボックスの空気は重い。さっきまでは意気揚々としていたチンピラたちだが、将があっという間に拳銃の弾倉を抜くのを見て不安になったようだ。

将は四人を見渡した。チンピラは小関といたときと同じスーツ姿だが、あとの三人はジャージや短パンという軽装だ。ヒップホップスターを真似た服装の者もいる。やくざというよりストリートギャングだ。

「いい服を着てるな」

将はその男にいった。

「何だよ」

男は瞬きした。

「その服さ。どこで買った？」

「どこで買おうがお前に関係ねえよ」

将は小さく首をふった。次の瞬間男の喉仏を手刀で突いた。げっと声をたて、男は体を折った。

「こいつ！」

「何しやがる！」

ワンボックスの後部シートにすわっていた男たちが腰を浮かした。ひとり対複数の近接戦では、広い場所はひとりに不利だ。囲まれ、背後から攻撃をうける危険が高い。狭い車内だと、それが軽減する。

「俺を痛めつけたかったのだろう、こいよ」

いって、将はジャージを着た男の顔にストレートを叩きこんだ。顔を狙うのはストリートファイトの基本だ。出血させ戦意を失わせる。ケンカ慣れしたやくざでもそれは同じだ。

鼻を潰され、ジャージは悲鳴を上げた。おさえた両手の下から血が滴る。

くるりと向きをかえ、スーツのチンピラの頰に将は裏拳を見舞った。中腰だったチンピラが床に倒れこんだ。その頰を将は右足で踏んだ。チンピラが呻《うめ》き声をたてた。

残ったひとりはドアの前で腰を浮かせたまま固まっている。

将はチンピラのベルトから拳銃をひき抜いた。ポケットにあった弾倉をさしこみスライドを引く。顔を踏まれたチンピラが目をみひらいた。

「銃をもつなら、いつでも撃てるようにしておけ。さもなけりゃただの鉄クズだ」

いって将は銃口をチンピラの顔に向けた。

「や、やめろ！」

弾倉が空になるまで引き金をひいた。銃弾がチンピラの鼻先のシートに穴をうがち、空薬莢《やっきょう》が散らばる。弾丸を撃ち尽くしスライドが開いたままになった拳銃を将はチンピラのベルトにつっこんだ。

ワンボックスが急停止した。銃声に驚いた運転手がブレーキを踏んだのだ。

「大丈夫っすか」

うしろをふりかえり、叫んだ。

「大丈夫だ。死んだ奴はいない」

将はいって、ワンボックスのスライドドアに歩みよった。

「どけ」

前に立っていた男があわてて動いた。

目の前に弾丸を撃ちこまれたチンピラは呆けたようにすわりこんでいる。

「話をしたかったら、いつでもしにきていいぞ」

告げて、将はスライドドアを引いた。

ワンボックスカーを降りて歩きだした将を追ってくる者はいなかった。胸につかえていたものが消えたようで、気分が爽快だ。だが、今自分がどこにいるのかはまるでわからない。街並みにまるで見覚えがなかった。

懐で携帯が鳴った。マイだった。

「シゲル！　どこにいますか!?」

耳にあてると声がとびこんできた。

「どこだろう。それがわからないんだ」

「怪我をしましたか」

「いいや、していない」

「本当に？」

「ああ。ぴんぴんしている」

将が答えるとマイは息を吐いた。

「よかった。わたし心配で、グエンに電話しました」

「グエンに？」

「はい。シゲルを助けてと頼みました」

「そんな――」

「他に頼める人、いませんでした」

将は宙を見つめた。

「そこまで俺を心配してくれたのか」

「もちろんです！」

怒ったようにマイは答えた。

「で、グエンは何だって？」

「お店にきます。『ダナン』で、相談しようといわれました」

グエンに会うチャンスだ。

「じゃあ俺も『ダナン』に向かう」

「どうやってきますか」

「タクシーに乗るよ。住所をいえば連れていってくれるだろう」

将は答えた。ふり返ると、ワンボックスカーはいなくなっていた。

11

運転手に「ダナン」の住所を告げると、タクシーはUターンした。三十分足らずで「ダナン」の入ったビルの前に戻ってきた。

タクシーを降りた将は緊張を覚えながら「ダナン」の外階段を上った。ベトナム人のボスでマイの恋人であるグエンとついに対面だ。

良は「グエンとビジネスをしたい」とマイに話していた。つまりグエンと麻薬組織の間につながりがあると考えていたのだ。

良の失踪にグエンが関与している可能性もある。そうならば、将の姿を見てグエンは驚き、尻尾をだすかもしれない。

「ダナン」の扉をくぐった。スーツ姿の外国人三人が、奥のテーブルにすわっていた。

パソコンの画像で見た男が中央にいる。かたわらにマイが立っていた。

「シゲル！」

マイが目をみひらいた。グエンを含む三人は無言で将を見た。

「大丈夫だったんですね」

「いったろう。俺はぴんぴんしている」

答えて、将はグエンに目を向けた。

「グエンさんだな」

グエンに驚いているようすはなかった。むしろ穏やかな表情を浮かべていて、将は拍子抜けした。

「あなたが西田さん。お会いしたいと思っていました」

流暢な日本語でグエンはいった。そして両わきの男を、ドゥとファンだと紹介した。マイは緊張した表情のままだ。

「マイがいつもお世話になっていると聞きました」

あくまでもにこやかにグエンはいった。ドゥとファンはその言葉が理解できているのかいないのか、表情を一切かえない。

「とんでもない。マイさんには迷惑をかけてばかりだ」

将が答えると、グエンは小首を傾げ将を見つめた。口もとには笑みがあるが、目にはまるでゆるみがなく、考えていることがわからない。

「暴力団に連れていかれたとマイから聞いたのですが」

グエンはいった。

「車に乗せられたが、途中で降りてきた」

「途中で？　降ろしてくれたのですか」

将は頷いた。

「人ちがいだったんだ」

「人ちがい」

グエンの笑みが大きくなった。

「誰かとあなたをまちがえたのですか」

「そのようだ。芝浦という場所に俺を連れていくといっていた。どこだかわかるか？」

「海のそばですね。倉庫がたくさんあります。あなたを連れていこうとしたのは、どこの人ですか」

「北島会だと思う。前にここで会った小関という奴の手下だ」

「小関」

グエンはつぶやいた。小さく頷く。

「その人なら知っているかもしれません」

「ビジネス仲間か？」

グエンは将を見直した。

「何のビジネスです？」

「ドラッグだ」

グエンは首をふった。

「ドラッグと私は関係ありません」

「そうかな。あんたとならでかいビジネスができると俺は踏んでいるんだが」

良がしていた芝居をつづけるつもりで将はいった。

「ドラッグのビジネスですか」

「そうだ」

グエンは将の目を見つめた。

「どうしてそう思うのです？」

訊かれて返事に困った。しかたなく、

「あんたはベトナム人のボスなのだろ。いろんなコネをもっていそうじゃないか」

と将は答えた。

グエンは深々と息を吸いこんだ。こうなればしかたがない。

「『クィー』も、あんたのことなのだろ」

将はぶつけた。グエンの表情がかわった。険しい顔になる。

「『クィー』のことをどこから聞きました？」

「どこからだと思う？」

グエンは首をふった。

「駆け引きはよくない。私は北島会とはちがいます。人ちがいはしません」

そしてマイを向き、ベトナム語で話しかけた。言葉の中に「クィー」という単語が混じっている。

マイは困惑したように首をふった。マイの返事にも「クィー」が含まれていた。

「マイは何も知らない。『クィー』のことを俺に教えたのはマイじゃない」

将はいった。

「では誰です？」

グエンは冷たい目を将に向けた。

「答える前に教えてくれ。あんたは『クィー』なのか」

グエンはかたわらのドゥとファンに顎をしゃくった。

二人が立ちあがった。ドゥが将にぴたりと体を寄せた。ファンの手に細身のナイフが現われた。刀先が将のわき腹を向いていた。避《よ》けようにもドゥが邪魔で避けられない。

背中が冷たくなる。北島会のチンピラとはまるでちがう。

「――！」

マイがベトナム語で何かをいった。やめてといっているようだ。グエンは首をふった。マイには目もくれない。

「すわって下さい」

グエンがいった。ドゥが椅子を引きよせ、将は二人にはさまれるようにすわった。ファンのナイフはわき腹につきつけられている。

「あんたたちがプロだというのはわかった」

言葉にしたがい、将はいった。

「シゲル」

マイがいった。

「大丈夫だ。プロは理由もなく人を傷つけたりはしない。そうだろう？」

将はグエンに訊いた。グエンは黙っている。

背中を汗が伝った。ファンのナイフは肋骨のすきまから心臓に簡単に届く。一瞬で死ぬだろう。

「もう一度訊きます。『クィー』のことをどこで知りましたか」

「ここで会った奴から聞いた。マイは見てないが、大酒飲みの刑事だ」

「刑事？」

「ディテクティブだよ。警視庁の刑事さ。『クィー』を追っかけている。ベトナム人は皆『クィー』と関係があると思っているようだ」

「その刑事は何という人です？」

「教えたらそいつを殺すのか」

将はグエンを見つめた。グエンは首をふった。

「誤解があるようです」

「どんな誤解だ？」

将は訊ねた。

「私は『クィー』ではありません」

「そういわれて、はいそうですかと信じるわけにはいかない」

「私たちも『クィー』を捜しているのです」

グエンはいった。

「ビジネスのために？」

グエンは首をふった。

「それはいえません」

将は息を吸いこんだ。

「教えてくれないか。『クィー』ってのは、いったい何なんだ？」

「知りたいのなら、『クィー』を追っている刑事に訊いてはどうです」

「刑事に借りを作りたくない」

「質問をすると借りができるのですか」

「ひとつ情報をもらったら、ひとつ情報で返せといわれる。お巡りなんてそんな生きものだ」

本音だった。サンフランシスコの刑事は、何かといえば見返りを求めてきた。犯罪者の情報をよこせという。仲間を売れといっているに等しかった。

グエンの口もとがほころんだ。

「警察が嫌いなのですか」

「好きな奴なんているのか」

グエンはあきれたように目を広げた。

「暴力団に狙われているのに警察が嫌いだという。珍しい人です」

「そうか？」

「暴力団は誰でも恐ろしい。暴力団から助けてもらおうと思ったら、警察と仲よくするしかありません。西田さんがいうように情報を渡す。そうすれば警察は、暴力団からあなたを守ってくれます」

「警察に守ってもらおうなんて思っちゃいない」

将はいった。グエンは目を細めた。

「あなたひとりで暴力団に勝つのですか」

「そんなことは考えてない。誰の世話にもなりたくないというだけだ」

グエンは小さく息を吐いた。

「あなたはかわっています。人は誰でも、誰かの世話になっている。私もそうです。このドゥやファンも同じです。誰の世話にもならずに生きていくのは、とても難しい」

将は頷いた。嫌になるほどわかっている。だからこそ四国をでて、大阪、そしてアメリカへと渡ったのだ。

「わかっているさ」

グエンはファンに合図した。つきつけられていたナイフが消えた。

「西田さん、私と契約をしませんか」

将の目を見つめ、グエンがいった。

「俺はもう雇われている身だ。ヘッドハントしようってのか？」

グエンは首をふった。

「そうではありません。あなたは今の仕事をつづけて下さい。その上で、情報を提供してほしいのです」

「北島会の小関も手を組もうといった。俺と組んで、組織を乗っとるつもりらしい」

「あなたのいる組織に興味はありません。私が欲しいのは『クィー』の情報です」

「『クィー』の？」

「そうです。あなたの組織は『クィー』と手を組んでいます」

「待ってくれよ」

将は思わず首をふった。

「俺はずっと『クィー』があんたで、組織はあんたと手を組んでいるとばかり思っていた。ちがうのか」

「先ほどもいった通り、私は『クィー』ではありません。『クィー』の正体を知りたいと思っているのです」

「知ってどうするんだ？」

グエンは微笑んだ。どうやら教える気はないようだ。

「ドラッグビジネスをする気はないとだけ申し上げておきます」

将はグエンを見つめた。その言葉が本当か嘘かの判断はできなかった。だが言葉通りだとするなら、良はなぜグエンとビジネスをしたいとマイに告げたのか。

「『クィー』とドラッグビジネスは関係ないのか」

「そうはいいません。『クィー』はさまざまなイリーガルビジネスに手をだしています。私がドラッグに興味がない、というだけです」

グエンは淡々と答えた。

「あんたと契約したとしよう。その報酬は？」

「シゲル」

マイが呼んだ。首をふっている。やめろという意味のようだ。グエンの表情はかわらない。

「あなたの身の安全ではいかがです。確かにあなたは強そうだが、『クィー』と暴力団の両方を相手にどれだけ戦えますか？　しかもあなたのいる組織に、あなたの他に戦える人はいない」

「二十四時間、俺を守ってくれるのか？」

「それは難しいし、あなたも望まないでしょう。あなたが望むときにいつでもこのドゥとファンが駆けつけるというのではいかがです？」

「もうひとつ条件がある」

「何です？」

「マイと俺のことを認める」

マイがはっと息を呑んだ。グエンは黙った。

「マイはあんたのことを恐がっている。俺がマイと仲よくなったら、俺が傷つけられるのじゃないか、となし
「マイは大人です。何をしようとマイの自由です。ただしマイを傷つける人間を許さないのは、私の自由だ」

グエンはいった。将は息を吐いた。

「俺もマイを傷つける気はない」

「だったら好きにすればいい。その言葉が嘘だったら、あなたは死ぬ」

「オーケー」

将はグエンを指し、頷いた。

「約束だ」

「私の電話番号を教えます。『クィー』のことがわかったら、いつでも連絡をして下さい」

グエンが口にした携帯電話の番号を将は自分の携帯に打ちこんだ。それがすむとグエンはいった。

「あなたに何もなくてよかった。マイが電話してきたとき、私は大丈夫だといったのです。あなたは切り抜けられる、と」

「俺は前にもあんたに会ったことがあるか?」

将が訊くとグエンは初めて眉をひそめた。

「妙な質問だと思うだろうが、頭を怪我して以前のことを忘れてしまったんだ」

「なるほど、そうでしたか。会うのは初めてです。ただし私たちには共通の友人がいました」

「誰だ?」

将が訊ねると、グエンは首をふった。

「それはあなたが思いだすのを待つことにします」

そして立ちあがった。ドゥとファンもしたがう。

グエンはマイを向き、ベトナム語で語りかけた。


マイは硬い表情で言葉を返した。

グエンがマイの頬に手をのばした。優しく触れ、話しかける。マイの表情がやわらいだ。グエンの指先を握り、言葉を返した。

それを見て将は落ちつかない気持になった。北島会のチンピラを痛めつけて消えた筈のもやもやがこみあげてくる。

マイとグエンのあいだには気持が通っている。それを知って嫉妬の感情が湧いたのだ。

将は目をそらし、息を吸いこんだ。馬鹿げた考えは捨てなければ。良の偽者である自分がマイの本当の恋人になることはありえない。

「では連絡を待っています」

グエンは告げ、二人の手下と「ダナン」をでていった。

それを見送り、将は天井を仰いだ。強い酒を呷りたい気分だ。

グエンを送ったマイが戻ってきた。

「シゲルに何もなくてよかった」

「俺があんなチンピラに負けると思ってたのか」

思わず言葉が荒くなる。マイは首をふった。

「あの人たちではなく、グエンがあなたを傷つけなくてよかった」

将は唇をかんだ。マイのいう通りだ。グエンが命じたら、ファンはあっさり自分を殺したろう。マイは怒り悲しむだろうが、犯人がグエンとその手下であるとは警察に教えない。

二人の仕草で将はそれを感じた。

「何か飲みますか」

黙っている将にマイが訊ねた。将は首をふった。

「いや、帰る」

これ以上マイといたら、傷つけてしまいそうだ。何をいおうとしても尖った言葉しかでてこないような気がする。

「もうすぐお店終わりです」

マイがいった。その言葉の意味することはわかった。が、

「まだ俺はしなけりゃならないことがある。じゃあな」

告げて、将はふりかえりもせずに「ダナン」をでていった。

12

地図アプリを見ながら四谷三丁目まで将は歩いた。良の住居だったアパートに本当は帰りたくない。ひとりになっても、自分は偽者だという思いにさいなまれそうだ。

が、今の自分は他にいく場所がない。

歩いていると携帯が鳴った。マイだろうか、期待する気持でとりだすと、菅下からだった。

「あんたか」

歩きながら将は耳にあてた。

「連絡がないので、どうしたのかと思ってね」

「俺も消されたと？」

「それも少しは考えた。収穫はあったか」

「たっぷりあるぞ。まず支部長に会った。それから北島会のチンピラを何人か叩きのめした。そのあとグエンに会って『クィー』の情報を提供するなら身を守ってやる、といわれた。俺と手を組みたいのは小関だけじゃないようだ。あ、その前に、赤鬼青鬼という渾名のマトリにいやがらせをされた」

「何だと。もう一度いってくれ。たった一日でそれだけのことがあったというのか」

菅下があわてたようにいったので、将は少し気分がよくなった。

「そうさ」

「起こった順に話してくれ」

「まずヒデトと飯を食った。六本木の『ヤドリギ』というバーで」

「加納が親しくしていたマスターのいる店だな」

「そうだ。マスターの宮崎さんには、良は本当の話をしていた。だから同じことを俺もした」

「正体を明したのか」

「明した。西田のフリをする良のフリをするには宮崎さんの協力が必要だったからな」

菅下は黙った。

「そこにヒデトがきて話していると、自転車部隊を束ねている支部長という男から連絡があり、俺に会いたいといってきた。会うと、用心棒の仕事は終わりで別の仕事をしてもらうといわれた」

「別の仕事とは何だ？」

「まだいえないそうだ」

「疑われなかったのか」

「頭を怪我して記憶を失ったといった。携帯も失くしたといったら、新しいのをよこした」

「スマホだな」

「そうだ」

「支部長はそれで君のいどころを常に調べられる」

「勝手に調べればいいさ。あんたは満足だろ。俺が良の代わりに組織に潜りこんだのだから」

　将のいやみを無視し、

「それからグエンに会ったのか」

　と菅下は訊ねた。

「いや、その前にヒデトと飲みにいった。そこで赤鬼青鬼にからまれた」

「二人は君のことを知っていたのか」

「知らなかったようだ。ヒデトをいたぶろうとしたんだ。赤木と青井って、こっちのマトリだ。あんたの知り合いか？」

　わずかに間をおき、

「知らない仲ではない」

　と菅下は答えた。

「ヒデトの話では、買収できるらしい。それも知っていたか」

「売人の話を鵜呑みにするな」

「すごく感じのいい奴らだったぞ。バッジをもっていなけりゃ、組の人間にしか見えない」

「それがマトリだ。警察官とはちがう」

「青井もそういってたよ。俺らはその辺のお巡りとはちがう。ナメると痛い目にあわせるってな」

　菅下は黙った。

「あいつらがスパイでも俺は驚かないね。良の正体をバラしたのもあいつらじゃないか」

「もしそうなら君を見て驚いた筈だ。二人は驚いていたかね？」

　今度は将が黙る番だった。

「いや、驚いちゃいなかった。職質をかけ、もちものを調べられはしたが」

　将はいった。

「となると、その二人はスパイではない。同僚だからかばっているのではない。状況証拠だ」

「あんたがいうなら、そうなのだろうさ」

「そのあと何があった？」

「飲み直そうと思って『ダナン』にいった。『ダナン』には小関の手下のチンピラが張りこんでいて、仲間三人と俺を拉致ろうとした」

「拉致られなかったのか？」

「いや、拉致られてやった。オモチャのようなオートマチックをもってたから、そいつをチンピラの鼻先に空になるまで撃ちこんだ。あと、もうひとりの鼻を折った」

「聞く限りでは過剰防衛だ」

「知ったことか。拳銃をちらつかせて、いう通りにさせようとするほうが悪い」

　大きく息を吐くのが聞こえた。

「君のことを甘く考えすぎていたようだ。そこまで荒っぽい真似をするとはな」

「ふだんはちがう。いろいろとたまっていたんだ」

「潜入捜査にフラストレーションはつきものだ」

「俺が連れていかれるのを見たマイがグエンを呼んだ。俺を助けようと思ったようだ。電話をもらって、グエンが『ダナン』にくるというんで、タクシーで戻った」

「どこから？」

「わからない。車に乗せられていたんでな」

「ヒデトもその場にいたのか」

「いや帰したあとだ。グエンと会ったのは俺ひとりだ」

　将は答えた。

「グエンはどんな人物だ？」

「大学の先生みたいに見えるが、腕のたつ手下が二人いる。ドゥとファンといった。ファンはナイフの使い手だ」

「君を助けるためにきたのだろう？」

「そうだが、俺が無事戻るのを見ても、驚いているようすはなかった。それどころか、俺たちには共通の知り合いがいるといった。むろん俺じゃなく良のことだが」

「加納と？」

　菅下の声に驚きがにじんだ。

「ああ。俺はグエンが『クィー』だと思っていたが、話しているうちに自信がなくなってきた」

「グエンは自分が何者だか話したかね」

「いいや。だがドラッグビジネスをする気はない、と俺にはいった。たぶんマイの旦那か恋人だ」

菅下は唸り声をたてた。

「それなのに君を助けるよう、マイはグエンに頼んだというのか」

「複雑な関係らしい。だが心の底では二人はつながっている」

苦い気持で将はいった。

「共通の知り合いというのは?」

「マイが助けを求めたとき、俺なら切り抜けられるとグエンはいったらしい。俺じゃなくて良のことだが。だから前にも俺と会ったことがあるのかを訊いたら、会うのは初めてだが共通の知り合いがいたといわれた。心当たりはないか」

「加納とそのベトナム人とのあいだの、共通の知り合い……」

菅下はつぶやいた。

「良がそれなりに腕が立つというのを、その知り合いから聞いていたのだろう。昔、ぶちのめしたやくざ者とか」

「確かに加納は腕っぷしが強かったが、君のような乱暴はしなかった」

「ご挨拶だな。俺は良のフリをしたんで拉致られたのだぜ。おそらく良に痛めつけられたか何かで、仕返しをしたかったんだ」

「たぶんそのチンピラは石本という男だ。小関の舎弟で、自転車部隊を襲ったときに加納に返り討ちにあっている」

菅下はいった。

「そういや、ヒデトの話では、そのとき良は六本木で誰かと会っていたらしい。きちんとしたなりをしていたんで、支部長に大物に引き会わされていたのじゃないかというんだ」

「大物?」

「支部長の上にいる人間さ。あるいは『クィー』だったかもしれない」

「支部長はそれらしいことを君にいわなかったのか」

「頭を怪我して記憶を失くしたといったからな」

「支部長というのはどんな人物だ」

「百二、三十キロはあるでかぶつだ。白いアルファードに乗っている」

「太っているのか」

「ああ。椅子から尻がはみでるくらい太っている。黒ぶち眼鏡をかけていて、アルファードは『走る支部長室』と自転車部隊に呼ばれているそうだ」

菅下は黙っている。

「良から聞いてなかったのか？」

「聞いていた。同じ人間かどうか、確かめたかった。同じ人物のようだ」

「良が大物に接触した話は聞いたか？」

間が空いた。

「いや、聞いていない」

菅下は答えた。

「聞いてない？　どういうことだ」

「私にもわからない。あるいは大物と会ったというのはヒデトの思いこみで、たまたま加納がそういう服装をしていただけなのかもしれない」

菅下はいった。

「あるいは良が大物の情報をあんたに教えなかったのか」

「加納が教えなかったのはなぜだ？」

「なぜだと思う？」

将は訊き返した。菅下は再び沈黙した。

気づくと見覚えのある通りだった。ワカハイムはすぐそこだ。

ふたつにひとつだ、と将は思った。良が裏切り者だったか、菅下が裏切り者だったかだ。大物と会い、菅下が裏切り者であるのを知った良は、それを告げるわけにはいかなくなった。

やがて将の考えを読みとったかのように菅下がいった。

「私は裏切り者ではない。もし私が裏切り者だったら、君に加納の身代わりを頼むわけはないだろう」

「良がどこまでつきとめていたのかを知りたかったとか」

「ありえない」

「だが俺を見て驚いた奴はまだいない。北島会のやくざも支部長も、グエンも、だ。良が消されたのだとしても、犯人は奴らじゃないってことだ」

「私を疑っているのか」

「疑いたくもなってくる」

「『クィー』がいる。もしグエンが『クィー』でないのなら、『クィー』が加納を殺したのかもしれない」

「グエンは『クィー』の情報が欲しいので俺と契約したいといってきた」

「何の契約だ？」

「俺の命を守るかわりに、『クィー』の正体を知らせろ、とさ。電話一本で手下をさし向けるといった」

「信用できる話か」

「わからない。だがマイは恐がってはいるがグエンを信頼もしている」

「グエンの電話番号を聞いたのか」

「聞いた」

「契約者を調べてみる」

将は番号を伝えた。

「このあとはどうするんだ？」

菅下が訊ねた。

「寝るさ。さすがに疲れた」

将は答えた。本音だった。

13

「慶州大酒店」と異なり、ワカハイムの小さなベッドではよく眠れなかった。小さなベッドで寝るのは軍隊で慣れていた筈なのに、熟睡できなかったのは良の夢を何度も見たからだ。

ほとんどは子供の頃の夢ばかりだったが、ひとつは今の良だった。今の良は将と顔がそっくりで、夢とわかっていながら自分と同じ顔の人間と話すのは奇妙な気分だった。

目が覚めたあとも将はしばらくベッドから起き上がれなかった。

良は死んでいるのかもしれない、と思った。だからこんなに夢を見るのだ。死んでいるのに良のベッドを使ったから怒っている。

いや逆だ。死んでいるのなら、使っても怒る理由はない。生きているから、勝手な真似をするなと怒っている。

そんなことをぼんやりと考え、将は首をふった。馬鹿げている。生きていても死んでいても、夢とは何の関係もない。

ベッドをでて顔を洗った。食欲はあまりない。時刻は午前八時を回ったところだった。

部屋をでて二階の階段の踊り場に立ったとき、ワカハイムが面する道に止まっている車に気づいた。白のセダンで男が二人乗っている。

わかりやすい張り込みだ。嫌がらせでなければ、良のことをよほどナメているのか。

将は知らん顔をして階段を降りた。食欲はないが、コーヒーを飲みたい。表通りにでればコーヒーショップがあるにちがいない。

セダンのかたわらを歩きすぎた。乗っているのはきちんとスーツを着てネクタイを締めた連中だ。刑事だとすれば、大仏や赤鬼青鬼よりまともそうに見える。

まともだが間抜けというわけだ。

十メートルほど歩いて、カーブミラーでうしろを見た。セダンに乗っていたひとりがついてきていた。

無視することに決め、表通りにでると最初に目についたコーヒーショップに入った。店を開けたばかりのようで客はいない。ブラックコーヒーをテイクアウトし、将はコーヒーショップをでた。そのままワカハイムに戻る。

尾行していた男はセダンに戻った。

部屋に入ると将は大仏の携帯を呼びだした。

「何だ、こんな早くに」

応えた大仏の息が荒かった。

「遅刻しそうなんで走ってたのか？」

「ちがう。ジムだ。ジムでひと汗流してから出勤するのが、オレの朝のやりかただ」

「オレのやりかたね」

からかうように将がいうと、

「朝からケンカ売ってるのか」

大仏は不機嫌そうに唸った。

「そうじゃない。朝からあんたの仲間が俺のアパートの前に張り込んでるんで、知り合いか訊こうと思ったんだ」

「アパート？　池袋のホテルじゃないのか」

「あそこは引き払った。今は四谷のアパートにいる。そのまん前に車を止めて張り込んでいる連中がいるのさ」

「張り込んでいるとどうしてわかる？」

「俺がコーヒーを買いにいったら、ひとりが車を降りてついてきた。見え見えだ。知り合いじゃないのか」

「知らないな。少なくとも本庁の人間じゃない」

「じゃどこの人間か訊いて、あんたに知らせる」

「はあ？」

将は電話を手に部屋をでた。階段を降り、まっすぐセダンに近づく、助手席の窓を叩くと、コーヒーショップまでついてきた男が窓をおろした。

「あんたと話したがっている人がいる」

将は電話をつきだした。男はあっけにとられたような顔で、

「誰が?」

と訊き返した。

「何だっけ、そうだ。警視庁組織犯罪対策部の五課にいる、大仏って人だ」

スピーカーホンにして渡した。

「もしもし……」

受けとった男が耳にあてようとすると、

「あんたらどこの人間だ?」

大仏の尖った声がスピーカーから流れでた。

「ええと、そちらは――」

「だから今マル対がいうのを聞いたろう。組対五課の大仏だよ。所轄か?」

「四谷署の者です」

「何で四谷署が張り込んでる?」

「ちょっと待って下さいよ。何の理由で、そんなこと答えなきゃいけないんです」

むっとしたように男はいった。三十代の初めくらいだろう。ふつうのサラリーマンのような外見だ。


「そこにいるのはオレの情報提供者だ。つけ回すんだったら、その理由を聞かしてもらおうじゃないか」

大仏は答えた。

「そんなこといえるわけないでしょう。だいたいあんたが本物の組対の人かどうかもわからないのに」

「よしわかった。これからそっちにいく。逃げるなよ。マル対にかわれ」

将は携帯を受けとった。

「住所はどこだ」

大仏が訊ね、将は教えた。

「待ってろ」

告げて大仏は電話を切った。セダンに乗っている二人は険悪な表情になった。

「四谷署といったな、あんた」

将はいった。助手席の男は頷き、バッジを見せた。

「刑事課の人間だ」

「何で俺を見張っていた?」

「見張ってたのじゃない」

運転席の男が答えた。こちらもスーツ姿で、年齢は四十代に見える。

「見張ってなけりゃ何だ?」

「保護していたんだ」

「保護?」

「そうだ。あんたに危害を加える者がいないように見ていた」

助手席の男が答えた。

「俺は保護なんか頼んじゃいない」

将はいった。

「あんたに頼まれたからきたのではない」

「ちょっと待てよ。俺以外の誰かが、俺の保護を頼んだんで、あんたらはここにいるというわけか?」

「これ以上は答えられない」

助手席の男はいって窓を上げた。セダンが発進した。

「待てよ、おい!」

助手席の男が携帯をとりだし耳にあてた。どこかに報告しているようだ。

セダンは走りさった。しばらくそこにいたが、戻ってくる気配はなかった。将はしかたなく部屋に戻った。

十分もしないうちにドアがガンガン叩かれた。開けると、顔をまっ赤にした大仏が立っている。スーツではなく、スポーツウエアの上下を着ている。

「四谷の奴らはどうした!?」

「いっちまった。張り込みじゃなく保護してたんだそうだ」

将はいった。

「はあ?」

大仏は顔をしかめた。

「なぜお前を保護するんだ?」

「同じことを俺も訊いた。保護なんか頼んでないって。そうしたら、俺に頼まれたからきたのじゃない。これ以上はいえないって、それきりだ」

「ふざけやがって！」

大仏は眉を吊りあげ、訊ねた。

「お前、四谷署に誰か知り合いがいるのか？」

将は首をふった。

「いない、と思う。いたとしても保護なんか頼む筈ない」

「本当だろうな」

「連中もいってた。俺に頼まれたからじゃないいって」

「本物の警察官だったのか？」

「バッジを見せられた。本物っぽかった」

大仏は唸り声をたてた。

「なんで四谷署がお前を保護するんだ？」

「俺にわかるわけがない。だからあんたに電話したんだ」

将はいった。

「朝っぱらから張り込むってのは、お前をよほど守らなけりゃならない理由があるからだ」

大仏はいった。

「きのうは誰も俺を守っちゃいなかった」

「お前、いつからここにいる？」

「きのうの昼だが、でかけていた。帰ってきたのは夜の十時過ぎだ」

「何していた？」

「いろいろさ」

「いろいろ？」

大仏は疑わしげに将をにらんだ。

「知り合いと会ったり、ベトナム人に取引をもちかけられたり、だ」

「ベトナム人と取引だと——」

いいかけ、大仏は不意に顔をしかめた。

「駄目だ、動けなくなる」

そのままドアによりかかり、目を閉じた。

「何だよ、どうしたんだ」

驚いた将は訊ねた。

「オレは腹が減ると駄目なんだ。頭も体も動かなくなる」

「モグラみたいな奴だな」

「モグラ!?」

大仏は目をむいた。

「知らないのか。モグラは半日飯を食わないと死んじまうんだ」

大仏は首をふった。

「知らないね。それより何か食わせろ。本当ならジムのあと飯を食うつもりだったんだ」

「ここには食いものはない。何か食べにいこう」

「お前の奢りだ。呼びだしたのだからな」

大仏がいい、将はあきれた。だが呼びだしは事実だ。

アパートをでて表通りに向かう。牛丼屋があった。

「牛丼でいいか」

大仏は頷き、二人は牛丼屋に入った。大盛りを大仏は注文した。牛丼が届くと、無言でかきこむ。まるで何日も食事にありついていなかったかのようだ。

食欲があまりない将は、半分も食べられない。

「手をつけちまったが、残り、食うか?」

飯粒ひとつ残さず丼を空にした大仏に将は訊いた。大仏は頷き、無言で手をのばした。その丼もきれいさっぱり平らげる。

お茶を飲み、満足そうにゲップした。

「ああ、やっと人心地がついた」

そして爪楊枝をくわえ、

「コーヒー飲みながらでも話を聞こうじゃないか」

といった。先ほどいったコーヒーショップに二人は入った。少し前はガラガラだったのが、今はこんでいる。

「テイクアウトしてお前のうちで話そう」

大仏はいった。

「いいのか」

「何が」

曲がりなりにも女性だ。二人きりでいいのか、と訊ねたつもりだったが、大仏は気にするようすもない。

コーヒーを買い、アパートに戻った。部屋にあがると大仏はさっさとベッドに腰かけた。

「オレはここがいい」

いって部屋を見回す。

「きれいに使ってるじゃないか」

何もないだけだが、そのひと言で大仏の住居の状況が想像ついた。

「まず知り合いてのは誰だ」

コーヒーをすすり、大仏は訊ねた。

「ちょっと待て。飯を奢った上になんでそこまで教えなきゃならない」

将がいうと、大仏は目を吊りあげた。

「ヒデトの電話番号を教えたろうが」

すっかり忘れていた。

「そうだったな。いろんなことがあったんで忘れてた」

「思いだしたのなら、いえ」

「支部長だ。支部長に会った。ヒデトと飯を食っていたら呼びだされたんだ。用心棒じゃない仕事を任せるといわれたが、その内容はまだわからない」

「ベトナム人というのは？」

「グエンという男だ。『ダナン』の常連らしい」

「『ダナン』？　あの赤坂の店か」

将は頷いた。

「きのういったら現われ、取引をもちかけられた」

小関の下の石本とやりあった話は割愛した。相手は刑事だ。もっている拳銃を奪って撃ったといったら、菅下がいった「過剰防衛」で逮捕するといいだすかもしれない。

「『クィー』だな」

大仏の顔が険しくなった。

「ちがうようだ。『クィー』の情報が欲しいともちかけられた」

「何のために？」

「そんなことが俺にわかる筈ない」

「どんな奴なんだ。そのグエンというのは」

「見た目は穏やかだが、腕の立つ手下を連れていて、危なそうな男だ。素人じゃない」

大仏はコーヒーをすすった。

「『クィー』の対立組織の人間か」

「日本にはそんなにたくさんベトナム人の組織があるのか」

「ある。ひとつひとつはせいぜい四、五人のグループで愚連隊のようなものだが、強いグループは他をとりこみ勢力を拡大する。『クィー』もそうやって大きくなったらしい」

「なるほどね。グエンは『クィー』の情報と引きかえに俺を守ってやるといってきた」

「やけに皆、お前を守りたがるじゃないか」

大仏は将を見つめた。

「俺も意外だ。警察が守ってくれるほどの大物にいつなったのかな」

「ふざけるな」

「本当だ。いったいなぜ四谷署が俺を保護するんだろう」

「誰かが命令したからに決まってる。そうじゃなけりゃ警察官は動かない」

大仏はおもしろくなさそうにいった。

「誰が何のために命令したのか、あんた調べられるか」

「やってみなけりゃわからんな」

「調べてくれ」

「じゃあ『クィー』のことをオレに教えろ」

大仏はいった。

「あんたの狙いは『クィー』なのか」

「なぜそう思うんだ」

大仏は将を見返した。

「俺が支部長に会ったといっても食いつかなかった

が、ベトナム人の話をすると真顔になった。俺の組織にはたいして興味がなさそうだ」

　大仏はフン、と鼻を鳴らした。

「プッシャーなんていくらでもいる。お前のところは新顔だが、密売組織をいくら叩いたところで元を断たなけりゃ何もかわりはしない」

「元というのはどういう意味だ」

「そんなことも知らないのか。麻薬組織の人間だろうが」

「俺は用心棒に雇われていただけで、組織のことには詳しくない」

　大仏は疑わしげに将をにらんだ。

「日本で売られている覚せい剤は、ほとんどが、中国、北朝鮮、ベトナムで作られ、もちこまれている」

「国産はないのか」

「ほとんどない。原料になるエフェドリンの入手が難しい」

「なるほどね。作っている国からもちこんでいる密輸組織が、あんたのいう元ということか」

「中国や北朝鮮には乗りこめない。最近はメキシコやコロンビア、アフリカでも作られている」

　聞いたことがあった。かつてはコカの葉からコカインを精製していた麻薬組織が、自然条件に左右されない化学薬品であるアンフェタミンに商品をかえているというのだ。

「なるほどね。『クィー』は密輸組織なんだな」

「『クィー』が扱っているのは覚せい剤だけじゃないとオレはにらんでいる。ベトナムで作られた、バッグや腕時計などのコピー商品ももちこんでいる筈だ。密輸のノウハウを使えば、何でももってこられる。中でも簡単なのが金《きん》だ」

「金？　ゴールドの金か」

　大仏は頷いた。

「なんでそんなものを密輸する？　金の値段は世界中いっしょだろう」

「一千万円ぶんの金を日本に密輸入して貴金属店にもっていけば一千百万円が支払われる。消費税がのるからだ。日本にもちこみ売るだけで一割の儲けになる」

「そうなのか」

将は感心した。

「だが金は重いので、人が何十キロも携帯してはもちこめない。そこで加工し金製品ではないものに見せかけるノウハウが必要になってくる」

「密輸のノウハウというのはそういうことか」

「密輸組織は、ドラッグや金をあらゆるものに見せかけて、税関をくぐり抜けようとする。さもなけりゃ、高速船を使って海上輸送する。日本の領海まで貨物船で運んだら、漁船に見せかけた高速ボートで海上で受けとり、海保の巡視船も追いつけないようなスピードでつっ走って陸揚げする。ボートは仕事のとき以外は隠しておくんだ」

メキシコの麻薬組織がキューバからマイアミまでパワーボートでコカインを運ぶ映画を観たことがあったが、同じような手を使っているようだ。

「『クィー』もそうしていると?」

「昔は暴力団しか使わない手だったが、今は専門の運び屋がいて、中国人やベトナム人とも手を組んでいる。日本にもちこんだら、極道や取引のある密売組織に卸すんだ」

さすがに大仏は詳しかった。

「全部をひとつの組織がやっているわけじゃないんだな」

「製造から輸送、販売までひとつでやっていたら、一ヵ所が挙げられたら全滅だ。そんな馬鹿はしない。ドラッグを扱う組織は役割に応じて分かれている。昔は暴力団の力が強く、新しい販売網なんて作れなかったが、今は外国人の新しい組織がどんどん生まれている」

「極道は潰さないのか」

「潰せないんだ。警察の目が厳しくて」

「その結果、外国人組織がのさばった」

大仏は頷いた。

「だが暴力団も考えた。できちまった外国人組織なら、潰すより乗っ取ったり提携したほうが簡単だ。外国人組織に守ってやるともちかけ、アガリを何割かかすめる」

小関がなぜつきまとうのか、将はようやくわかった。

「そういうことか」

「そんなことも知らなかったのか。お前が用心棒として雇われたのは、北島会につけこまれないようにするためだ」

「なるほどね、勉強になった」

「外国人組織も、いくら相手が日本の暴力団だからといって、ずっとアガリをかすめられるのは我慢できない。何とかできないかと考えている。正面から戦争をしたのじゃ勝ち目がないから、警察を引っぱりこんで暴力団を排除しようとしたり」

「それだ」

思わず将はいった。

「何がそれなんだ」

「俺が戻ってきてでくわしているのは、犯罪組織の人間より警官のほうが多い。極道は小関くらいだが、まずあんた、それからマトリの赤鬼青鬼、それに今朝の四谷署と、お巡りばかりと俺は会っている。妙じゃないか。ふつうお巡りは俺をパクろうとするものだろう。それが――」

「待て！　マトリって何だ」

「きのうヒデトといて職質をかけられたんだ。麻薬取締官の赤鬼青鬼ってコンビだとヒデトはいっていた」

大仏は頰をふくらませた。

「あいつら――」

「知り合いなのか」

「ダニみたいな奴らだ。小物の売人を痛めつけちゃ、情報をとっていく」

「情報が欲しいのは皆、同じだろう」

「オレは上を狙ってる。あいつらはチンピラを絞るだけだ」

大仏のスポーツウエアの中で携帯が鳴った。とりだし画面を見た大仏は舌打ちした。

「いかなきゃならない」

「どうぞ」

将は手を振った。

「『クィー』のことをつかんだら連絡してこい。いいな!」

大仏はいって、部屋をでていった。

14

ひとりになった将は考えを巡らせた。これまでに会った人間がひとりも嘘をついていないとは思わないが、「クィー」に関する情報を求めているグエンと大仏の二人は「クィー」やそれに関係する人間ではないと考えてよさそうだ。

一方、支部長は「クィー」を知らないといいながら、情報を欲しいとはいわず、「クィー」が何であるのかも訊かなかった。つまり支部長は「クィー」について知っている。組織に覚せい剤を卸しているのは「クィー」かもしれない。

極道の小関はどうだろう。小関の口からは「クィー」の名前はでていない。だがグエンに目をつけていた。グエンを「クィー」のボスだと疑っている可能性はある。

大仏の言葉を思いだした。「できちまった外国人組織なら、潰すより乗っ取ったり提携したほうが簡単だ」

それが目的で、小関は手を組もうといったのだ。つまり良が潜りこんだ麻薬組織と「クィー」はつながっていて、そのふたつを北島会にとりこもうという考えだ。

一方で、警視庁、四谷署、麻薬取締部の関東と近織がそれぞれ動いている。大仏、四谷署、赤鬼青鬼、そして菅下だ。そのうちの誰かは「クィー」と手を組んでいるかもしれない。「警察を引っぱりこんで暴力団を排除」させるためだ。

その警察官が「クィー」と組んだ理由が、極道を叩くためなのか、金なのかはわからない。あるいは、それぞれにいるのかもしれない。麻薬組織、暴力団、警察、麻薬取締部、それぞれの思惑がややこしく入り組む中で、良は失踪したのだ。

思惑の中心にいるのが「クィー」だ。人か組織か、その両方か。「クィー」については情報を求める者と、知らない者、知ってはいるが口を閉ざしている者がいる。

これまで会った中で「クィー」のことを知っていそうなのは支部長と小関だ。「クィー」についてもっと訊きだしたい。が、簡単には会えないし、しつこくすれば疑われるだろう。

その二人以外で「クィー」について知っていそうな人間はいるだろうか。

ヒデトがいた。ヒデトにはまだ「クィー」について訊ねていない。それに気づくと同時に、将はバー「ヤドリギ」で宮崎から聞いた話を思いだした。

菅下によれば、先月の八日、用心棒をつとめる良の姿を東京のマトリが見ていて、それ以降消息がわからなくなっているのだが、十日に良は「ヤドリギ」に現われ、「裏切り者がいる」といって荒れていたという。

「裏切り者」の正体も気になるが、良の姿を最後に見たという東京のマトリとは誰だったのかが知りたい。

将は菅下の携帯を呼びだした。

「何かあったのか」

呼びだしに応えるなり、菅下は訊ねた。

「昨夜伝えたグエンの携帯についての情報は？」

「手配したばかりで、まだ時間がかかる。それでかけてきたのか」

「もうひとつある。いなくなる直前、用心棒をやっている良を東京のマトリが見たといったな」

「それは聞いた。良を見たマトリと話がしたい」

「先月の八日だ」

「なぜだ」

「そのマトリは良の正体を知っていたのか」

「いや、知らない。加納がマトリだと知っている取締官は関東にはいない筈だ」

「赤鬼青鬼じゃないのか」

「彼らではない」

「そいつに会わせろ」

「会って何をする?」

「良は十日の夜、『ヤドリギ』に現われている。マスターの話では荒れていたそうだ。理由は『裏切り者がいる』だ」

菅下は沈黙した。

「心当たりはないか」

「ない。加納は、裏切り者が誰なのかマスターに話さなかったのか」

「話さなかった。良はマトリの中にいる裏切り者に気づき、殺されたのかもしれない」

「その裏切り者が、東京の取締官だというのか」

「さもなけりゃあんたとかな」

菅下は息を吐いた。

「いいだろう。その者に君と接触するようにいう」

「待てよ、そいつが裏切り者なら、いきなり俺が会いにいったほうが尻尾をだす」

「確かにそうだが、下手をすれば君も加納の二の舞になる危険がある。君がいうように加納が消されたのだとすれば正体がバレたからだ。その者が君を見れば確かに驚くだろうが、今度こそ殺そうと考える」

「返り討ちにしてやるさ」

「まちがえるな。私は君に仇討ちをさせたくて潜入させたのではない」

菅下の声にいらだちがこもった。

「とにかくそいつの名を教えろ」

「教えても意味がない。潜入中だから、偽名を使っている」

「潜入中？」

将は訊き返した。

「加納が用心棒をやっているのを、道を歩いていて見かけたわけではない。潜入中に加納と接触したのだ」

「そいつは良がマトリだと知っていたのか」

「知らない筈だが、同じ麻薬取締官だ。会合などで顔を見ていたのかもしれない。加納は気づかず、その者だけが気づいた可能性はある」

「潜入中のマトリが良の正体をバラしたとしよう。そのわけは？」

「理由はいくつも考えられる。潜入先での自分の信用を高める。あるいは先々、自分が罪に問われるのを防ぐ。潜入しているうちに犯罪に手を染めてしまい、抜けだすのが難しくなっているのかもしれない。そういう人間にとって最も恐ろしいのは、逮捕されたり自分の正体を暴かれることだ」

「どちらにしても自分が助かるために同じマトリを売ったということか」

「あくまでも可能性の話だ。加納を潜入中のマトリとは知らず、ただの用心棒としか認識していなかったとも考えられる」

「俺が会えばわかるってことだ。裏切り者なら、良が生きていると思って驚くだろう」

菅下は再び沈黙した。

「そいつは何という名前を使っているんだ？」

「私も知らない」

「訊けよ」

「問いあわせるには理由が必要だ。それはつまり君を送りこんだと知らせる結果になる。この捜査の意味がなくなってしまう」

その通りだ。将は唸った。

「理由をいわずに潜入中のマトリの正体をつきとめ

るやりかたはないのか」

「なくはないが、時間がかかる。関東にいる以前の部下にさりげなく探りを入れる」

「さりげなく、ね。電話じゃ無理ってことか」

「関東に出張する口実を作り、そのついでに飲みに誘い、訊きだす」

将は息を吐いた。

「確かに時間がかかりそうだ。良は自分以外に潜入しているマトリがいると知っていたのか？」

「知らなかったと思う。少なくとも加納からそういう報告はうけていない」

「わかった」

「これからどうするつもりだ？」

「俺の考えでは、組織は『クィー』とつながりがある。だから『クィー』について調べてみる」

「どうやって？」

「悪いがそれはいえない。百パーセントあんたを信用できると決まったわけじゃない」

「いった筈だ。裏切り者だったら、君を送りこんだりはしない」

「どうかな。良に正体を暴かれそうになったので消し、それを隠そうと俺を使っているのかもしれん。とにかくまだ信用はできない」

四谷署の刑事たちの話はしないことにした。警察と麻薬取締部は別の組織だ。菅下が情報を得るのはさらに難しいだろう。

「私に対する疑いは別にして、君の考えには賛同する。想像以上に、君には状況を判断する能力があるな」

菅下は尊大な口調をかえずにいった。

「おほめにあずかり光栄だね。グエンの電話番号についてわかったことがあれば知らせてくれ」

答え、将は電話を切った。夕方になるのを待ち、六本木のバー「ヤドリギ」に向かう。

もう開店していたが、客はいなかった。扉を押した将に、

「いらっしゃいませ。きっとこられると思っていました」

宮崎は告げた。

「良についてもっと教えてほしくて」

スツールに尻をのせ、将は告げた。宮崎は頷いた。

「何を飲まれます？」

「ビールを」

ビールのグラスを将の前におき、

「で、良さんのどんなことを聞きたいのですか？」

宮崎は訊ねた。

「最後にきたときのことです。裏切り者がいるといっていたそうですが、その正体を知りたい」

「わかります。あのあと私も何かお役に立てることを思いだせないか考えていました」

将は宮崎を見つめた。

「何かありましたか」

「ひと言だけ。『あんな奴は信用できない』と」

「あんな奴？　誰のことをいっていたのでしょう」

宮崎は首をふった。

「そこまではわかりません。ただ私の印象では、誰かから何かをもちかけられ、それに応えるかどうか悩んでいたように見えました」

「その挙句が『信用できない』ですか」

宮崎は頷いた。

潜入中のマトリだろうか。同じマトリだと正体を打ち明けられ、手を組もうともちかけられたのか。

マトリとは限らない。小関だって怪しい。

「ダナン」で会ったとき手を組もうといってきた。

大仏も同じだ。そしてグエン。二人とも「クィー」の情報を欲しがっている。だが小関、大仏、グエンの三人に、将を見て驚いたようすはなかった。

やはり菅下だろうか。菅下に関する情報を入手したので荒れていたと考えるのが、一番妥当な気がする。

「良の任務はうまくいっていたのでしょうか、それとも行き詰まっていたのでしょうか」

将は宮崎を見つめた。この宮崎もちょっと正体不明のところがある。ネクタイを締めていてもサラリーマンには見えないだろう。京都の洋食屋で働いていたのに六本木でバーを始めるというのも、かわった転身だ。

「初めのうちはうまくいっていたようでした。このあいだ連れてこられた方、ヒデトさんですか？　ヒデトさんと仲よくなり、上の人の信用も得られたと。ですが、深入りするにつれて、親しくなった女性に自分の正体を隠しているのがつらくなっていたようです」

「マイですね」

宮崎は頷いた。

「ミオさんを亡くされてから女性を好きになったのは初めてだといって」

「グエンという男のことを良は何かいっていませんでしたか」

「グエン？　いえ」

将は息を吐いた。

「あいつが逃げだしたとは考えたくない。といって逃げたのでなければ、殺されたとしか思えない」

将が考えていると、宮崎が口を開いた。

「あの――」

将は宮崎を見た。

「良さんと何があったのでしょうか。立ち入ったことだというのはわかっています。でも良さんは、亡くなったミオさんとあなたのことをいつも気にかけていました。お二人のあいだに何があったのかを、よかったら話してもらえないでしょうか」

将は息を吐いた。

「今思えば、たいしたことではないんです。高校三年の秋で、馬鹿をやっていた俺とちがい、良は大学受験を控えていました。両親が死んで叔父夫婦にひきとられていた立場上、受験に失敗するわけにはいかなかった――」

受験勉強などさらさらする気もなかった将は学校帰りに毎日、高松の盛り場をうろついていた。高松の不良のあいだでは名前が通り、いっぱしのワル気取りだった。

一方の良は図書館にこもって受験勉強に集中していた。その頃はもう、口もきかない仲だった。互いの道がまったく異なるとわかっていたのだ。

いつものように深夜まで家に帰らず、スナックにいた。不良仲間の姉がやっている店で姉の旦那は地元のやくざだった。高校を卒業したら組にこないかと誘われていたが、高松をでていくと心に決めていた。

じきに午前一時になろうかという時間、スナックの電話が鳴った。電話にでた姉が、

「将ちゃん？　おるよ。あんた誰や」

と訊ね、答を聞くと受話器をさしだした。

「兄ちゃん」

「兄ちゃん？」

将は訊き返し、受話器を耳にあてた。

「もしもし？」

「将か」

ひどく切迫した良の声がした。

「そうだ。何でここがわかった？」

「藤井の姉ちゃんの店によくいるって聞いてたから。あの、今、でてこられるか」

「何だよ」

「ちょっと、お前の助けがいるかもしれない」

「何？　何いってるんだ」

「車で事故った」

「事故ったって、お前、免許なんかもってないじゃないか」

良は沈黙し、やがて、

「叔父さんの車だ」

といった。叔父は病院などへの配達用にライトバンをもっている。

「叔父さんもいるのか」

「いない」

それで気づいた。

「お前、車もちだしたのか」

「息抜きしようと思ったんだ。お前とちがって毎日、机に向かってたから、その……」

良でもそんな気持になるのかという驚きと、良が困っているという快感を同時に感じた。

「どこからかけてる?」

「五色台の少年センターの公衆電話だ」

瀬戸内海を見おろす高台にあるキャンプ場だ。すぐ近くには特別支援学校があるが、夏や週末以外は、ほとんど人がいない。昔は暴走族がたまっていたという。

「カーブで、ハ、ハンドルを切りそこねて。どうしようかと思って……」

言葉につかえながら良はいった。動揺している。当然だろうが、そのようすも将には意外だった。

「わかった、そこにいろ。とりあえずいく」

「叔父さんには――」

「まずいってからだ」

将は答えて、電話を切った。叔父は夜十時には寝てしまう。だから良が車をもちだしても気づかなかったのだ。

「おい、バイク借りるぞ」

いっしょにスナックにいた藤井にいった。

「良、何かあったのか」

中学からいっしょの藤井も良のことは知っている。

「何でもない。朝までには返す」

バイクの免許は十六になってすぐ、とっていた。バイクなど買ってもらえる筈もなく、一時バイトをして金を貯めていたが、パチンコ代などで消えた。

藤井のバイクで五色台少年自然センターに向かった。深夜だと三十分もかからない距離だ。

良が事故を起こした車はすぐに見つかった。下り坂でスピードをだしすぎたのだろう。道路わきの茂みに鼻先をつっこむ形で止まっていた。壊れたラジエターから白い蒸気が噴きだし、車輪が側溝にはまっている。

ひと目で、レッカーを呼ばなければ移動は無理だとわかった。

良がそのかたわらにうずくまっていた。膝を抱き、うつろな目で将を見上げた。

「将、きてくれたのか」

「何やってんだ、お前」

「もう、俺終わりだ。大学いけない。こんなことして……」

「おおげさなんだよ」

舌打ちし、この状況を何とかできそうな人間がいないかを考えた。気は進まないが、藤井の姉の旦那に頼むしかなかった。深夜でもレッカーを用意してくれるだろう。

「公衆電話は上か？」

将が訊ねると良は頷いた。

「百メートルくらい上ったところにある。どうするんだ」

「知り合い呼ぶから。お前は帰ってろ」

「帰ってろって、どうやって」

自分が乗ってきたバイクを将は示した。

「乗れるだろ、車、運転するくらいなら」

おずおずと良は頷いた。

「藤井の姉ちゃんの店に届けてくれ。瓦町《かわらまち》の『あかり』だ」

「わ、わかった」

良は将が乗ってきたバイクにまたがった。運転の要領を教えると、危なかしげながら、坂道を下っていく。

将はほっと息を吐き、煙草をくわえた。一服したら、「あかり」に電話をかけ、状況を話して助けを頼むつもりだった。

そのとき坂道を上ってくるヘッドライトに気づいた。良が戻ってきたのだろうか。

ちがっていた。上ってきたのは巡回のパトロールカーだった。

「警察の少年係には、ちょっとした有名人でしたから、無免許運転で否応なくつかまりました」

将はいった。

「でも本当は――」

宮崎は将を見つめた。

「俺にとっちゃ勲章がひとつ増えただけですが、良には一大事です。もし良がやったとわかれば内申書も含め、受験に響くのは確実でした」

「それで？」

「俺は退学になりました。良には何もいうなと口止めし、退学になったその日に、誰にもいわず高松をでていきました。いったとしても誰も引きとめなかったでしょうが」

「そんなことが」

つぶやき、宮崎は息を吐いた。

「良は重く考えていたのかもしれませんが、良の罪をかぶらなくても俺はいずれ退学になったでしょうし高松もでていった。良に恩を売れるのは、むしろいい気分でした」

宮崎は信じられないというように首をふった。将はつづけた。

「連絡をしなかったのは、ずっと良に借りを感じさせたかったからもあります。あいつは俺とちがって、何があっても道を踏み外すようなことはない。きっとまっとうな仕事に就き、順調に出世するだろうと思っていました。麻薬Gメンになっているなんて想像もしなかった」

「確かに良さんはまじめな人でした。その一方で自分のまじめさを嫌ってもいた。どんなときも弾《はじ》けられない性格を変えたいと思ったことがあったそうです」

将は思わず笑った。

「あいつには無理だ」

「そう。良さんにはできない。ずっと自問自答していたそうです。もし立場が逆だったら、自分は将さんを助けただろうかって。将さんは迷うことなく良さんの身代わりになった。でも良さんは、自分だったらできなかったといっていました。学校や叔父さん夫婦のことを考え、将さんを助けなかったにちがいない、と。それは結局、負い目というよりコンプレックスになった。そのコンプレックスを克服するためにふつうの職業を選ばなかったのです」

「コンプレックス。あいつが俺に……」

将は首をふった。良が自分にコンプレックスを感じているなどと、夢にも思ったことがない。むしろ逆だ。自分は勉強ができず悪ガキで、迷惑ばかりをかけてきた。ただの兄弟ではなく双子であることで、良にも嫌な思いをさんざんさせた。

「それはむしろ俺のほうなのに」

宮崎は微笑んだ。

「お互いにコンプレックスを抱いていたわけです。今なら会って話せば、理解しあえるでしょう」

将は深々と息を吸いこんだ。そうかもしれない。だがもう、不可能だ。

「良さん、どこにいるのでしょうね」

宮崎はつづけた。それでやるべきことを思いだした。宮崎に断わって携帯をとりだし、ヒデトにかける。

「お疲れさまです。きのうは大丈夫でしたか」

ヒデトの明るい声が返ってきた。

「実はまた訊きたいことができた。今、仕事中か」

「そうなんす。デリバリィが十時まで入ってるんで、そのあとなら、どこへでもいけます」

「じゃあ体が空いたら電話をくれ」

「了解です」

電話を切ると宮崎が訊ねた。

「きのうの人ですか」

将は頷いた。

「良が潜入していた組織は『クィー』というベトナム人のグループとつながりがあり、良はそれを調べていたようなのです。その『クィー』に関する手がかりを捜しています」

「きのうもいいましたが、『クィー』という名は聞いたことがありません」

「あの――」

いいかけ将は迷った。

「何でしょう」

「マイというベトナム人の女性とのことですが、良は本気だったのでしょうか」

宮崎は頷いた。

「悩んでおられたくらいですから」

将は息を吐いた。

「将さんもその人に会われたのですか」

宮崎が訊ね、将は頷いた。

「はい。良とはだいぶ親しい関係だったようです」

探るような目を宮崎は向け、将は首をふった。

「俺は良じゃありません。だから彼女の気持に応えるわけにはいきません」

「マイさんは将さんのことを良さんだと思っているのですね」

「ええ。でも、そういうことをすれば、ちがうとすぐに気がつくでしょうし、するわけにはいかない」

「それは自分が偽者だから、ですか」

「もちろんです。俺は良じゃない。良に惚れている子を良のフリをして抱くなんて、絶対できない」

将が答えると、宮崎はにっこりと笑った。

「よかった」

「よかった?」

「生きてきた道がちがっても、将さんも良さんと同じく卑怯な人間ではないということです」

そして新たなビールを将の前においた。

「私からの奢りです。英語ではオンザハウスというのですよね」

将は苦笑し、頷いた。

「それにしても良さんがいっていた裏切り者というのは誰だったのでしょう」

まさかマイが裏切り者だったわけではないだろう、と将は思った。が、グエンのことがある。グエンと別れ自分のところにくると信じていたのが「裏切られた」と感じるできごとがあったのかもしれない。

いや、良は「裏切り者がいる」といったのだ。恋人に裏切られても、裏切り者とは呼ばない筈だ。

「俺の考えでは、警察か麻薬Gメンの誰かのような気がします」

宮崎に名前を告げなかったのは、宮崎が知らない人物だったからではないか。

となると、菅下ではない。

大仏か、赤鬼青鬼のどちらかか、それともまだ自分が会っていない誰か、たとえば良の〝活動〟を目撃したという、潜入中の東京のマトリか。

「そうですね。良さんの荒れようを考えると、その可能性が高いと思います」

落ちついた表情で宮崎は答えた。

将のポケットで着信音が鳴った。初めて聞く音で、一瞬自分がもっている携帯だとは気づかなかった。支部長から渡された携帯が鳴っていたのだ。命じられた通り、将はそれももち歩いていた。

ひっぱりだした。画面には「非通知」の文字が浮かんでいる。

「はい」

耳にあてた。ぜいぜいという、喉を鳴らす音が聞こえた。支部長だ。

「仕事だ。一時間後に浅草の雷門までこられるか」

「浅草の雷門」

聞いたことがあった。東京の観光名所の筈だ。将は携帯のマイクを掌でおおい、

「ここから浅草の雷門というところまで一時間でいけますか?」

と宮崎に訊ねた。宮崎は頷いた。

「ええ、いけます。地下鉄がつながっていますから」

将は携帯を耳に戻した。

「大丈夫です」

その間をいぶかることなく、

「では雷門にこい」

とだけいって、支部長は切った。将は時計を見た。午後六時四十分だ。

「仕事ですか」

「ええ。良のかわりの仕事です」

将は答え、会計を頼んだ。ヒデトとの約束は十時以降だから、まだキャンセルする必要はないだろう。

「浅草にいかれるなら、地下鉄日比谷線で銀座にでて、そこから銀座線に乗り換えて、浅草駅まで乗って下さい」

「銀座線の浅草駅ですね」

「まず日比谷線の六本木駅にいかないと」

そういって、宮崎は道を教えた。「ヤドリギ」をでて、将は六本木駅まで歩いた。


支部長に呼びだされたことを菅下に話すべきだろうか。今はやめておいたほうがいいだろう。東京のマトリに裏切り者がいるかもしれないのだ。菅下から裏切り者に伝わらないという保証はない。

乗り換えも含め、七時半過ぎには、地下鉄浅草駅に到着していた。「雷門方面」という出口から地上にでる。

いきなり外国人の流れに呑みこまれた。携帯の自撮り棒をもち、そこら中で写真を撮っている。そこここで外国語がとびかい、池袋に劣らず、街が外国人で埋めつくされていた。

人力車が走っている。そこにも携帯をもった中国人がいて、「雷門」と書かれた大きな赤い提灯の周辺はたいへんな人混みだ。そのほとんどが外国人観光客だった。中国人以外のアジア人もいれば白人やアフリカ、中東系の外国人もいて、皆が携帯やカメラをかざしている。

それらの集団から少し離れた土産物屋の軒先に将

は立った。「雷おこし」という菓子を売っていて、小学生のときにもらって食べたのを思いだした。

六本木や池袋とは異なる活気で、明らかに観光地だった。東京で生活している人間は、むしろ少ないのではないか。

この喧騒では携帯が鳴っても気づかないかもしれない。そう思い、将は支部長から渡された携帯を手にもった。

周囲を観察する。あたりにいる人間の八割が外国人で、その半数以上が中国人のようだ。外国人のほぼすべてが観光客のようで、赤い提灯とそれを左右からはさんだ風神雷神の写真を撮り、その下をくぐって左右に土産物屋が並ぶ石畳の通りに入ってぃく。外国人にとってはテンションの上がる空間なのか、誰もが興奮した表情を浮かべている。

その理由が異国情緒なのか、それともこの人出なのか、将にはわからなかった。おそらく両方なのだろう。たくさん人間が集まっているというだけで、それを好むかどうかは別にして、その場所を特別と感じる本能が人にはあるものだ。

「エクスキューズミー」

不意にアジア系の男が将に話しかけてきた。スマホを手にしている。

「イエス?」

「ミスターニシダ?」

将が頷くと、スマホをかざした。

「コーカンシテクダサイ」

「え?」

「アナタノデンワトコーカンデス」

片言の日本語でいった。

将は男を見直した。三十代のどこかだろう。あまり裕福そうには見えない。Tシャツの上にシャツを羽織り、リュックを背負っている。

東南アジアのどこかの出身に見えた。

「アナタノデンワトワタシノデンワ、コーカンシマス」

迷っていると将の手の中で携帯が鳴った。非通知だ。

「はい」

「接触できたか」

支部長の声が訊ねた。

「電話を交換しろといっている奴ですか」

「そうだ」

「だったら目の前にいます」

声をかけてきたアジア人は無言で将を見つめている。その目には不安げな光があった。

「電話をその人物に渡せ」

支部長はいった。

「わかりました」

将は男に電話をさしだした。男は受けとり耳にあてた。

「モシモシ。ハイ」

支部長の言葉に頷き、手にした携帯を将にさしだした。将は受けとった。

「ハイ。ワカリマシタ」

男はそのまま歩きだした。人波の中にまぎれこんでいく。

「おい――」

あとを追おうとしたとき、手の中の携帯が鳴った。またも非通知だ。機種は前のものと同じだ。

「はい」

「銀座に向かえ」

支部長がいった。

「銀座？　銀座のどこにいくんです？」

「銀座四丁目の交差点に車のショールームがある。その前に立て」

電話は切れた。将は息を吐いた。たった今乗りかえたばかりだから、銀座まで地下鉄でいくのは簡単だ。だが浅草から銀座に移動するだけなら、最初の電話で指示できる。浅草で携帯を交換したあと銀座に向かえ、と告げればいいのだ。それをせず、小刻みに指示を下すのは信用されていないか、尾行の有無を確かめるためだという気がした。

銀座につくと、その地下道は広く、迷いそうなので、将は地上にあがった。菅下から渡された携帯の地図アプリで自分の位置を確認する。

指定されたショールームはすぐにわかった。そこも人通りが多い。日本人と外国人の両方だ。雷門とは異なる活気がある。

ショールームに飾られたスポーツカーの前で写真を撮っているのは外国人観光客で、着飾っているのが日本人だ。

ショールームの前で将は立ち止まった。きらびやかなビルがつらなり、大型の観光バスがひっきりなしに止まっては外国人観光客を吐きだし、吸いこんでいく。

まさに東京の中心にいる、という感じだ。

手の中で携帯が鳴った。

「はい」

「帰っていい」

「何だって？」

「今日の仕事は終わった」

支部長は告げ、電話は切れた。

将は息を吐き、電話をしまった。時計を見ると、まだ八時になったばかりだ。

監視されているのなら、どいつがそうなのかを確かめてやろう。そう決心して人混みを歩きだした。

大通りをまっすぐに歩いていく。地図アプリによれば、JRの新橋駅までそんなに遠くはない。

ときおり立ち止まり、うしろを見たりショーウインドウで背後を確かめたが、尾行者がいるのかどうかすら、わからない。

そういう訓練をうけていないから当然といえば当然だが、とにかく人が多すぎる。日本人も外国人もやたらにいて、怪しめばきりがない。

新橋駅までできても人の数は減るどころか、むしろ増えているような気がした。

ここは一度アパートに帰るほかない。将はあきらめてＪＲに乗りこんだ。

15

ＪＲの四ツ谷駅から歩いて、アパートに戻った。四ツ谷駅からアパートまでは、さすがに人通りの少ない場所もあったが、尾行の存在は確認できなかった。途中でコンビニエンスストアに寄り、夕食を仕入れる。

買った弁当をアパートの部屋で開いた。朝に牛丼を食べたきりなので、ひどく腹が減っていた。

箸を手にしたとたん、部屋のインターホンが鳴った。

「何だよ！」

思わず声がでた。立ちあがり、荒々しくドアを開いた。

マイがいた。いきなり開いたドアに、目をみひらいている。

「マイ」

「あの――」

マイは手にしていた袋をさしだした。

「牛肉のフォーを作ったので、シゲルにもあげようと思って」

プラスチックのケースが入っている。受けとるとあたたかい。

「シゲル、好きだから」

「あ、ああ。ありがとう」

「お店にいきます」

マイは戸口から立ち去ろうとした。

「待てよ」

マイがふりかえった。

「この前はグエンを紹介してくれてありがとう」

輝いていたマイの表情がみるみるしぼんだ。

「いえ」

「あれからグエンと話したかい」

マイは小さく頷いた。

「毎日、電話がかかってきます」

「その、俺のことを何かいってなかった？」

マイは目を伏せた。

「別に」

マイを傷つけてしまったことに気づいた。だがここで話をやめるわけにはいかない。

「あのさ、この前グエンがいっていた、俺とグエンの共通の友人て誰かな。思いだせなくて、すごく気になってるんだ」

マイは瞬きした。

「わかりません」

「グエンにこっそり訊いてくれないか」

「気になりますか」

「もちろん気になるよ。そんな人がいるとは思えない」

「グエンは嘘はつきません」

マイはきっぱりといった。

「そうなのか」

深く頷く。

「嘘をついたり、人を裏切るはしません。だからそういう人は、絶対に許さない」

「信用しているんだな」

「お兄さんですから」

「えっ」

将は思わず声をあげた。

「お兄さん？」

「はい。お父さんとお母さんが離婚したので、ずっと別々に暮らしていましたが、グエンはお兄さんです」

「恋人じゃなくて？」

「恋人？」

怪訝《けげん》そうにマイは訊き返した。

「そう。グエンはマイの恋人か旦那さんだと思ってた」

「ちがいます。どうしてそう思いましたか」

「いや、何となく……」

マイは疑わしそうに将を見つめた。

「わたし、前に話しました。グエンが日本にいるから、わたしも日本にきた。お兄さんいるから安心だって」

「そうだっけ」

将は口ごもった。

「それも忘れましたか」

「そうなんだ」

マイはじっと将を見ている。

「ごめん、いろいろなことを思いだせない」

「シゲル、本当はわたしのことも忘れた。ちがいますか」

将は言葉に詰まった。忘れたというべきなのはわかっている。が、いえばマイをひどく傷つけてしまうような気がした。

「そんなことない。『ダナン』にいったじゃないか」

「『ダナン』にきたのはグエンに会うため。わたしじゃない」

マイの表情は硬かった。

「あなた、グエンとビジネスしたくて、わたしと仲よくなった」

「ちがう」

「ちがわない。あなたお金が目的」

「ちがうって」

「だったらどうしてわたしと会っても嬉しくない？　怪我する前は、もっとやさしかったよ」

「それは……」

「わたしのことを利用していた」

マイの目に涙が浮かんでいる。

「そうじゃない」

「ならどうしてわたしに好きといわない。トイラッティッ　バンといってくれません。前はいったのに」

将は黙った。マイは将を見つめていたが、

「もういいです。さようなら」

と、背中を向けた。

「待った。待ってくれ」

将はマイの腕をつかんだ。勢いで転びそうになったマイを抱きとめる。ごくまぢかでマイと見つめあった。マイが将を見上げ、はっと目をみひらいた。

「あなた、ちがう」

将の腕を抜けでた。こわばった表情になっていた。

「あなたシゲルじゃない。誰ですか」

「え?」

「シゲル、小さなホクロがここにあった。あなたにない」

マイは自分の右目の下を指さした。

「そうだっけ」

思わず将はいっていた。良の顔にそんなホクロはあっただろうか。

「本当に小さなホクロ。わたしがいったら、見つけたのはマイが初めてだって、シゲルはいっていた。あなたは誰です?」

将は息を吐いた。

「俺は確かにシゲルじゃない。君がシゲルと呼んでいた奴の双子の兄弟だ」

「双子? シゲルはそんな話をしていなかった」

「二十年、別々に暮らしていた」

「嘘」

マイは信じられないようにいった。

「嘘じゃない。双子でなければこんなに似ていない。そうだ、あいつはここに傷痕があったろう」

将は右の鎖骨を示した。マイは頷いた。

「小学校三年生のときにブランコから落ちて鎖骨を折った。その手術の痕だ」

叔父の家に引きとられた直後で、新しい学校に二人とも馴染めず、近所の公園でずっと遊んでいた。そのときに負った怪我だ。やさしくしてくれた叔母さんに、それがきっかけで良はなついた。

「ありました。その話も聞きました。でもあなたの話をシゲルはしなかった」

「それは、あいつが西田シゲルじゃなかったからだ。あいつの本名は加納良、俺は加納将だ」

マイは無言で目をみひらいた。玄関の扉が閉まっていることを確認し、将はつづけた。

「あいつは麻薬Gメンだ。わかるか、警察官みたいなもので、嘘の名を使って麻薬組織に入りこんでいたんだ」

マイは理解できないような表情になった。

「シゲルが警察官？」

「そうだ。別人になりすましてドラッグの密売組織のことを調べていたんだが、一ヵ月前から連絡がとれなくなり、居場所もわからない」

マイは瞬きした。

「良と別れてから俺はずっとアメリカにいて、ついこのあいだ日本に帰ってきた。田舎で墓参りしたとき、良の上司だという男に声をかけられた。良が行方不明になっている。何があったのか知りたいので、良のフリをしてくれと頼まれた。そのときに君のことも教えられた」

マイは小さく首をふった。

「そんなこと、嘘です」

「嘘じゃない。良は任務のために西田シゲルと名乗っていたが、君のことは本気で好きだった。だから悩んでいた。西田シゲルじゃなく加納良という麻薬Gメンだと君に打ち明けたい。が、そうしたらグエンにそれが伝わり、任務をつづけられなくなる」

「じゃあシゲルは誰です。どこにいるんです？」

将は首をふった。

「そんな人間はいない。西田シゲルという男は、良が麻薬組織に潜入するために作った嘘の人間だ」

マイは目をみひらいた。

「わたしは嘘の人を――」

「人物は嘘でも、気持は嘘じゃなかった。それは信じていい。良は、善良な人間だ。任務のために女性をだますようなことはしない。君に好きだといった気持は嘘じゃなかったと思う」

話しながら、なぜ良のためにこんないいわけをしているのだ、と思った。良が本気でマイを好きだったかどうかなんてわかりはしない。

二十年も会っていないのだ。良が女に対してどんな考え方をもっていたかなど知りようがない。

それでもいいわけをしているのは、嫌われたくないからだ。良が嘘をついていたとなれば、まちがいなくマイは良を嫌うだろう。そうなったら、偽者の自分は尚さら嫌われる。

マイの愛を得られないとわかっていても、良とともに嫌われたくはなかった。

「わからない。わたしわからない」

マイは両手で頭を抱え、しゃがみこんだ。

「落ちついて。すわりなさい」

マイの手をとった。マイははっとしたように手を引っこめ、将をにらんだ。

「あなたシゲルじゃないのに、わたしに触らないで」

「俺が君に何かしたか？　君が俺を良だと思って抱きついたときも、俺は何もしなかったろう」

思わず将はいい返した。

マイは目を大きくみひらいた。

「良のフリをして、君に何かするなんて、俺は一度も考えなかった」

いいながら、将は胸のつかえがとれるような気持になった。マイに初めて、加納将として話をしている。

マイは無言で将を見ている。

「『ダナン』にいったのは君と会うためだった。君から聞くまでグエンのことは知らなかった。良に何が起きたのかを知るために、俺はけんめいに良のフリをしていた。正確には、良が演じていた西田シゲルのフリをしていたということだが」

マイはまだ黙っている。

「ヒデトだって、俺が良の偽者だとは知らない」

「ヒデト……。ああ、自転車に乗っている人」

「そうだ。良は、ヒデトが働いている麻薬組織に潜入していた」

「リョウ。シゲルの本当の名前はリョウというのですか」

「そうだ。俺はショウ。良と将だ」

「リョウとショウ。そういえば……」

マイはつぶやいた。

「わたしがシゲルと呼んでも返事をしないときがありました。まるで自分じゃないみたいに、無視していた。それでケンカしたこともあります」

そして将を見た。

「あなたのお兄さん、なのですか」

「お兄さんといったって双子だ。見た目は似ていても性格はちがう」

「シゲル――リョウさんはどこにいますか」

「それを調べている。助けてほしい」

「助ける?」

「あいつが生きているのか死んでいるのかすらわからない」

「死ぬってどういうことです。シゲル――リョ――」

「シゲルでいい」

他の人間の前でリョウと呼ばせるわけにはいかない。

「シゲルは病気だったのですか」

「そうじゃない。麻薬Gメンだというのがバレて、殺されたのかもしれない」

マイは目をみひらいた。

「殺されたとしても、死体はどこにあるのか、殺したのが誰なのか、俺はそれをつきとめたいんだ」

「シゲルが殺された……」

「あくまでも可能性の話だ。人殺しは罪が重い。しかもあいつは警察官だ。よほどのことがない限り、殺されることはないと思う」

「だったらどこです」

「捕まって監禁されているのじゃないかと思う。閉じこめられているんだ」
「誰が閉じこめますか」
「それがわからない。俺はグエンを怪しいと思っていた」
「グエンがどうしてシゲルを閉じこめます？」
「俺は最初、グエンが麻薬組織に関係していると思
った。『クィー』というベトナム人の組織があると
教わり、グエンを疑っていた。良は、つまりシゲル
はグエンが『クィー』だとつきとめたので、グエン
に殺されたのじゃないかとな。だがこの前『ダナ
ン』で会ったとき、グエンも『クィー』を捜してい
る、協力しようといわれた。その言葉を信じるな
ら、グエンは『クィー』ではないということだ」
「『クィー』は、ベトナム語で悪魔です」
「悪魔」
将がくり返すとマイは頷いた。
「グエンは確かに恐ろしい人だけど、悪魔ではあり
ません。『クィー』を捜しているとグエンがいうな
ら、それは本当です」
「『クィー』を見つければ、良がどうなったのかを
つきとめられると俺は思ってる」
「『クィー』はベトナム人なのですね」
「だと思う。そういってた刑事がいる」
「わかりました」
マイは決心したようにいった。
「シゲルのために『クィー』をわたしも捜します」
「助けてくれるのか、ありがとう」
「あなたのことを、これからもシゲルと呼びます」
「そうしてほしい」
マイはじっと将を見つめた。
「シゲルはあなたのいいお兄さんでしたか」
不意に訊ねた。
「ずっと会っていなかった。でも上司の話では、俺
のことを気にしていたらしい。だから、いい兄さん
かもしれない」
「シゲルはあなたに会ったら喜びますか」

「喜ぶだろう。まあ驚くのが先だろうけど」

マイはこっくりと頷いた。

「何かあったら教えます。『ダナン』には、働いているベトナム人もいるし、食べにくるベトナム人もいる。その人たちに『クィー』のことを訊きます」

「露骨はダメだよ。疑われる」

「ロコツ？　ああ、わかります。さりげなくということですね」

「そう」

「大丈夫です。わたしお店にいかないと。お店にいって、ひとりで考えたい」

将が手にしているビニール袋を見た。

「あなたもフォー好きですか」

「もちろん」

「だったら食べて下さい」

「ありがとう」

「サヨナラ」

マイはでていき、将は大きく息を吐いた。


ついに本当の話ができた。こんなに早く打ち明けることになるとは思わなかったが、長い時間二人きりでいて、今まで見抜かれなかったほうが不思議だったのだ。

肩の荷がひとつ降りた。つらい芝居をしないですむ。

あらためてテーブルの前にすわり、将はフォーの入ったケースをとりだした。エスニックな香りが食欲をそそる。米粉で作ったと思しい白っぽい麺が肉と香草の入ったスープに浮かんでいた。すすりこむと濃厚なニョクマムの味が口いっぱいに広がった。ニョクマムはタイのナンプラーと同じで、魚醬から作られた調味料だ。アメリカだと白人や黒人は苦手という者が多かったが、アジア系は抵抗なく食べられる。

マイのスープはトウガラシが効いていて、食べているうちに汗が吹きだした。良はこんなにうまいものをいつも食べさせてもらっていたのだろうか。

フォーの汁をスープがわりに買ってきた弁当も平らげた。時刻は九時過ぎだ。ヒデトから連絡がくるまで、あと一時間ある。汗をかいたので、将はシャワーを浴びた。脱衣所の棚にあった清潔なタオルで体をぬぐった。

洗濯機はなかったが、タオルからは洗剤の香りがした。コインランドリーを使っていたのだろうか。潜入捜査をしながらコインランドリーに通っている良を想像した。潜入捜査官といっても、男のひとり暮らしだ。部屋の掃除や洗濯は自分でしなければならない。ふだん他人任せにしている身には面倒だろう。

良は独身だったらしいから慣れていたかもしれない。「ヤドリギ」の宮崎の話では、結婚を約束していた女性がいたが、事故で亡くなったという。

軍隊にいたから、人の死にはあるていど慣れているが、恋人の死というものは想像がつかない。生き別れよりつらいだろうと思うだけだ。

Tシャツ一枚で涼んでいると、携帯が鳴った。ヒデトだ。

「もしもし」

「お待たせしてすみません。次のデリバリィで体空くんすけど、どうしましょうか」

「どこにいる?」

「今すか。広尾です」

いわれてもわからなかった。

「六本木は近いっすよ」

ヒデトがつづけた。

「今日はペニーはでてるのか」

「えーと、でてますね。今日は遅番の日だ」

シフトまで知っているようだ。

「じゃあデートに誘えるな。赤鬼青鬼も、今日はいないだろう」

「えっ、でも、そんな……」

「先にいってる」

告げて、将は電話を切った。ジーンズにTシャツ、アロハをひっかけて部屋をでる。
マイに真実を話せたことで心は軽くなっていた。が、良がどうなったのかを知る手がかりは何も得ていない。ヒデトから何か材料を得られればいいのだが。

アパートの階段を降り、地下鉄の駅のほうに歩きだした。

「加納くん」

声をかけてきた者がいた。

16

反射的に立ち止まり、ふりかえった。加納と声をかけられたことへの驚きが、少ししてからきた。自分の本当の名を知っている。

四十代半ばの男だった。眼鏡をかけ、ノータイでスーツを着ている。色白でひょろりとしていた。記憶にない顔だ。裏通りの暗がりに立っている。

「こんばんは」

将はいった。相手の正体がわからない以上、そういうより他はない。

「こんばんは。朝は失礼した。うちの者をつけたのが、かえってマズかったようだ」

男がいった。

張りこんでいた二人の刑事のことをいっているようだ。うちというからには、この男も警察の人間なのだろう。

「もう少し目立たないようにさせるつもりだが、迷惑ならそういってくれないか。任務の邪魔かな？」

暗がりから進みでた男の顔を将は見つめた。額が広く、理知的な顔立ちをしている。警察官というより、学者か先生のようだ。

将が黙っていると、男はつづけた。

「現場にいた者によると、本庁組対の人間と電話で話したらしいが？」

将は頷いた。

「大仏と、その人間は名乗ったそうだが、本当に知り合いなのかね」

「ええ」

まるで責められているようだ。この男は何なのだ、と思いながら将は答えた。

「調べたところ、確かに組対五課に大仏という者はいる。しかしあまり評判がよくない」

「評判がよくない？」

将は訊き返した。

「協調性に欠けていて、強引な方法で捜査情報を得る、というのだ。威したり、微罪だからと見逃したりする」

「刑事なんてそんなものじゃないんですか」

思わず将はいった。男は首をふった。

「そういう人間もいるかもしれないが、本当の成果はそれでは得られない」

「あの――」

我慢できなくなり、将はいった。

「実は俺、頭に怪我をして、記憶をなくしてしまったんです。それで人の顔や名前を思いだせなくて」

「私のことがわからないのか」

将は頷いた。男は眉をひそめた。じっと将を見つめる。

「なるほど、そういうことか」

不意にいった。

「何がそういうことなんです？」

「いや、失礼した。出直すとしよう」

男は頭を下げ、踵《きびす》を返した。

「待って下さい。名前を教えて下さい」

「私の名か？　思いだせないのかね、本当に」

「思いだせません」

男は将を見直した。

「福原《ふくはら》だ。福原啓一《けいいち》」

「福原啓一」

くり返すと、男は頷いた。

「何も思いだせないか」

「すみません。携帯とかも失くしてしまったので」

「いいだろう。また改めて。失礼する」

男はいって早足で歩き去った。

将は大きく息を吐いた。男は、自分を知っていて当然だ、という口調だった。

いや、待てよと思い直す。自分を見つめたあと、「なるほど、そういうことか」と男はいった。もしかすると良ではないことを見抜いたのかもしれない。

加納という本名を知る警察官なら、当然良が麻薬Gメンであるとわかっているだろうし、双子の兄弟がいるのも知っていておかしくない。自分が良ではなく将だと見抜き、詳しい話をするのを避けたのではないか。

地下鉄の駅に向かって歩いていると携帯が振動した。菅下だ。

「はい」

「君から聞いた携帯電話の番号に関して情報が入った」

グエンから教わった番号のことだ。

「所有者は渋谷区代々木の旅行代理店で、調べたところレンタルされているものだった」

「レンタル？」

「外国人旅行者向けに日本仕様の携帯電話を貸しだしているのだ。そこでは主に、ベトナムからのビジネス出張客を対象にしている」

「なるほど」

「なぜそこなのかというと、ベトナム大使館が近くにあるからだ。おそらくグエンという、その人物も商用で日本に滞在しているのだろう。どのような商用かはわからないが」

「携帯電話といえば、支部長から渡されている携帯がかわった」

将は浅草にいかされた話をした。

「交換したのは携帯だけか」

「携帯だけだ。おそらくテストだったのだと思う。

支部長は、俺を監視している奴がいないかを確かめたんだ」

「そうだろうな。他に情報はあるか」

「四谷のアパートを四谷署の刑事が見張っていた。さっきそいつらとは別の男が現われ、自分が指示した、といった。良のことをよく知っているようすだった。加納くん、と俺を呼んだ」

「その男も警察官なのか」

「制服を着ちゃいなかったが、たぶんそうだと思う。福原啓一、と名乗った」

「福原啓一だな。調べてみよう」

「俺はこれから六本木でヒデトに会う。『クィー』のことを訊いてみるつもりだ」

「『クィー』に関しては、断片的にいくつか情報が入ってきている。君のいうように、ベトナム人のグループのようだ。中国や台湾、タイなどとつながる密輸組織だという情報もある」

「どこからの情報だ?」

萱下は一瞬黙った。将はつづけて訊ねた。

「東京のGメンか」

だとしたらそいつが怪しい。

「いや、麻薬取締官ではない」

萱下は答えた。

「じゃあ誰なんだ」

「DEAだ」

「DEA?」

「アメリカ麻薬取締局だ」

「もちろん知ってる」

Drug Enforcement Administration の略だ。フロリダやメキシコで中南米との麻薬取引を取り締まっているという印象しかなかったが。

「日本にもいるのか、DEAが」

「駐在員がいて、我々や警察と情報交換をおこなっている」

「つまりDEAも『クィー』に興味をもっているんだな」

「そうだ」

「良は『クィー』を調べていたんだと思う」

「私も同じことを考えている。『クィー』に関する捜査は慎重を期したほうがよいようだ。グエンは『クィー』の一員かもしれない」

「グエンは『クィー』に関する情報が欲しいと俺にいった」

「君がどこまでつきとめているのか探りを入れているのじゃないか」

「そうかもしれないが、俺は信用できると思う」

「なぜかね」

「グエンはマイの兄さんだ」

「ほう」

「もしグエンが『クィー』だったら、良はマイと親しくならなかった筈だ」

「それはどうかな。親しくなった加納が正体を伏せておけなくなり、身分を明した結果、グエンに伝わり消された、という可能性もある」

「マイは良の正体を知らなかった」

「断定できるのか」

「できる。俺が教えたからな」

「何⁉」

「二人は恋人だったんだ。いつまでもだませるわけないだろう。見抜かれて、本当のことをいう他なかった」

菅下は唸り声をたてた。

「良がどうなったのか、マイも知りたがっていて、そのために協力してくれる」

「協力?」

「『クィー』の情報を集めるそうだ」

「それは……。かえって相手を警戒させることになるかもしれない」

「今さら何をいっている。『クィー』は良を消したのかもしれないのだぞ」

将がいうと菅下は黙った。

「そのDEAの駐在員は何というんだ」

「メイソンという。アメリカ大使館に勤務している」

「アメリカ大使館のメイソンだな」

「何をする気だ」

「会って『クィー』の話を訊く」

「それは駄目だ。麻薬取締官でもないのに勝手に接触しないでくれ」

「消されたのは俺の兄弟だ」

「だとしても、勝手な動きは慎んでほしい」

「あんたは良を消したのが何者で、スパイが誰だか、つきとめたくないのか」

将は声を荒らげた。

「もちろんつきとめたい。が、君の行動しだいで、これまで慎重に進めてきた捜査が台無しになってしまうかもしれない」

「俺の知ったことじゃないね」

「だが君を送りこんだのは私だ。こうしよう、私も東京に向かう。会っていろいろと相談するまで、動きを控えてくれ」

「いつだ」

「明日には向かう」

「わかったよ。ただし向こうからきたら話は別だ」

「向こう？」

「支部長、北島会、警察、グエン、次から次にいろいろなのがでてくる。何があっても責任はとれない」

将は告げ、電話を切った。

17

電話を切ってから立ち聞きされていなかったかが気になり、あたりを見回した。周囲に人はいなかった。将は地下鉄で六本木に移動した。

ヒデトといった店の位置は何となく覚えていて、迷わずたどりつくことができた。黒人のセキュリティが将のために扉を開いた。大きなサウンドに包まれて踊っている人間を見て、今日が金曜日だったことを将は思いだした。週末はクラブになる、とヒデトはいっていた。

店は昨日よりかなり混んでいた。カウンターにすきまを見つけ体をねじこむと、近よってきたバーテンにビールを頼んだ。喉が渇いている。

グラスを受けとり金を払って、ペニーの姿を捜した。揺れる人波の向こうでショートパンツ姿が見え隠れした。この入りでは、ヒデトが話しかけるのは難しいかもしれない。

指を鳴らし、バーテンを呼んだ。畳んだ千円札を渡し、

「ペニーを呼んでくれ」

と告げた。日本人と白人のハイブリッドのような顔立ちをしている。バーテンは金を受けとり、親指を立てた。

少しするとトレイをわきに抱えたペニーがやってきた。将を指さし、

「わたし呼びましたか」

と訊ねた。将は頷いた。英語で告げる。

「俺を覚えてる？　昨日、ヒデトときた」

ペニーの顔がぱっと輝いた。

「覚えています。あなた英語がとても上手ですね」

「ありがとう。もう少しするとヒデトがここにくる。奴は君のことを好きなんだ。デートに誘えといったんだが、断わられると思っている。もし奴がデートに誘ったら断わるかい？」

ペニーはとまどったような表情を浮かべた。

「デートって……」

「軽く飲んで、飯を食うだけだ。それ以上のことは考えなくていい」

ペニーは笑った。

「それなら大丈夫」

「よかった。俺が訊いたことは秘密で、奴に誘われたらオーケーといってやってくれ」

ペニーはいった。

「わたしが友だちを連れてくるから、ダブルデートする？」

「すごく魅力的な話だが、それは二回めのデートにしよう」

会話が英語ばかりになってヒデトをおいてきぼりにしてしまうだろう。

「オーケイ。ヒデトとのデートはいつ？」

「それは直接相談してくれ」

「あなたの名前は？」

「シゲル」

将は指を立てた。

「じゃあ、あとで。忙しいときにすまなかった」

ペニーは首をふった。

「まだまだ平気よ。忙しくなるのは日付がかわってから」

ビールの残りを飲んでいると、入口の扉をくぐるヒデトが見え、将は手をあげた。

「やけに混んでると思ったら金曜だったんすね」

かたわらにくるとヒデトはいった。

「こりゃあ、うちの朝番は忙しくなるかも」

「朝番？」

「午前零時から四時までのシフトのデリバリィです。ホームパーティとかで盛り上がって、夜中すぎにデリバリィを頼む客が土曜と日曜の朝は多いんす」

「ヒデトは大丈夫か」

「今日は俺はアガリです。土曜の朝番はたいへんすよ。酔ってたり、すでにキメちゃってると、頼んだのと種類がちがうとか量が少ないとかクレームが多くて」

「なるほどな」

「ひと月前かな、量が少ないからボッタクリだ、警察に訴えてやるなんて馬鹿がいました。訴えたらパクられるのは自分だっていうのに」

将は噴きだした。

「笑えるな」

「でしょう。運んでる俺らがいうのも何ですけど、ジャンキーは馬鹿ばっかりですよ」

「そういえば、彼女、きてるぞ」

「え」

ヒデトは急におどおどとした表情になった。

「そうなんですか」

「デートに誘えよ」

「勘弁して下さいよ。無理ですよ」

とりあえず、将はバーテンの目をとらえ、空になったグラスをふり、指を二本立てた。新しいビールのグラスをふたつ届けたバーテンに、

「ペニーを」

と告げた。バーテンは再び親指を立てた。

「何すか、あれ」

「オーケーって意味だ。手が空いたときにペニーがくる」

ヒデトはまじまじと将を見た。

「どうすればいいんです」

「デートしてくれませんかって訊けよ」

「そんなの無理に決まってるじゃないすか。俺なんか相手してくれる筈がないす」

「プロポーズするわけじゃない。デートだ。一杯やって飯を食おう、というだけだ」

ヒデトはぶるぶると首をふった。

「ダメダメ、絶対、無理っす」

将はヒデトの腕をつかんだ。

「試してみろって。フラれたら、ヤケ酒つきあってやる」

ヒデトの肩ごしに近づいてくるペニーが見えた。将にウインクする。

「ほら、きたぞ」

「ハイ！　ヒデト」

「ひっ」

ペニーは満面の笑みを浮かべている。ヒデトはまっかになってペニーをふりかえった。

「楽しんでますか」

ペニーの問いにヒデトはこっくりと頷いた。

「ほら」

将はヒデトのわき腹をつついた。

「あの、ペニー」

「何ですか」

「よかったら、あの、今度、俺と、その、お、お茶を……」

「お茶？　ジャパニーズティ？」

ペニーが首を傾げ、ヒデトの顔をのぞきこんだ。

「その、お茶を飲むのはどう？」

「ティセレモニーですか」

「いや、そうじゃなくて――」

「デート？」

「ノーならいいんだ。ノーなら――」

「オーケィ」

「え？」

「オーケィ、ヒデトとデート、オーケィです」

「マジ!?」

ヒデトは大声をあげた。

「何食べさせてくれますか？」

「何でもいいよ。ペニーの好きなもので」

「わたし、ヤキニク好きです」

ヒデトは何度も頷いた。

「焼き肉オッケィ、特上カルビ食べさせちゃう」

「カルビ以外も。サラダオーケィ？」

笑いをこらえてペニーは訊ね、天にも昇るような表情でヒデトは、オッケィを連発した。

「いつにするか相談しろよ」

将はいった。

「わたし、ネクストウエンズディ、大丈夫です」

「ウエンズディって水曜でしたっけ」

ヒデトは訊ね、将は頷いた。

「俺もオッケィ。じゃあラインを交換してくれるかい」

ペニーはショートパンツのヒップポケットから携帯をとりだした。

ラインを交換し、ペニーが立ちさると、

「俺、夢見てるんすかね」

ヒデトはつぶやいた。

「夢じゃない。よかったな」

将はヒデトの肩を叩いた。はあっと、ヒデトは息を吐いた。上気している。

「いや、ありがとうございます。西田さんにいわれなかったら、絶対、俺、デートなんかに誘えませんでした」

「だから試さなけりゃわからないっていったろう。ところで、今日はヒデトに訊きたいことがあるんだ」

「何です?」

将はヒデトの顔を見つめた。

「『クィー』って聞いたことがあるか」

ヒデトの表情がかわった。

「また、それっすか。危ないからやめたほうがいいっていったのに。てっきり忘れてくれたと思ったのに」

笑みが消え、不安そうにいう。

「ということは、俺は前にも『クィー』のことを訊いたんだな」

ヒデトは頷いた。

「何を訊いた?」

「『クィー』とコンタクトをとれないかって。俺、前に支部長が『クィー』の人を送っていったてのを聞いたことがあって」

「待った。もっと詳しく話してくれ」

ヒデトは息を吐き、話し始めた。

それによると、「走る支部長室」であるアルファードのドライバーはヒデトの友人で、あるとき、「クィー」の人間を支部長に命じられて送ったのだという。送った先は、六本木ヒルズだった。その人物は六本木ヒルズのレジデンスに住んでいたのだ。

「それで?」

「西田さんはあれこれ調べて、その『クィー』のダンて奴に会いにいったんすよ」

「ダン。ダンというのか、そいつは」

「ええ、前にほら、ぱりっとした格好の西田さんをヒルズのとこで見たっていったじゃないですか」

「ダンと会って、どうしたんだ、俺は？」

「それはわかんないす。でも西田さんはルートのコネをつけにいったのじゃないかと」

「ルート？　クスリを引くルートか？」

ヒデトは頷いた。

「ええ。うちの商品が安いのは、『クィー』から引いてるネタが安いからなんです。本当はこんな話をしちゃマズいんですけど、西田さんならいいか。『クィー』も取引先を広げたいと思ってるようなんですが、それをされるとうちは困るんで支部長が止めているみたいなんです」

「なるほど。それで北島会は『ダナン』にいたんだな。グエンを『クィー』だと思ってコネをつけたくて」

将がいうとヒデトは頷いた。

「安くていいネタが引けるなら、どこだって組みたがります。特に北島会は価格競争でうちに負けたんで、躍起になってるんすよ」

「支部長はどこで『クィー』とコネをつけたんだ？」

「それが……」

いいかけ、ヒデトはあたりを見回した。

「サツみたいなんです」

「サツ？　警察か？」

「警察かマトリかはわかりませんが、『クィー』のバックにはこれがいるって、支部長がいってるのを聞いたことがあって」

ヒデトは額を指でさした。警官を示す符丁だ。

「どういう意味なんだ？」

「俺にもわかりません。ただ、日本で取引先を捜していた『クィー』にうちを紹介したのは、そっちの人間らしいです」

将は息を吐いた。良が「ヤドリギ」で口にしていた〝裏切り者〟とは、その人物のことにちがいない。

「俺はそいつのことを知っていたのか」

妙な質問だとはわかっていたが、訊かずにはいられなかった。

「さあ……。でも西田さんはやけに『クィー』にこだわってました。関西に戻ったら新しい組織を立ちあげるつもりで、そのためにコネ作りしたいのかなって思ったくらいです。こっちでやったらいろいろとアレでしょうけど、向こうに戻ってやるぶんには支部長ともモメないでしょうし」

ヒデトはいって将の顔をのぞきこんだ。

「どうなんすか。もしそうなら、俺も連れていって下さい」

「お前も?」

ヒデトは頷いた。

「俺もこっちじゃそろそろ限界だと思っているんですよ。この前の赤鬼青鬼とか北島会にも面が割れてる。いつパクられるか、いつボコられるかわかったものじゃない。関西だったら、まだ安全じゃないすか」

将はヒデトを見返した。

「足を洗う気はないのか」

「洗いたいすよ。洗いたいけど、そう簡単にはいかないし、洗ったあと、どう食っていけばいいのか」

ヒデトはいって目を泳がせた。障害のある家族をヒデトが養っているという話を将は思いだした。

一瞬、すべてを打ち明けようと思ったが、その問題を解決できない限り、ヒデトを仲間に引き入れるのは難しいと思い直す。

「冷たいじゃないすか。西田さんは向こうでひと稼ぎしようってのに、俺には足を洗えっていうんすか」

ヒデトは唇を尖らせた。

「そうじゃない」

「そうでしょ。じゃなけりゃ『クィー』のことをそんなに知りたがるわけない」

将は息を吐いた。

「俺が『クィー』について知りたいのは、俺に怪我をさせたのが『クィー』じゃないかと疑っているからだ。お前のいう通り、『クィー』について俺はあれこれ調べていた。それが頭を怪我して病院に担ぎこまれ、それまでの記憶を失くした。やったのは『クィー』かその仲間かって話だろう？」

ヒデトは瞬きし、頷いた。

「そ、そうすね。でもなんで西田さんに怪我をさせたんすか」

「そこだ。それが俺にもわからない。『クィー』だって取引先が増えて困ることはないだろう。俺を襲うには理由があった筈だ」

ヒデトはグラスを手に考えこんだ。ペニーが近づいてくる。

「アナザ・ビア？」

将は頷き、指を二本たてた。

「何つったんすか、今」

「もう一杯？　と訊かれたから頷いただけだ」

「すげえ。西田さん英語が喋れるんすね」

「おかわりか訊かれて答えただけだ。喋れるうちに入らない」

ペニーがビールを二杯運んで戻ってきた。将は五千円札を渡した。ペニーは英語でお釣りをもってくるといい、将は首をふった。

「サンキュー！」

ペニーの顔が輝いた。

「やっぱり話せるじゃないすか。でも、そうだよな。話せなかったら、ダンと交渉できませんもんね」

「ダンとはどうコネをつけたんだろう」

将はつぶやいた。ヒデトは無言でいたが、

「それはっすね、ダンがよくいくっていうヒルズの近くのバーを俺が教えたんです。タコスとトルティーヤがうまい店で、前に支部長に頼まれて買いにいったことがあるんすよ。それを『走る支部長室』の運転手にいったら、その店を支部長に教えたのはダンだっていってました」

「ヒルズってのは六本木なのだろう。ここから近いのか」

「交差点の向こう側、すけどね」

六本木交差点をはさんで反対側という意味らしい。

「そこを教えてくれ」

「嫌ですよ。西田さん、今度こそ殺されちまうかもしれない」

「大丈夫だ。そんなドジはもう踏まないし、いったからって必ずダンがいるわけじゃないだろう」

「あっそうか。そうですよね」

「だから場所を教えてくれ」

「案内します」

「お前はもう少しここにいて、ペニーと仲よくしろよ」

将はいって、運ばれてきたばかりのビールを飲み干した。ヒデトがスマホの地図アプリでバーの場所を示した。「オアハカ　トーキョー」という名の店だ。今いる店から八百メートルしか離れていない。

「わからなかったら電話を下さい」

いったヒデトの肩を叩いた。

「子供じゃないんだ。目と耳と口があれば何とでもなる」

出口近くでペニーと会った。

「もう帰るの？」

目を丸くして英語で問いかけてくる。

「俺は、ね。ヒデトは残ってる。俺が君に頼んだことは秘密だぜ」

将がいうと、ペニーは片目をつぶった。

「もちろん。ダブルデートのこと、考えておいて。あなたもきっとわたしの友だちを気にいるから」

「わかった」

扉をくぐり、店の外にでた。地上にあがると、きたときより人通りが増えている。六本木交差点に向かって将は歩きだした。交差点では、歩行者信号が青くなるのを、おおぜいの人間が待っている。

交差点を渡り、六本木ヒルズの方角に向かった。円筒形の巨大なビルが夜空を明るく染めている。

「オアハカ　トーキョー」は、六本木ヒルズに向かう表通りと並行する裏通りにあるようだ。だが一本裏に入ると人通りも車も少なくなり、将はほっと息を吐いた。人混みは苦手だ。

やがてサボテンの看板が見えるとともに陽気なメキシコ音楽が流れてきた。アメリカにいた頃は街のあちこちで聞いたが、日本で流れているのを聞くのは初めてだ。

スイングタイプの扉を押すと、奥に向かってまっすぐのびたカウンターが目に入った。カウンターテーブルも客がぎっしり入っている。外国人の客が約半数といったところだ。メキシコ音楽はＣＤではなく、つきあたりのステージで生バンドが演奏しているのだった。見たところ、日本人とメキシコ人の混成バンドだ。

将はカウンターの端に立った。色が黒く口ヒゲを生やしたバーテンダーが歩みよってくる。何人だろうと考えていると、

「何にしますか」

訊かれて、日本人だとわかった。

「ジンリッキーを」

この店も飲み物は現金払いだった。利用客に外国人が多いからだろう。

ジンリッキーを受けとると、ちょうど空いたストゥールに将は腰をおろした。さっきまでいた店に比べると女性客の姿は少ないし、ウェイトレスもいない。タコスやブリトーをつつきながらビールを飲んでいる男ばかりの客が多い。ベトナム人らしい人間はいなかった。

バーテンをつかまえ、この店は何時までやってい

るかを訊ねた。バーテンは指を二本立てた。午前二時らしい。将は腕時計を見た。午後十一時半だ。あと二時間半、ここで粘ってみるのも手だった。どうせ四谷に帰っても寝るしかすることがない。

　そうと決めたら、酔っぱらってしまわないようにちびちび飲むことにして、将は正面を向いた。カウンターの向かいに配置されたテーブルには背中を向けることになるが、幸い正面のボトルラックは鏡張りで、入口をくぐる客を観察できる。ベトナム人らしい客が入ってくるのを見落とす心配はない。

　二杯めのジンリッキーを頼んだのが、午前零時過ぎだった。ベトナム人らしい客は入ってこず、将は焦《じ》れ始めた。ダンについてバーテンダーに訊ねてみようかと考え、やめておこうと思い直す。もしダンがこの店の常連でバーテンダーとも仲がよかったら、警戒されるのがオチだ。

　やはりこういう仕事は自分には向いていない。ただひたすら待つというのは苦行でしかなかった。

　そのとき店の扉を押して、男が二人入ってきた。ひとりはパナマ帽をかぶっている。

　将は思わず顔を伏せた。マトリの赤鬼青鬼だ。赤鬼こと赤木は、今日はジーンズにTシャツアロハで、将とかわらないいでたちだ。青鬼こと青井は明るいグレイのスーツにレジメンタルタイをしめ、パナマ帽をかぶっている。

　上目使いで鏡を見ていると、二人は店内を見回し、空いている奥のテーブルにかけた。

「ビールふたつ」

　青鬼がいった。ウェイターがビールの小壜とグラス、ポップコーンの入った籠を届ける。

　おもしろいことになった。赤鬼青鬼がこの店に現われたのは偶然ではないだろう。

　誰かと待ち合わせたか、張り込みが目的だ。

　幸い二人は将に気づいていない。待ち合わせの相手がダンだったら、二人が「クィー」につながっている証拠になる。

将は目立たないようにして待つことにした。本当はトイレに立ちたかったのだが、今動けば二人に見つかる危険がある。我慢した。

五分ほどして、キャップをまぶかにかぶった白人が店の扉を押した。でっぷり太った体を白いポロシャツとクリーム色のチノパンで包んでいる。

その白人が奥のテーブルに向かった。赤鬼青鬼のテーブルにすわる。待ち合わせの相手のようだ。三人は顔を寄せ、話を始めた。

将ははっとした。あの白人がダンかもしれない。

ヒデトは、ダンを「クィー」の人間とはいったが、ベトナム人だとはいっていない。「クィー」だからベトナム人にちがいないと、こっちが勝手に思いこんでいただけだ。

膀胱《ぼうこう》が限界だった。将はストゥールをすべり降りた。三人には顔をそむけ、奥のトイレに向かう。幸い、赤鬼青鬼は、こちらに背中を向けている。

トイレに入り小便器に向かって、将はほっと息を吐いた。できればこのあと、白人を尾行し、どこにいくのかをつきとめるつもりだ。

そのとき背後でトイレの入口をくぐり、人が入ってきた。将の隣の小便器の前に立つ。

ちらりと見て、将は息を呑んだ。あの白人だった。正面を向いたまま、白人が英語でいった。

「今までどこに隠れていたんだ。オオサカに帰っていたのか」

思わず白人を見直した。

「どうした？　何を驚いている？　あの二人に君のことがバレちゃまずいから、君がトイレにいくのを待っていたんだ」

「あんたは俺を知っているのか」

将がいうと白人は噴きだした。

「大丈夫か、リョウ。頭を怪我でもしたのか？　それにしちゃ英語がずいぶんうまくなっているが」

驚きで固まった。リョウと、この白人は呼んだ。

「その通りだよ。誰かに襲われて頭を殴られたんだ。それで記憶を失った。だからあんたが誰なのかも思いだせない」

将は便器を離れ、手洗いの前に立った。鏡の中で、白人がキャップをとって見せた。

「これでどうだ？　メイソンだ」

「メイソン？」

「そうさ。アメリカ大使館にいる。君とは以前、コウベで同じ作戦を遂行した」

将はふりかえった。菅下がいっていたＤＥＡのエージェントだ。「クィー」を追っていた筈だ。

メイソンはじっと将を見つめている。

「どうやら頭を怪我したというのは本当のようだな。いつの話だ」

「先月だ。気がついたら病院に運ばれていたんだ。誰にやられたのかはわからない。俺は『クィー』のことを調べていたと思うのだが、何か知っているか？」

「君は『クィー』と取引があると思しい組織に潜入していた。『クィー』のメンバーをひとりでもつきとめようとしていたんだ」

「そのメンバーというのは誰だ？」

将はメイソンに訊ねた。

「この店にくるダンという男らしい。君からその話を聞いて、私はトウキョウのエージェント二人に協力を求めたんだ」

「いっしょにいるあの二人か」

将が訊ねるとメイソンは頷いた。

「レッドアンドブルーと呼ばれているコンビだ。ナークのトウキョウエージェントだ」

ナークというのは麻薬取締官を意味する隠語のようだ。

「信用できるのか、あの二人は」

「たぶん、な。『クィー』は日本の警察関係者とつながっているという情報がある。だが悪党だとしても、あの二人が『クィー』とつながるほど腐っているとは思えない」

「あの二人に関しちゃ俺も悪い噂を聞いたぞ。賄賂をとって見逃すというんだ」

将はいった。

「知っている」

メイソンは驚いたようすもなくいった。

「悪党じゃないか」

将がいうと、

「その噂は自分たちで流しているんだ」

メイソンは答えた。

「自分たちで？　なぜ」

「その話をすると長くなる。明日にでも会って話そう。電話をする」

「待った。携帯を失くしたんで、番号がかわった。あんたの番号を教えてくれ」

メイソンは眉をひそめた。が、懐から財布をとりだし、中からカードを抜いた。名刺のようだがカタカナの「メイソン」と、携帯電話の番号しか書かれていない。

「じゃあこれに電話をくれ。午前中はジムにいるんで、午後がいいな」

将は頷いた。

「先にでる」

メイソンはいって、手も洗わずトイレをでていった。

残った将は混乱していた。赤鬼青鬼を怪しいと思っていたが、それは悪党のフリなのだというのだ。悪党ぶることで麻薬組織の手がかりをつかもうとしているのだろうか。

一方で、この店に「クィー」のダンがくるとメイソンに教えたのは良で、赤鬼青鬼たちがきたのは、ダンをつきとめるためだという。その言葉が真実なら、メイソンも赤鬼青鬼も、悪徳警官ではないことになる。

判断がつかなかった。将は顔を洗った。鏡の中の自分も混乱した表情を浮かべている。

ペーパータオルで顔をぬぐい、トイレをでた。もといたカウンターには戻らず、そのまま店をでた。

六本木の街を歩きだす。週末とあって人通りが多い。それに嫌気がさし、将はタクシーを拾った。四谷のアパートに戻ると、ベッドに横たわった。灯りを消し、天井をにらみつける。

眠りはなかなか訪れなかった。

18

翌日、昼になるのを待って将はメイソンの携帯に電話を入れた。

よくよく考えると、メイソンと赤鬼青鬼が信用できるとは限らない。それどころか、メイソンがダンかもしれないのだ。むしろそう考えたほうがつじつまが合うことに将は気づいた。

ヒデトからダンという「クィー」のメンバーが常連だと聞いた良が「オアハカ　トーキョー」に張りこみ、そこでメイソンとばったり会う。メイソンがダンだと気づいたことで良は消されたのではないだろうか。直接手を下してはいないので、メイソンは将を見ても「生きている」と驚かなかったのだ。

赤鬼青鬼が信用できるかはわからないが、メイソンとグルなら、良の顔を知っていておかしくはない。だが初めて将と会ったとき何もいわなかったことを考えると、メイソンほど「クィー」に深入りしていない可能性はある。

「ヤドリギ」で宮崎に良が告げた「裏切り者」の正体はメイソンではないのか。

「ハロー」

知らない番号からの着信に警戒したのか、長い呼びだしの末、男の声が答えた。

「カノウだ」

「リョウか」

「そうだ。今どこにいる？」

「大使館の近所にあるスポーツジムだ。これからブランチなんだ。いっしょに食うか」

「あんたひとりか？」

「もちろんだ」

「どこにいけばいい？」

「近くのホテルにあるカフェテリアはどうだ？　パンケーキがうまいんだ」

「俺とそこにいったことはあるか？」

「ない。君と会うのはいつも夜だった」

「わかった。そこにいく」

ホテルの名を聞いて、将は電話を切った。

そういえば菅下は、今日上京するといっていた。何時頃くるのだろうか。メイソンが「クィー」のメンバーだと告げたら、どんな反応をするか興味があった。

まさかとは思うが、菅下、メイソン、赤鬼青鬼、全部の連中が「クィー」とつながっていたら、自分にはどうすることもできない。

良と同じく、消されるだけだ。

その可能性はあるだろうか。ゼロとはいえない。

だが赤鬼青鬼が自分の顔を知らなかったことを考えると、菅下と赤鬼青鬼の両方が「クィー」につながっているとは思えない。どちらかが黒なら、どちらかは白の筈だ。両方黒なら、菅下は良を潜入させたと二人に知らせただろう。

自分をスカウトしたことを考えるなら、菅下が白で赤鬼青鬼が黒だが、そう単純に判断してよいものか。

メイソンと菅下のあいだには面識がある筈だから、そのあたりから探ってみようと将は思った。

カフェテリアにメイソンはすでにきていた。前にあるのはコーヒーカップだけだったが、将が向かいに腰かけると、ほどなく山のようなパンケーキとベーコンエッグが運ばれてきた。

「君も食べると思って注文しておいた」

スポーツウエア姿のメイソンは平然といった。膝の上には英字新聞がおかれている。

「こんなには食べられないぞ」

「余ったらもって帰って、犬にやる」

小声でメイソンはいった。でっぱった腹を見て、飼っている犬も似たような体型にちがいない、と将は思った。

「ダンはあれから現われたか？」

将が訊ねるとメイソンは首をふった。パンケーキにバターを塗りたくりシロップをたっぷりかける。カロリーの塊だ。

「ベトナム人らしい客はこなかった」

「ダンはベトナム人なのか？　他の国の人間という可能性はないのか。たとえばアメリカ人とか」

探りを入れてみた。何か反応するかと思ったがメイソンの表情はかわらなかった。

「『クィー』にベトナム人以外の構成員がいるという情報は入ってきていない」

「誰からの情報だ？」

メイソンは将を見た。

「ベトナムだ」

「ベトナムのDEAか？」

「ベトナムにDEAのエージェントはいない」

「じゃあベトナムの誰から得た情報だ？」

「『クィー』を追っている人間だ」

「ベトナム人にも『クィー』を追いかけている奴がいるのか」

「驚くようなことかね。アメリカの警官はアメリカ人の犯罪者を追いかけ、日本の警官は日本人の犯罪者を追いかける。ベトナムの警官がベトナム人の犯罪者を追うのは当然だ。我々は彼らと協力しあっている」

「『クィー』の情報を日本の麻薬Gメンに教えたのはあんただそうだな」

メイソンは料理を口に運びながら頷いた。

「『クィー』の存在に気づいているナークがいなかったからだ」

「俺が潜りこんでいる組織は確かに『クィー』から品物を仕入れている」

将がいうと、メイソンの手が止まった。

「誰から聞いた？」

「組織内で親しくなった人間だ。きのうの店にダンがくると教えてくれたのもそいつだ」

「それをベトナム側に流してもいいか？　『クィー』のメンバーをひとりでもつきとめられれば、捜査は大きく前進する」

メイソンが訊ねた。

「かまわない。ところできのうあんたがいっしょにいた二人のことだが……」

「レッドアンドブルーか？　君の活動については何も知らないようだ」

「俺の正体を話したのか」

「いや。スガシタから口止めされている。スガシタは君のボスだろう？」

「そうだが、情報を流している奴がこちら側にいる。そうでなかったら俺が襲われる筈がない」

「誰に襲われたのかわかっているのか？」

「いや、わからない。何も思いだせないんだ」

メイソンは疑わしげに将を見つめた。

「レッドアンドブルーを疑っているのか。それとも自分のボスを疑っているのか」

「それが問題だ。疑いだせば、皆怪しい」

「アンダーカバーの宿命だな。誰にも真実を明せないうちに、誰も信用できなくなる」

メイソンはあっさりといった。

「あんたの意見を聞きたい。どっちが信用できる？」

将は訊ねた。メイソンが〝裏切り者〟なら信用できると答えたほうがスパイだ。

メイソンはあたりを見回し、会話を聞いている者がいないかを確かめた。身をのりだす。

将も前のめりになった。メイソンは小声でいった。

「どちらも信用できる。疑うのなら別の人間を捜せ」

「本当か」

メイソンはナプキンで口をぬぐった。

「俺はこの仕事を三十年やってる。腐った警官の臭いはすぐにわかる」

「じゃあスパイは誰なんだ？」

「よく考えてみろ。警官とは限らないぞ。リョウの正体を知っている人間は他にもいるだろう」

「俺の正体を知っている人間？」

まっ先に頭に浮かんだのは、バー「ヤドリギ」の宮崎だった。だが宮崎がスパイだとはとうてい思えない。

「俺がトウキョウで誰に正体を打ち明けていたか、あんたは知らないか？」

将は訊ねた。メイソンは首をふった。

「いいや。何も聞いていない」

「そうか」

将は息を吐いた。

「だが用心に越したことはない。君は一度命を狙われている。たとえ記憶を失くしているとしても、失敗した襲撃者がもう一度襲ってくる可能性はある」

「俺が襲われた理由は何だと思う？」

「君の正体がナークだと組織に知られた」

将は首をふった。

「もしそうなら、退院した俺をなぜ組織はうけいれた。追いだすのがふつうだろう。失くした携帯の替えも支給されたんだぞ」

メイソンは額に手をあてた。

「組織以外の者に命を狙われたというのか」

「スパイに襲われたと俺は考えている。腐った警官だと俺につきとめられて、消しにかかった」

メイソンは考えている。

「トウキョウで君が接触したナークはいるか？」

「レッドアンドブルーだけだ」

「彼らは君の正体を知らない」

「知らないフリをしたのかもしれない。それと――」

「それと?」

「俺が組織の用心棒をしているところを見た、トウキョウのナークがいると、スガシタはいっていた」

「誰だ?」

「わからない。あんたはトウキョウのナークを全員知っているのか?」

「おおよそは。ケイシチョウの幹部やナークとは定期的に情報交換の場をもっている」

「ダイブツという女の刑事を知っているか?」

「いや」

メイソンは首をふった。

「怪しいのかね?」

「わからない。記憶をとり戻そうとしていった赤坂の『ダナン』というベトナムレストランで、俺に声をかけてきた。『クィー』をずっと追っているようだ」

「警察官なのか」

「組織犯罪を取り締まるセクションファイブにいる」

「ケイシチョウに『クィー』を調べている人間がいるとは思わなかった。なぜ君はそのレストランを訪れた?」

「スガシタから、俺が親しくしていたベトナム人が『ダナン』にいると聞いた」

あえて女性とはいわなかった。

「働いているのか、それとも客できているのか」

「それがわからないから確かめにいったんだ」

マイのことは話さないほうがいいような気がして、将はとぼけた。もしメイソンが裏切り者だったら、マイに危険が及ぶかもしれない。

「『ダナン』のことは聞いている。トウキョウのベトナム人の多くに知られた店だ」

「あんたはいったことがあるのか」

メイソンは首をふった。

「アメリカ人がベトナムレストランにいれば目立つ」

「『ダナン』にもダンがきているかもしれないな」

　将はいった。

「ダンの情報をベトナム側に知らせたいと私が考えたのも、それが理由だ。ベトナム側のエージェントも『ダナン』を利用している」

「ベトナム側のエージェント?」

「トウキョウに派遣されているベトナム情報機関の人間だ。私と同じで、ふだんは大使館に勤務している」

「在日ベトナム大使館か」

　メイソンは頷いた。将は目をみひらいた。菅下からベトナム大使館の話を聞いた。

　グエンのもつ携帯電話が、ベトナム大使館のある渋谷区代々木の旅行代理店からレンタルされたものだといっていた。

「グエン」

　思わず将はつぶやいた。

「そうだ。グエンはベトナム陸軍の情報部に所属している。以前、私がタイのアメリカ大使館にいたときに知り合った」

「そうか……」

　グエンのいった〝共通の知り合い〟とはメイソンのことだったのだ。

「グエンとは話したのかね?」

「話した」

「では『ダナン』のマネージャーが彼の妹であることも知っているな」

　将は頷いた。メイソンは片目をつぶった。

「グエンは優秀なエージェントだが、あの妹がウィークポイントだ。何しろ美人だからな。まるで父親のように妹のことを心配している」

　将は息を吸いこんだ。

「確かにあのマネージャーは美人だ」

　将は感情を殺して答えた。メイソンは首を傾げた。

「前に話したとき、君はかなり彼女を気に入っていたようだが、もう気持が醒めたのか」

「そういうわけじゃないが、他に考えることが多すぎる」

メイソンは笑い声をたてた。

「アンダーカバーにはアンダーカバーなりの楽しみもある。ふたつの人生を送るのは、二人の恋人をもてるということでもある。もっと頭をやわらかく使え、リョウ」

「ああ」

将は頷いた。もしダンが「ダナン」にきているなら、マイが何か知っているかもしれない。

「ただし用心はしろ。君がいうように君に怪我を負わせたのは、組織の人間ではなく、こちら側のスパイかもしれん。そのダイブツという刑事にも要注意だ」

メイソンはいった。

19

メイソンを残しカフェテリアをでた将はマイの携帯電話を呼びだした。

「マイです」

応えたマイの声は硬かった。良だと思いこんでいたときのあたたかみはない。

「今、話せるか」

「はい」

「『ダナン』にダンという客がきているか知りたいんだが」

「ダン」

マイはつぶやいた。

「わたしの知っている人ではいません。でもわたしが名前を知らないお客さんでダンという人がいるかもしれません。ベトナム人ですか?」

「たぶん」

「夕方、お店にいったら、他の従業員に訊いてみます」

「マイ」

「何ですか」

「俺も今日、『ダナン』にいってていいかな。ダンについて知っている従業員がいたら、その人から話を訊きたい」

一瞬、間があいた。

「わかりました」

「それから、君のお兄さんは、ベトナム陸軍の人だと聞いた。本当か？」

「本当です。グエンは十八から陸軍にいます」

将は息を吐いた。マイがいった。

「あの、何時頃『ダナン』にきますか」

「そうだな」

考え、「ダナン」では一度も料理を食べていないことに思いあたった。

「夕飯を食べにいく。何時頃が空いてる？」

「今日は土曜日ですから、七時半くらいがいいです。お客さんは少ないと思います」

「わかった、七時半にいくよ」

「テーブル、用意しておきます」

いって、マイは電話を切った。

将は四谷のアパートに戻った。途中、コンビニエンスストアに寄り、飲みものや軽食を買う。今日はアパートを監視する者はいない。

部屋に上がり、買ってきたペットボトルをおさめようと冷蔵庫の扉を開いたとき、入れっぱなしになっている牛乳のパックが目に入った。中身は空だが、パックの底に書かれた数字が気になり、捨てていない。「４３０１９７５」だ。

じっと見つめていると、良の筆跡のようにも思えてくる。仮に良が書いたものだとして、この数字にいったいどんな意味があるのか。

電話番号ではない。「０３」や「０９０」を足しても、電話番号にはならないのは、前にも考えた。

何かの暗号だろうか。もしそうなら、なぜ手帳や携帯にメモせず、冷蔵庫の牛乳パックなどに書いたのか。

手帳や携帯だと奪われる危険がある。実際、行方不明になった良の携帯は見つかっていない。将ははっとした。菅下は、良の携帯電話の位置情報を調べただろうか。携帯電話は電源を切っていても、基地局と電波のやりとりをしている。それを調べれば、良がどこにいたのかをつきとめられる。

当然、調べた筈だ。が、そのことを何もいってなかった。

再び牛乳パックの数字のことを考える。

この数字が暗号で、奪われる危険を避けるために牛乳パックに書いたのだとしても、わずか七桁の数字だ。暗記することだって簡単な筈だ。

良は数字に弱いタイプではない。数学は得意科目だった。そんな良が七桁の数字を暗記できなくてメモをしたとは思えない。

だとするとこれは良以外の人間が書いた、無関係な数字なのだろうか。

その可能性を、今は排除しよう。あくまで良が書いたと仮定し、その理由を考える。

暗記も難しくない数字をわざわざ牛乳パックに書いて、冷蔵庫にしまったのはなぜか。

しかも良は決して飲まない牛乳のパックだ。

将は目をみひらいた。良が牛乳を飲まないことを知っている者がこの部屋を調べれば、冷蔵庫にあるパックに不審の念を抱く。そうなれば、七桁の数字に気づく可能性は高い。

つまり良は、自分ではなく誰かのためにこの七桁の数字を書いたのだ。その人物は、良が牛乳を飲めないことを知っている。

まっ先に頭に浮かんだのはマイだった。つきあっていたのなら、良が牛乳を飲めないことを知っていておかしくない。良の身に何かがあって、このアパートをマイが訪ねれば、冷蔵庫にある牛乳に疑問を感じたろう。

もし良がマイに知らせるつもりでこの数字を書いたのだとすれば、何に使われる数字かは、マイにはわかる筈だ。

だがマイは、良の正体を知らなかった。この数字が捜査にかかわる情報なら、マイではなく麻薬Gメンに残したと考えるべきだ。

ただし、良が牛乳を飲めないと知っている者でなければ、気づかない可能性もあった。

この部屋を調べさせたような話を菅下はしていた。手がかりがここにあるかもしれないといった将に、「部屋にはなかった。訪ねてきた者に正体がバレる危険があるので、加納はよけいなものをおかなかった」と答えている。

部屋を調べたのは菅下ではなく、おそらく東京のマトリだ。良が牛乳を飲めないことを知らず、見落としたのだろう。いや、菅下でも良が牛乳を飲めなかったことを知っているかどうかわからない。

将は菅下の携帯を呼びだした。土曜日だからか返事はなく、留守番電話にかわった。

将は何も吹きこまずに切った。一瞬後、菅下から電話がかかってきた。

「何かあったのか」

「メイソンに会った」

「いつだ？」

「昨夜、六本木のバーで声をかけられた。俺のことを良だと思っている。向こうに連れがいたんで、今日もう一度会ってきた」

「メイソンは何を君に話した？」

「グエンはベトナム陸軍の人間だそうだ。『クィーン』を追っている」

「なるほど」

菅下の声はかわらなかった。

「驚かないのか」

「可能性はある、と思っていた。グエンが『クィーン』の人間でないなら、興味をもつ理由は摘発以外ない」

「なぜ俺にそれをいわなかった?」

「君とグエンの関係は微妙だ。加納とグエンの関係という意味だが。君にいえば、グエンに直接確かめようとしたろう。それは賢明な行動とはいえない」

「俺のことを馬鹿だと思っているのか」

「いや。むしろその逆だ。訓練も受けず経験もないのに、君は捜査に貢献している。ただしマイが関係すると、強引な行動をとる傾向があるが」

マイに対する気持を見抜かれている。将は息を吐いた。

「あんたに訊きたいことがある。ひとつは良の携帯電話の位置情報を調べたか、だ」

「連絡がとれなくなってすぐGPS情報を調べさせた。最後に電波を受信した基地局は六本木だ。現在は電波を発していない。バッテリーが完全になくなったか破壊されている。他には?」

「良が住んでいた部屋の冷蔵庫に牛乳があった」

試すつもりでわざといった。

「妙だな」

即座に菅下は答えた。

「加納は牛乳が嫌いだった。誰か、訪ねてくる人間のために用意したのかもしれん」

「この部屋を調べたのだろう?」

「調べたが、徹底した家宅捜索まではおこなっていないし私はその場にいなかった」

「やっぱりそうか」

数字のことはまだいわずにおいた。菅下が完全に信用できると決まったわけではない。

「今日の夕方、そちらに向かうつもりだ。連絡を入れる」

「わかった」

それ以上の話は会ったときにすることにして、将は電話を切った。

菅下は良が牛乳嫌いであることを知っていた。だとすればこの数字は、菅下にあてたものだと考えるべきかもしれない。数字さえ見せれば、菅下にはその意味がわかるのだろうか。

たとえばパソコンなどのロックを解除するコードとか。

良がパソコンを所持していたとは聞いていない。もっていて奪われたのであれば、そういった筈だ。パソコンをもっていたとしても、それは職場である大阪の麻薬取締部においていたのだろう。そのパソコンに重要な捜査情報を送り、自分の身に何かあればこのコードで開いてほしいというメッセージなのかもしれない。

将があれこれ考えをめぐらせていると、菅下から渡された携帯が鳴った。大仏からだ。

「はい」

「今どこだ？」

「四谷のアパートにいる」

「しばらくいるか？」

将は時計を見た。四時を過ぎたところだ。

「いる」

「そっちにいく。待ってろ」

大仏はいって、返事を聞かずに切った。

三十分後、部屋のドアが叩かれた。

大仏が立っていた。しかたなく将は部屋に招き入れた。

前にきたときと同じように大仏は将のベッドに腰をおろした。

「四谷署が動いた理由がわかった」

大仏はいった。

「理由？　何だったんだ」

「それを教える前に、これまでにわかったことを教えろ」

またそういう話か。将は息を吐いた。メイソンや菅下とも同じようなやりとりばかりをしている。情報には情報を要求してくる。

「文句があるってツラだな」

気づいた大仏が目を三角にした。

「同じような話ばかりでうんざりしているんだ。怒りっぽい奴だな」

「同じような話って、いったい誰としたんだ?」

ますます大仏の表情が険しくなった。

「昨晩、六本木の『オアハカ　トーキョー』というバーにいった。知ってるか?」

しかたなく将はいった。

「いや、知らない。どんなバーなんだ」

「メキシコ料理が売りみたいで、客の大半が外国人だ。『クィー』のダンというメンバーがそこの常連だという情報があって、調べにいった」

「ダン? 何人《なにじん》なんだ?」

「おそらくベトナム人だと思う。そこのトイレで、アメリカ人に声をかけられた。メイソンといってアメリカ大使館にいる男だ」

「DEAか」

将は驚いた。メイソンは大仏のことを知らなかった。

「なぜわかった?」

「アメリカ大使館にいる奴が、『クィー』のくる店を張りこんだとすれば、DEA以外考えられない」

「あんたは会ったことがあるか」

大仏は首をふった。

「DEAがつきあうのは本庁でもお偉方だけだ。オレみたいな下っ端にはハナもひっかけないね」

「メイソンは俺のことを知っていた。『クィー』を調べていることもだ。グエンは犯罪組織じゃなくて、ベトナム陸軍の情報部の人間だそうだ。『クィー』をつかまえるために調べているらしい」

「グエンがそういったのか」

「メイソンの話だ。メイソンとグエンは知り合いなんだ」

大仏は無言で唇を尖らせた。考えるときの癖らしい。

「妙じゃないか。なぜメイソンはお前のことを知っていたんだ? しかもチンピラのお前に自分がDE

Aだと身分を明した」

「それは――」

将は言葉に詰まった。

「なぜだろうな。記憶を失くしちまったんでわからない」

「本当にわからないのか」

大仏はいった。いやな目つきをしている。

「何だよ、何がいいたい」

将は語気を強めた。

「お前の正体だ」

「俺の正体。何の話だ」

「もうとぼけなくてもいいんだぜ、加納良さんよ」

将は大仏を見つめた。

「お前が麻薬取締官だったとはな。まあ、考えてみれば、わざとらしい現われかただったものな」

「どうしてわかったんだ」

ようやく将は訊ねた。

「四谷署だよ。四谷署の刑事課が、お前のことを教えてくれた」

「誰だって?」

「四谷署の刑事課長が、お前を保護するように命じた張本人さ」

「なんで……。四谷署の刑事課長が俺を保護する? まるでわからない」

「理由まではオレも知らないね。福原ってその課長に訊いたらどうだ」

大仏はからかうようにいった。

「福原」

将はつぶやいた。アパートの近くの暗がりから声をかけてきた眼鏡の男を思いだした。

福原啓一と名乗り、将を「加納くん」と呼んだ。

「あいつか……」

「おいおい、警視さんをあいつ扱いか」

「警視?」

「そうだ。四谷署の刑事課長の警視さんだ。まだ四十五だそうだから、いずれ本庁に栄転だな」

「なんでそんな奴が俺を保護する？」

将は大仏を見た。大仏はあきれたように首をふった。

「それはこっちのセリフだ。お前は福原警視の親戚か何かなのか」

将は首をふった。

「福原という親戚はいない」

本当だった。

「だが福原警視は、お前がマトリで潜入捜査中だということを知っているぞ」

「本人から聞いたのか」

「いや。四谷の刑事課に同期がいてな。訊いたら教えてくれた。管内に潜入捜査中のマトリがいて、縁がある人間だから、それとなく目を配ってやってほしいと警視にいわれていたらしい」

「縁がある人間」

将はつぶやいた。

「だから親戚だとふつうは思うだろう」

「福原なんて親戚はいない。俺は関西の人間だ」

「警視も関西の出身らしいぞ。どこの出身だろうと、警視庁警察官になるのは可能だ」

大仏はいって首を傾げた。

「本当に心当たりがないのか」

「ない。福原なんて警官は知らない」

「怪我をして忘れちまったってことか。まあいいさ、おかげでお前の正体がわかった」

将は黙った。福原の部下に声をかけたばかりに、大仏によけいな調査を頼み、良の身分がバレてしまった。

もう、どうしようもない。こうなったらいっそ、マイに話したように本当の自分の正体を明してしまおうか。

だが妙に楽しげな大仏の顔を見ているうちに、思い直した。大仏は、将を麻薬取締官の加納良だと思いこんでいる。おそらくこれからも捜査情報の交換を求めてくるにちがいない。

「お仲間だったとはな」

大仏はいった。

お仲間でないとわかれば、大仏のこの親近感は消える。

「しかたがない」

将は息を吐いた。

「メイソンとは神戸で会ったんだ」

「DEAはマトリと仲がいいからな。それより――」

大仏は表情を険しくした。

「どこでお前はダンの情報を入手したんだ?」

「いえないね」

「おい、お互い同じヤマを追ってるんだ。仲よくやろうじゃないか」

「俺が怪我させられたのは『クィー』を追いかけていたからだ。その『クィー』は警官とつながっているという情報がある」

「何だと!?」

大仏は腰を浮かした。

「スパイがいるんだ」

「お前、自分がマトリだからって、警視庁を疑うのか」

「スパイはマトリかもしれん。警察かマトリか、どちらかにスパイがいて、捜査の情報を洩らしている。そうでなけりゃ俺が襲われる筈ない」

大仏は唸った。

「だからってお前、オレを疑うのか」

「あんたがスパイじゃないという証拠があれば、疑わないさ」

「ないものを証明する証拠なんてあるわけないだろう！　疑うなら、自分のところの赤鬼青鬼を疑え」

「疑ったさ。メイソンの話では、あの二人は情報を入手しやすくするために、わざとワルぶっているらしい」

「信用できるか、そんな話」

「じゃあ二人と対決するか」

「おう、いつでも勝負してやる」

大仏は胸を張った。本気のようだ。

「いい手がある」

将は思いついた。

「何だ？」

「北島会の小関だ」

「あいつが何だってんだ」

「小関は『クィー』から仕入れをしたくて、あちこち嗅ぎ回っている。この前は、石本ってチンピラをけしかけてきた。小関なら『クィー』につながる警官のことを何か知っているのじゃないか」

将はいった。

「なるほど。あいつを締めあげるのか」

「そういうのは得意なのだろう」

大仏は目を細めた。

「誰から聞いた？」

「お仲間だよ」

大仏は横を向いた。

「オレの悪口をいってるのは、女に負けてくやしがるようなカスばかりだ。頭でも腕力でも勝てないから、妙な噂を流す」

米軍にもいた。優秀な女性兵士にヤキモチを焼いて、昇進は上官と寝たからだとか同性愛者だという噂を流す手合いだ。将はそれほどうぬぼれてもいなかったし昇進したいとも考えていなかったので、そんな噂は真にうけなかった。

「そういう奴はどこにでもいる。男の嫉妬はタチが悪い」

将はいった。大仏は目を丸くした。

「マトリにもいるのか、そういうのが」

「どこの世界でもいるさ。で、どうやって小関を締めあげる？」

話をそらした。大仏は考えていたが、口を開いた。

「ひと芝居打つ。小関を呼びだせ」

20

七時半に将は「ダナン」の入口をくぐった。

マイの言葉通り客の姿は少ない。店内を見回していると、

「イラッシャイマセ」

ベトナム人のボーイが将の前に立った。

「西田だ。席を予約している」

「ニシダさん、待ってクダサイ」

ボーイはいって入口におかれたクリップボードをとりあげた。

「ニシダさん、はい、予約あります。こちらへドーゾ」

奥まった位置にある二人がけのテーブルに案内された。メニューを渡され、何を食べようか迷っていると、キッチンからマイが現われ、ビジネスライクな表情で告げた。

「料理、頼んであります。生春巻、サラダ、ソフトシェルクラブ、蒸しハマグリ、最後に小さなフォーがつきます。飲みものだけ決めて下さい」

「じゃあビールを」

「ビアハノイでいいですか」

ベトナムビールのようだ。将は頷いた。マイが運んできて、グラスに注いでくれる。

「ありがとう」

マイの表情はかわらなかった。わかってはいても寂しい。

「俺はグエンのことを誤解していた」

将はいった。マイは首を傾げた。

「ゴカイ？」

「ひとつは彼が君の兄さんじゃなくて恋人か旦那だと思っていた」

マイの口元がゆるんだ。

「どうして？」

「知らなかったからさ。リョウ、君にとってのシゲ

ルは知っていたかもしれないが、俺は何も聞かされなかった」

「だからあなた、グエンにわたしとのことを認めて下さいといったのか」

マイはいった。将は頷いた。

「君が、グエンに束縛されているように見えた。だから少しでも自由にさせたいと思ったんだ」

マイの目がやさしくなった。周囲に人がいないことを確認していう。

「わたしも考えました。あなたがいったとおり、わたしに何もしなかった。あなたのことシゲルだと思って、いっしょにいたわたしに、何もしなかった」

「それはそうさ。いくら似ていても、そんな卑怯な真似はできない」

「嫌われたのかと思って、悲しかった。でもちがいました。あなた、いい人です」

キッチンの方角で、チンとベルが鳴った。

「お料理できました。もってきます」


マイはいってテーブルを離れた。将は胸があたたまるのを感じた。

サラダと生春巻、ソフトシェルクラブが届けられた。食べかたをマイが教えてくれる。

将はソフトシェルクラブが気に入った。殻のやわらかな蟹がからっと揚げられていてビールに合う。

「もうひとつのゴカイ、何ですか」

かたわらに立ったマイが訊ねた。

「グエンを犯罪組織の人間だと思っていた。それは君も悪い。彼を恐ろしい人だというから」

マイは微笑んだ。

「嘘ではないです。グエンはとても厳しい。嘘や裏切りは許しません」

「軍人なのだから当然だ」

将が答えるとマイは首を傾げた。

「あなたは何の仕事なのですか」

「俺はずっとアメリカ陸軍にいた」

「陸軍？　グエンと同じですね」

将は首をふった。

「俺はリョウ、君にとってのシゲルとちがって悪ガキだった。地元にいられなくなって逃げた。そしてアメリカに渡った。アメリカでも悪いことばかりしていて、刑務所に入れられるのが嫌で軍隊に入ったんだ。グエンのように立派な軍人じゃない。だがアフガニスタンでいろいろな経験をして、考えかたがかわった。これからはちゃんと生きようと思っている」

マイは将を見つめた。

「それでお兄さんを捜しているのですか」

良はおそらく殺されている。が、はっきりいうのは酷だ。将は頷いた。

「リョウのフリをして動き回っていたら何かわかるかもしれない。だけどこのことはグエンにもいわないでほしい。グエンを疑っているわけじゃない。俺がリョウじゃないというのを秘密にしたいんだ」

マイは考えていた。

「あなたはシゲルはどこにいると思いますか」

「正体がバレて、悪い奴につかまっているのじゃないかと思ってる。つかまえているのは、おそらく『クィー』だ」

「だから『クィー』を見つけたいのですね」

「そうだ」

「わかりました。あなたとシゲルの秘密、守ります」

「ありがとう」

マイは首をふった。

「シゲルの弟を助けるのはあたり前です」

寂しさを感じた。自分はあくまでも〝良の弟〟でしかないのだ。が、それを口にするわけにはいかない。マイを困らせるだろう。

再びキッチンでベルが鳴った。新たな料理ができたようだ。

蒸しハマグリは薬味と魚醤の味が効いていておいしく、フォーを食べるとさすがに満腹になった。

「ちゃんとしたベトナム料理は初めて食べたけど、すごくおいしかった」

マイは笑顔になった。

「わたしが働いているからいうのではありません。『ダナン』はとてもおいしい店です。グエンがくるのも、ここの料理が好きだからです」

将は時計を見た。八時半になっていた。

「もう少しいていいかな」

「どうぞ。コーヒーをもってきます」

空になった皿をマイは下げた。コーヒーを飲んでいるうちに九時になった。他の客はすべて帰ってしまった。

「お店は何時まで？」

「今日は十時です」

将の問いにマイが答えたときだった。店の扉を押して小関が現われた。今日はネクタイを締めている。

「シゲルのことを訊こうと思っている奴だ。二人きりで話すよ」

将が小声でいうとマイは頷き、テーブルを離れていった。

「どうも」

小関はいって、将の向かいに腰をおろした。

「どうも」

「まさかあんたのほうから連絡くれるとはな。うちの若い衆が失礼したろう。てっきり怒っていると思っていた」

大仏から小関の携帯の番号を聞き、留守番電話に「『ダナン』で待っている」と吹きこんだのだ。

「銃の使い方を教えただけだ。見せびらかせばいいと思っている奴は、いずれ命を落とす」

「なるほどね。ところで、どこで俺の番号を聞いた？」

「素人どうしじゃないんだ」

将がいうと小関は首をふった。

「参ったな。で、俺に何の用だ？」

ボーイがビールを運んできた。ビアハノイだ。

「何だ、これは」

「俺の奢りだ。ベトナムビールも悪くないぞ」

将はいった。小関は鼻を鳴らし、グラスに口をつけた。

「確かに悪くねえ。好みじゃないが飲みやすいな」

「『クィー』とコネをつけたいのだろう」

将はいった。小関の表情がかわった。

「紹介してくれるのか」

「『クィー』と直接連絡がとれるのは支部長だけだ。支部長にあんたの話はできない」

「そりゃそうだろうな」

「だが『クィー』を知っている人間は他にもいる」

「誰だ？」

「支部長に『クィー』を紹介した奴だ」

小関は無言で将を見つめた。

「警察関係者らしい」

小関を見つめ返し、将はいった。小関の表情はかわらなかった。

「心当たりがあるか」

将が訊くと、

「噂を聞いたことはある」

小関は答えた。

「どんな噂だ？」

「ベトナム人の犯罪組織はもともと小さなチームばかりだった。が、そのうちのひとつが急に力をつけて大きくなった。そうなった理由がお巡りだというんだ」

「お巡りといってもいろいろいる。マトリもお巡りだろう」

「マトリじゃねえ。マトリが追うのはヤクがらみのヤマだけだ。そのお巡りは別件でベトナム人組織の奴と知り合い、知恵をつけてやるようになった」

「別件？」

「ベトナム人はヤク以外にも高級バッグや腕時計のコピー商品を密輸してるし、プロの窃盗グループもいる。つかまえたか何かで、そういうのと知り合ったってわけだ」

将の懐で携帯が鳴った。無視し訊ねた。

「お巡りの名前を知ってるか」

小関は首をふった。嘘かどうかは見抜けなかった。知っていても簡単には教えないだろう。

「そのお巡りがわかれば『クィー』を紹介しろといえる。調べられないか」

小関は顔をしかめた。

「わかってても相手はお巡りだぜ」

「向こうにも『クィー』と組んでいるという弱みがある。嫌とはいえないさ」

将はいった。

「あんた、お巡りを威せというのか。とんでもないタマだな。噂なんだ。ちがったら、痛い目にあうのはこっちだ」

「あんたができないというなら、俺がかわりにやってやる。そのお巡りが誰か、調べろよ」

「支部長に伝わったらどうする？　消されるぞ」

将は肩をすくめた。

「このままいたって先に期待はできない。だったらあんたと組んで、でかく儲けるさ」

小関は顎を引いた。

「どうしたんだ。支部長ともめたのか」

「そうじゃない。おたくのチンピラの相手をしていて思ったんだ。こんなことをつづけてりゃ、いつか殺される。頭に血が昇った奴に刺されるだろうなって。だが、威勢がいいだけの馬鹿とうまくやっていくなんてできない。そこであんただ。あのチンピラは、あんたの指示だったのか」

「ちがう。威して何とかなるような人間とそうでないのがいて、あんたはちがうと俺は踏んでいた。石本の奴がキレて、勝手に動いたんだ。あいつにはいいクスリになった筈だ」

鳴り止んでいた懐の携帯が再び鳴り始めた。

「いいのか、でなくて」

「この話のほうが重要だ」

将は小関を見つめた。

「おいおいおい」

そのとき店の入口で大きな声がした。ふりむいた小関が舌打ちした。大仏が腰に手をあて、将と小関を見ている。

「また面倒くさいのがきやがった」

「あいつもお巡りなんだろ」

将は小声でいった。

「そうだが、ベトナム人を手なずけるほどの頭なんかねえよ」

小関も小声で答えた。大仏は店内をまっすぐ横ぎり二人に近づいてきた。

「ワルが二人、何をこそこそやってる」

「こそこそなんかしてないね。あんたが勝手にそうとってるだけだ」

将はいい返した。

「なるほど。じゃあ教えてくれ。関西からきた正体不明のチンピラと北島会のいい顔が、何を仲よくやってるんだ？」

「あんたには関係ねえよ」

小関がいった。

「おお、強気だね。職務質問て奴をさせてもらおうか。立て！」

大仏は険しい顔になっていった。小関と将は立ちあがった。

「じゃあ改めて、お願いする。二人とももちものをテーブルにだして。財布、携帯、ハンカチも残らずだ」

将と小関は言葉にしたがった。慣れているのか、小関の表情はかわらない。

「横暴じゃないか」

将はいった。

「極道とつるんでるようなチンピラが偉そうなことをいうな。文句があるなら本庁にいってこい。いつでも受けて立ってやる」

テーブルにおかれた品物をひとつひとつ手袋をはめた手でチェックしながら大仏は答えた。小関は財布と携帯以外のものはだしていない。

「これだけしかないのか。服の上からチェックする」

大仏はいって、小関の体を調べた。が、見つからなかったのか将に目を向けた。

「じゃあ次はそっちだ」

「勝手にしろよ」

「威勢がいいな」

将からも何も見つからず、大仏は空いている椅子にどすんと腰をおろした。

「ご協力ありがとう。今度は話を聞かせていただこうか」

「何の話だ？」

将は訊いた。

「この店の話さ。ベトナム料理店で、働いている者も客もベトナム人が多い。前もここでお前らを見かけたが、そんなにこの店が気に入っているのか」

「飯がうまい」

「ほう。メニューくれよ」

大仏は遠巻きにして見ているボーイに告げた。届けられたメニューを広げ、

「高いな」

大仏はつぶやいた。

「本場の味らしい」

「じゃあオレも食ってみるか」

マイが進みでた。

「すみません。今日はラストオーダー終わりました。月曜日にお待ちしています」

大仏はおもしろくなさそうにマイをにらんだ。

「あんたは？」

「フロアマネージャーのマイと申します」

「日本語うまいね。それにべっぴんさんだ」

マイはにっこり微笑んだ。

「女性にほめられるのはとてもうれしいです」

大仏はとまどったような顔になった。

「そ、そうか」

「はい」

マイは微笑んでいる。ため息を吐き、大仏は立ちあがった。

「今度ちゃんと食いにくるさ」

「ぜひそうして下さい」

笑みを消さず、マイはいった。大仏はくやしげにいった。

「だが客は選んだほうがいい。妙な奴を入れると営業停止になる」

そして将と小関を見た。

「これで終わりだと思うなよ。北島会の尻尾は必ずつかんでやる」

店をでていった。

「悪いところを見られたな。あいつもこの店に目をつけているようだ」

将はいった。

「狙っている奴がここの客にいるんだ」

小関が答えた。

「グエンのことをいっているのか。だったら奴はちがうぞ。『クィー』とは関係がない」

小関は将を見た。

「なぜわかる?」

「あんたのとこのチンピラはこの店で俺をさらった。それを見ていた、あの女マネージャーがグエンを呼んだ。俺はここに戻って、グエンと話した。グエンは『クィー』を追いかけているベトナムの軍人だ」

「軍人?」

小関は目を丸くした。

「情報部の将校らしい。『クィー』について何かわかったら知らせてほしいと頼まれた」

「そうなのかよ」

がっかりしたように小関はつぶやいた。

「あのベトナム人なら『クィー』にコネがつけられ

ると思ってたのに。それにしてもよくグエンと話ができたな」

「あの女マネージャーと仲よくなったのさ」

「そういうことか」

小関は目玉をぐるりと回した。

「グエンは彼女の兄さんなんだ」

小関は首をふった。

「だったらこの店に長居しても意味がねえ。でようぜ」

立ちあがった小関の袖をつかんだ。

「お巡りの話を」

小関は無言で将を見つめた。やがていった。

「俺が直接そいつを知っているわけじゃない。噂を俺に話した奴に確認する。それまで待ってくれ」

「そいつも極道なのか」

「ベトナム人さ。『クィー』とは別のチームの奴で、うちで使っていた男だ」

「わかった。そのお巡りのことがわかったら、俺がコネをつけてやる」

将はいった。

「うちにブツを流すようにできるのか」

「やってみるさ。だがそのお巡りの噂話がまちがっていたら、パクられるのは俺だ。だからうまくいった暁には、仲介料をもらうぞ」

小関は目を細めた。

「それが狙いか」

「慈善事業でやれることじゃない」

小関は深々と息を吸いこんだ。

「こう締め上げがきつくちゃ極道もアウトソーシングをするしかねえ。わかった。本当に『クィー』とコネがつけられたらあんたに仲介料を払う」

「アガリの十パーセントだ」

「おい、あくどくないか」

「極道がいうなよ」

「五パーセントだ」

「八パー」

「六だ。それが嫌なら、この話はナシだ」

「『クィー』とコネがつけられたら、『クィー』から仕入れるブツのアガリの六パーセントを、俺に払う。それでいいな」

将はいった。小関は頷いた。

「いいだろう」

「わかりしだい、お巡りの名を知らせてくれ」

小関はあきれたようにいった。

「あんたでなけりゃ、こんな話はとうてい乗れない。度胸があるのか、欲が深いのか、それともただの馬鹿なのか」

「その全部さ」

小関は首をふった。

「消されないようにな」

告げて、「ダナン」をでていった。

将はほっと息を吐き、冷めてしまったコーヒーに口をつけた。携帯をとりだす。しつこくかけてきたのが誰なのかを見た。

菅下だった。将はかけ直した。一度めの呼びだしが終わらないうちに応答があった。

「もしもし！」

「悪かった。こみいった話の途中だったんだ」

「無事なのか」

「もちろんだ」

どうやら心配していたようだ。

「今どこにいる!?」

菅下は訊ねた。

「『ダナン』さ。もうでるところだが」

「私は東京の麻薬取締部にいる」

上京するといっていたのを思いだした。

「どこかで会えないか」

菅下は訊ねた。

「ここはマズい。アパートまできてくれ」

「加納がいたアパートだな。わかった。これから向かう」

「あんたひとりか？」

「いや、東京の人間もいっしょだ」

「赤鬼青鬼か？」

「ちがう。加納の姿を最後に見た者だ」

「わかった」

電話を切ると、マイがかたわらにきた。

「会計をしてくれ。それとダンについて何かわかったかい？」

「いいえ。ダンという人を皆、知りません」

答えてマイは勘定書をだした。思っていたよりも安い。割引いてくれたようだ。

「さっきの人は誰ですか」

「女は警官で、男はやくざさ」

「やくざ？　悪い人」

「そうだが、そんなに悪い奴でもない」

二度しか会っていないが、小関はどこか憎めないところがある。

「あの女の人のほうが恐いです」

将は笑った。

「確かにな」

「これからどこにいきます？」

「家に帰るさ」

マイは頷いた。何かいいたげな表情だ。将は大きく息を吸いこんだ。マイの気持は想像つく。だが自分は良ではない。両方がつらい思いをするだけだ。

「それじゃあ」

告げて、将は立ちあがった。

21

アパートに戻ってすぐ、菅下がやってきた。若い茶髪の男を連れていた。将は二人を部屋に入れた。

「彼は脇坂《わきさか》くんだ」

菅下は茶髪の男を紹介した。大学生にしか見えない。

「初めまして。関東信越地区麻薬取締部の脇坂と申します」

男は頭を下げた。

「この部屋を調べたのも彼だ」

菅下はいった。

「良を最後に見たのだって？」

将は脇坂に訊ねた。

「はい。西麻布のクラブで定期的にドラッグパーティをやっている大学生のグループを、私は張りこんでいました。そこへブツを届けにきた売人と加納さんがいっしょでした。そのときは売人の仲間だと思ったんですが、菅下さんからマトリだと教えられました」

将は菅下を見た。

「東京の人間にもう良のことを話したのか」

「全員ではない。東京の責任者とこの脇坂くん、それにあと数名だ」

「赤鬼青鬼は？」

「赤木さんと青井さんですか？　いえ。ご存じじゃありません」

脇坂は答えた。

「必要最小限にしか知らせていない。この脇坂くんはキャリアからいっても信用できる」

菅下がいうと、

「自分はまだ新人なので」

脇坂は目を伏せた。

「いつまで隠しておくんだ？」

将は訊ねた。

「君しだいだ。君が抜けるときには公にする」

菅下は答えた。

「正直、自分にも抵抗があります」

脇坂がつぶやいた。

「彼の上司は俺の同期でな。特別に協力を頼んだ。本来なら仲間を欺くような捜査はおこなえない」

菅下がいった。

「あんたたちにはいい知らせだ。『クィー』と組んでいるのはマトリじゃなくて警察官らしい」

告げて、将は小関から聞いた話をした。

「なるほど。逮捕がきっかけで情報を引くようになり、ずぶずぶになったのか」

菅下はつぶやいた。

「よくあることなのか」

将が訊くと菅下は難しい表情になった。

「組織犯罪を摘発するには、対立する組織から情報を引くのが手っとり早い。商売敵を叩いてほしくて密告をしてくることもあるのだ。だが何度もそういう情報を使っていると、情報をよこした奴の組織を叩きにくくなる」

「だろうな」

「叩くときに、そいつだけは逃げられるようにしてやることもある。そういうつきあいはどうしたって生じる。一般市民は犯罪組織の動向など知らない。蛇の道はヘビだ。だがそれがつづくと、捜査と人間関係の境目があいまいになってしまう。『クィー』に警察官が肩入れしたのもそういうことかもしれない」

「だからって麻薬取締官のことを密告するか？」

将はいった。すると脇坂がいった。

「でも不思議じゃありませんか。同じマトリでも加納さんのことを知らない人間もいるのに、警視庁の人間にわかるでしょうか」

「福原が怪しい。俺を加納くんと呼んだ」

将はいった。

「ここを監視させていた人物だな。調べたところ四谷署の刑事課長だった」

「らしいな」

「本人がそう名乗ったのか」

「いや、大仏に調べさせた」

「大仏って、組対五課の大仏ですか」

脇坂が訊ねた。菅下は脇坂を見た。

「知っているのか」

「強引で有名な本庁の女刑事です。腕っぷしも強くて、その辺のチンピラじゃ太刀打ちできない」

将の携帯が鳴った。その大仏からだった。

「もしもし」

「まだ『ダナン』か」

「いや、アパートに戻った」

「小関とはどうなった？」

小関といるところに現われ、職務質問をするといいだしたのは大仏だった。小関が非合法な品を何かもっていたら、それをネタに締めあげ、悪徳警官の正体を吐かせようという作戦だったようだが、うまくいかなかった。

「『クィー』とコネをつけたいなら悪徳警官の正体を調べろといった。正体をつきとめたら俺が交渉する」

「乗ったのか、小関は」

「調べてみるといっていた。悪徳警官のことは、ベトナム人のチンピラから聞いたといっていた」

「『クィー』のメンバーか」

「いや、『クィー』じゃなくて、北島会が使っていた、別のチームの人間らしい」

大仏は唸り声をたてた。

「頭がこんがらがってきた。整理して、また連絡する」

告げて、電話を切った。将は菅下を見た。

「大仏だった。あいつに四谷署のことを調べさせたら、正体がバレた。奴は俺を良だと思っていて、手を組もうといってきた」

菅下は脇坂と顔を見合わせた。

「今の話は本当か」

「警官の話か。本当だ」

「四谷署の刑事課長が『クィー』とつながっているとしたら、たいへんなことだ」

菅下はいった。

「それもそうですが、なぜ四谷署の刑事課長が加納さんのことを知っているんでしょう」

脇坂が首を傾げた。

「それは不明だが、仮に悪徳警官の正体が福原なら、君が加納ではないことを知っている筈だ。それが『クィー』を経由して組織に伝わる可能性もある。そうなれば、君の身はこれまで以上に危険になるぞ」

菅下はいった。

「まだ組織にはバレていない。バレていたら携帯を渡される筈がないからな」

将は答えた。

「加納さんが潜入していた組織に『クィー』がブツを卸しているのだとしても、そこまでは伝わっていないのではありませんか。ブツの卸しは、つかまってもいいような末端にやらせる仕事です。そんな下っ端には、警察にいる情報源の話はしないでしょう」

脇坂がいった。

「確かにそうかもしれんが、支部長には伝わっていても不思議はない」

菅下は首をふった。

「俺が消されたら、伝わっている証明になる」

「馬鹿なことをいうな。これ以上犠牲者をだすわけにはいかん」

菅下は声を荒らげた。

「福原のことを調べられないか。良と、何か個人的な関係がある筈だ」

菅下は考えている。

「あんたが知りたかったのは、麻薬組織に情報を流しているスパイの正体だろう」

将はいった。

「それはそうだが、君が殺されたら元も子もない」

「いいか、仮に福原がスパイだとしよう。福原は良と個人的な関係があって、正体がマトリであることを知っていた。その良が、つながっている『クィー』と取引のある組織に潜入したことを知り、自分の悪業がバレるかもしれないと考えた。そこまではいいな？」

将は菅下と脇坂の顔を見た。二人は頷いた。

「良の正体がバレて消されたのだとしよう。『クィー』に福原が知らせ、『クィー』が組織に教えたのだとしたら――」

「ふつうはそうする。自分の手を汚さずに加納を消そうと考える筈だ」

菅下が口をはさんだ。

「だったらなぜ、組織の連中は俺が生きていることに驚かず、敵視もしてこない？　支部長は芝居をしているのだとしても、ヒデトはどうだ？　あいつは俺をまるで疑っていない。もし良の正体が組織にも伝わっていたら、危険だから近づくなという警告くらいしていておかしくない。ヒデトの口から組織の情報が伝わるかもしれないのだぞ」

「確かにそうです」

脇坂はいった。

「加納を消したのは『クィー』で、その理由は組織にまでは伝わっていないということか」

菅下がつぶやいた。

「あるいは福原本人が手を下したか」

脇坂がいった。

「いや、それはない。もし福原本人がやったのなら、生きている俺を見て、ちがう反応をした筈だ」

将はいった。

「だがその前に、自分の部下にここを監視させている。それはなぜだ？」

菅下が訊ねた。

「人にやらせたのだとしても、消した人間のアパートを見張らせる必要はない」

「別のマトリが現われるのに備えたのかもしれません。加納さんの後釜がここにやってくると考え、その面を割ろうとした」

脇坂がいった。

「加納さんのことはたまたま知っていたのかもしれませんが、次にくる潜入捜査官が誰なのかはわからないからです」

「一理あるな」

将はいい、牛乳パックのことを思いだした。

「見てほしいものがある」

冷蔵庫から、空の牛乳パックをとりだした。

「冷蔵庫にこれが入っていた。良は牛乳が飲めなかった。なのにおいているのは妙だと思ったら――」

パックの底を二人に見せた。「４３０１９７５」という数字が書かれている。

「何だ、それは」

菅下がいった。将は菅下を見た。

「何かのパスコードじゃないのか。たとえば良のＰＣとかの」

「いやちがう。大阪に加納のＰＣはあって、すでに調べた」

菅下は首をふった。

「冷蔵庫に牛乳があるのは見ましたが、パックの底までは調べませんでした」

脇坂は目をみひらいている。

「何の番号だと思う？」

将は訊ねた。

「電話番号ではないな。あとはいったい……」

菅下は考えこんだ。

「何かの暗号であるのはまちがいないでしょうね。この番号で、何かの認証を受けられるとか」

脇坂がつぶやいた。

「おそらくそうだと思う。これを良が書いたのだとすれば、あんたたちに伝えるためだ」

将がいうと、菅下は頷いた。

「確かにそうだ。加納が飲めないと知っている人間なら、ここに牛乳があることじたいに疑問を抱く」

「福原についてと、この数字のことを調べてくれ」

「君はどうするんだ？」

「小関の情報待ちだ。警察のスパイの正体さ」

「それがわかったら、接触するつもりじゃないだろうな」

菅下は将を見た。

「するさ。良がどうなったのかを知るには、そうするしかないだろう」

「いくら何でも無茶だ」

「あんたたちにも知らせる。いざとなったらそいつをパクればいい」

「そう簡単にはいかない。我々マトリが警察官を逮捕するには、証拠が必要だ」

「だからその証拠を、俺が手に入れてやるといってるんだ」

菅下はあきれたように首をふった。

「やはり双子だな。一度思いこむと平気で無茶をするところが、君らはそっくりだ」

それはちがうといいかけ、将は黙った。あの夜のことを思いだしたのだ。叔父の車をもちだし乗り回した。それを知るまで、良のことを優等生だと思いこんでいた。

菅下は、自分の知らない良を知っていて、そのほうが本当の良に近いのかもしれない。

22

二日待ったが、小関からの連絡はなかった。こちらから電話をかけてみることも考えたが、あまりにせかすと意図を疑われる可能性もある。将は待つことにした。

三日めの朝、支部長に渡された携帯が鳴った。

「はい」

「正午にまた浅草雷門だ」

支部長と思しい声が告げ、電話は切れた。

将は菅下の携帯を呼びだした。

「何かわかったのか?」

「小関からの連絡はない。支部長から渡された携帯に連絡があって、正午に浅草雷門にこいといわれた」

「わかった。私もいく」

「それはやめてくれ。俺へのテストがまだつづいているような気がする。支部長は俺が信用できるか試しているんだ」

「私も素人じゃない。気づかれるようなヘマはしない」

「もしくるのなら、あんたひとりだ。他の人間もきたら見抜かれるかもしれない」

「わかった。ひとりでいく」

「福原について何かわかったか」

「福原啓一は京都の出身だ。東京の大学を卒業して警視庁に入った」

「京都か。良との接点はそこかもしれないな」

バー「ヤドリギ」の宮崎なら何か知っているかもしれない。宮崎も京都にいたといっていた。

「相手は警視庁の人間だ。下手に探りを入れると、すぐに伝わってしまう危険がある」

「同じお巡りでも仲はよくないのか」

将は訊ねた。

「正直にいえば、あまりよくはない。同じ獲物を追っていれば協力しあうこともあるが、容疑者を相手に押さえられる前に何とかしようというときもある。向こうは組織が大きい。マトリのことを軽く見ている。我々が身内に疑いをかけているのを知られたら、身柄を渡すまいとするだろう」

菅下は答えた。

「メンツか」

「そういうことだ。まして警視ともなれば幹部警察官だ。疑いが事実なら、絶対に我々には逮捕させたくない筈だ」

米軍にもそういうセクショナリズムはあった。ライバルに功績を上げさせるくらいならと作戦そのものを潰したり、敵側にこっそり情報を流す部隊長がいた。

「どこにでもある話だ」

将はいった。

「とにかく正午に浅草にいる。私を捜すな」

菅下がいったので、

「そこまで素人じゃない」

と将は告げ、電話を切った。

宮崎に福原の話を訊きたいが、バーが開くのは夕方だ。浅草での仕事を終えてからになるだろう。

午前十一時を回り、アパートをでようとしたときに携帯が鳴った。大仏からだ。焦れてかけてきたのだろう。

「まだ小関からの連絡はない」

耳にあてるなり、将はいった。

「もうこない。小関は死んだ」

「何?」

将は絶句した。大仏は暗い声で告げた。

「きのうの夕方、川崎市側の多摩川河原で男の死体が見つかった。所持品はなく、指紋から身許が判明した。小関だった」

「死因は?」

「失血死だ。胸部に数ヵ所、刺し傷があった。殺人事件として神奈川県警が捜査を始めた。いずれ、あんたのこともつきとめるぞ」

「そんなことより、誰が殺したんだ?」

「それがわかれば苦労しない。が、殺された理由はいくつもないぞ」

大仏は答えてつづけた。

「極道だから恨みを買っていたかもしれないが、『クィー』の件が引き金になった可能性もある」

将は頭を巡らせた。

「奴は、北島会が使っていたベトナム人から噂を聞いたといった。そのベトナム人に警察官の正体を訊いた筈だ」

「ベトナム人の名前は?」

将は唇をかんだ。

「聞いていない」

「そのベトナム人が逆に小関の情報を『クィー』に流したのかもしれないな」

「くそっ」

将は呻いた。

「オレもあんたも『クィー』を甘く見ていたようだ。こうなったら『クィー』にかかわっていそうな奴をかたっぱしから締めあげるか」

大仏がいったので、将は止めた。

「そんなことをしたら、これまでの俺の努力が無駄になる」

「小関は殺される前にお前のことを喋っているかもしれん。正体がバレたら今度は記憶を失くすぐらいじゃすまないぞ」

「小関は俺のことは知らなかった。それにもう――」

正体がバレた良は殺されている、といいそうになり、将は言葉を呑みこんだ。

「もう、何だ？」

「いや何でもない」

「妙だな、何か隠していることがあるのか」

大仏の声が尖った。将は息を吐いた。ここは別のエサを投げる他ない。

「さっき支部長から電話があった。仕事があるから正午に浅草にこいといわれた」

「何の仕事だ？」

「それはまだわからない」

「支部長もくるのか」

「それもわからない」

「『クィー』がお前のことを疑っていて、連れてこいといったとか。さらって痛めつける気かもしれん」

「それは考えていなかった」

「おい！　小関は殺されたんだぞ。奴がお前のことを喋っていたら、次に殺されるのはお前だ。浅草のどこにこいといわれたんだ？」

「教えたらくる気か」

「当然だ。『クィー』が現われるかもしれない」

「あんたは目立つ。あんたがきたら、かえって俺の正体がバレる」

「ふざけるな。オレがそんなドジを踏むか。浅草のどこなんだ⁉」

将は息を吐いた。

「雷門だ」

「正午に雷門だな」

「あんたひとりできてくれよ。他の刑事を引き連れてくるのはなしだ」

「オレがそんな真似するわけないだろう」

告げて大仏は電話を切った。将は急いでアパートをでた。

小関が殺されたのは衝撃だった。その理由が、「クィー」とつながる警察官の正体を探ったことだとすれば、そそのかしたのは自分だ。

どこか憎めなかった小関を殺した犯人に怒りを感じた。殺したのは「クィー」なのか、それとも「クィー」とつながった警察官か。いずれにしても犯人は小関の知るベトナム人とつながっている。

携帯が鳴った。未知の番号が表示されている。

「はい」

用心して、そう答えるだけにした。

「西田さんだな」

男の声がいった。

「そうだが、あんたは？」

「小関の上司にあたる者だ」

将は黙った。北島会には切れ者の極道がいる、と菅下や大仏から聞いていた。確か名前は――

「海老名さんか」

「ほう。知っているのか」

「噂は聞いている」

将はいって、息を吸いこんだ。

「じゃあ小関に何があったのかも知っているな」

海老名はいった。

「ついさっき、聞いた」

「その件で、あんたと話をしたいんだがね」

将の背筋が冷たくなった。「クィー」の前に、北島会が自分を疑っている。

「俺も話したいが、これから用事があるんだ。夕方には――」

いいかけた将の言葉をさえぎり、

「あんたの都合は聞いてない。今、俺は赤坂のベトナム料理店の下にいる。あんたと親しくしている従業員がいると聞いたんで、もしかしたらあんたに会えるかもしれんと思ってな」

「ランチタイムには少し早いぞ」

「だからさ。あんたとその従業員はモーニングコーヒーを楽しむ仲らしいじゃないか。あんたがでてきてくれないのなら、その従業員と話をすることになる」

「ちょっと待て。マイは何も関係がない」

「関係があるかないかは本人から聞くさ。じき出勤してくる。いや、もういるか」

「待てよ。逃げるとはいってないだろう」

将は声を荒らげた。

「俺も疑っちゃいない。だが今すぐ話せないなら、あんたのかわいがっている女をさらう。先に女と話すことにする」

「わかった！　これから『ダナン』にいく。待ってろ」

「三十分以内にこい」

告げて、海老名は電話を切った。歩きながら菅下の携帯を呼びだす。菅下が応えると告げた。

「北島会の小関の死体が見つかった。そのことで海老名が俺と話したがっているので、これから会う」

「浅草はどうするんだ？」

「遅れそうなら支部長に電話するさ」

「海老名とは後で話せばいいだろう」

「そうはいかない。今すぐこなければ、マイをさらうと海老名はいってる」

「何だと」

菅下は絶句した。

「とにかくこれから『ダナン』にいく」

「やめておけ。ただではすまんぞ」

「マイを巻きこむわけにはいかない」

とだけいって切り、マイの携帯を呼びだした。自分がいくまで出勤するな、と告げるつもりだった。が、流れてきたのは、電源が切れているか電波のつながらない場所にあるというアナウンスだった。留守番電話サービスにつながるのを待ち、

「西田だ。俺から連絡があるまで、店にいかないでくれ。もういるのなら、隠れてくれ」

とだけ吹きこんだ。タクシーを止め、赤坂にいくよう告げる。

マイからのコールバックはない。おそらくランチの準備に忙しいのだろう。じりじりする気持で携帯を握りしめた。

「ダナン」の下の通りには、見覚えのあるワンボックスカーが止まっていた。チンピラの石本と、もうひとり長身の男がいた。年齢の見当がつきにくいが、おそらく四十過ぎだろう。

耳が大きく、ジーンズの上下を着け、蛇革のブーツをはいていた。

タクシーを降りる将を見て、石本が男に頷いた。マイの姿はなく、将はほっとした。

「海老名さんか」

将がいうと、石本が無言でワンボックスのスライドドアを開いた。

「中で話そう。あんたがシートにあけた穴は直してある」

海老名はいった。将は大きく息を吸い、ワンボックスに乗りこんだ。

23

「携帯を預かる」

ワンボックスが走りだすと、海老名がいった。石本が将の前に立ち、手をだした。

「今日は物騒なものはなしか」

将は石本にいった。石本は憎しみのこもった目を向けた。小関を殺され、相当頭に血が昇っているよ

うだ。将は二台の携帯を渡した。

「あんたは腕が立つらしいな。だが逆らえば、泣きを見るのは、あんたじゃない。わかるな？」

海老名はいった。

「マイは何も知らない」

「そうかな？　ベトナム人だ」

「『クィー』とは関係ない」

「まあすわって、シートベルトを締めろ」

将はシートベルトを締めた。腕時計を見る。じき正午だ。石本が隣にすわった。

「先にいっておく。俺は正午に組織の人間と待ち合わせてる。俺が現われないと、じゃんじゃん電話がかかってくるぞ」

「その心配はいらん。携帯はつながらない」

将のうしろにすわった海老名がいった。石本は将から受けとった携帯を膝の上においた銀色のアタッシェケースにおさめていた。電波を通さない構造のようだ。

ワンボックスは赤坂の狭い通りを抜けた。

「芝浦とやらにいくのか」

前に石本たちとワンボックスに乗ったときのことを思いだし、将は訊いた。

「いや、いくのは多摩川の河川敷だ。小関が見つかった場所だよ」

海老名が答えた。淡々とした口調に、逆にただではすまさないという決意を感じた。

「小関を殺したのは誰だか知っているか」

将は訊ねた。

「同じ質問をこれからあんたにしようと思っていた」

海老名は答えた。

将は背後をふりかえった。

「俺を疑っているのか」

海老名は無表情に将を見返した。

「小関は優秀だったが、ひとつ弱みがあった。極道のくせに荒っぽいことが好きじゃなかったんだ」

淡々といった。

「『クィー』にコネをつけたがっていた。そのことでベトナム人と話した筈だ」

海老名を見ながら将はいった。

「話は河原で聞く。前を向いてろ」

海老名は答えた。将は息を吐いた。暴れれば、この場は何とかなるかもしれないが、マイに仕返しが及ぶ。海老名からは、小関には感じなかった冷酷さが伝わってくる。敵には一切容赦をしないタイプだ。その上、執念深い気がする。

「河原で俺を殺す気か」

「いったろう。あんたを殺るのは難しそうだ。あんたの女にケジメをとらせる」

「小関を殺したのは俺じゃない」

「だからそれもゆっくり聞く。着くまで頭を整理しておいてくれ」

海老名はいった。同時に将の首筋に冷たいものがあてがわれた。

「俺はパチンコが好きじゃなくてね。いつもこれなんだ」

短刀だった。

「暴れる気なら、こいつを使う」

「わかった」

将は答えた。石本がざまを見ろというように鼻先で笑った。

「お前とはだいぶちがうな」

将がいうと、

「手前――」

目を三角にした。

「黙ってろ」

海老名が短くいうと、体を硬くした。

「はいっ」

ワンボックスは三十分以上走りつづけた。大きな川にかかった橋を渡る。やがて工場地帯のような場所に入った。大きな燃料タンクや炎を噴き上げる煙突の立ったコンビナートをかたわらに見ながら走り、うっそうと草の茂った川岸につづく道で止まった。

　人の背ほどもある葦《あし》の向こうに川が流れ、そのほとりに四、五人の男が立っていた。

「小関が見つかったのはもう少し先だが、まだお巡りがうろついてる。だからここでいいだろう」

　海老名はいった。集まっているのは北島会の組員たちのようだ。

「降りろ」

　石本が立ち、いった。スライドドアを開け、うながす。

　将は河原で男たちに囲まれた。

「すわろうか」

　河原にころがった石のひとつに海老名は腰かけ、将もその向かいに腰をおろした。

　石本と他の連中は遠巻きにして立っている。

「考えはまとまったか？」

　海老名は短刀を手にしたままだった。ジーンズの膝の上で刃を寝かせている。

「鍵はベトナム人だ」

　将はいった。

「つづけろ」

「小関は『クィー』とコネをつけ、品物を仕入れたがっていた。それで俺に近づいてきたが、『クィー』のことは支部長しか知らない。商売敵の北島会に『クィー』を紹介する筈もない。俺と小関は『クィー』の話をした。理由は、俺も今の仕事に限界を感じているからだ。北島会にはにらまれ、警察にはつけ回されている。こんな用心棒みたいなことをいくらつづけても、使い捨てにされるのは見えている。だから小関と組もうと思ったんだ」

　海老名は何もいわない。まるで将の話を聞いていないように、流れる川面を眺めている。

「それで？」

　将には目を向けず、先をうながした。

「『クィー』がなぜ、今のように強い組織になったのかという話をしたとき、小関が、以前使っていたベトナム人から聞いたという噂の話をしたんだ。初め、『クィー』も、他にいくつもあるベトナム人の小さなグループとかわらない存在だった。それがここまで大きくなったのは、『クィー』に肩入れする警官のおかげだというんだ。逮捕をきっかけに『クィー』の人間と知り合い、知恵をつけてやるようになり、そのせいで『クィー』は勢力を強めた」

「その警官の名前は？」

　海老名は訊ねた。

「小関も知らなかった。だからそのベトナム人に当たれ、と俺はいったんだ。警官のことがわかれば、『クィー』を紹介しろと、そいつに頼める。小関は渋ったよ。警官を威すような真似はしたくないって。だから名前がわかれば、俺が交渉するといった」

　将は答えた。

「あんたが交渉する、と？」

　海老名は将に目を向けた。

「そうだ。その代わり『クィー』とコネができたら、アガリの六パーセントをもらう約束だった」

「小関は了承したのか」

　将は頷いた。

「途中、俺をつけ回している本庁の刑事に嫌がらせをうけたがな。組対の大仏って女刑事だ」

「知らんな」

　海老名は首をふったが、嘘か本当かわからない。

「俺と小関が険悪じゃなかったことは、その大仏に訊けばわかる」

　海老名は笑った。口もとだけの笑みだ。

「おもしろいな、お前。自分の潔白をデコスケに証明してもらおうってのか」

「小関はいったよ。あんたじゃなけりゃ、こんな話はとうてい乗れない。度胸があるのか、欲が深いのか、ただの馬鹿なのかってな」

「どれなんだ？」

海老名が訊ねた。

「その全部だと答えた。そうしたら、消されるな、と小関はいった。なのに――」

将は黙った。

「小関が消された、と」

「そうだ。殺った奴を許せん」

海老名はじっと将を見つめた。

「信じないのか」

将は訊ねた。

「いや。別のことを考えていた。小関を殺った奴がわかったら、あんた、ケジメをつけられるか」

「俺に殺せというのか」

「身内を殺されているんだ。うちが手をだしたら、すぐにそうとわかる」

「『クィー』とのコネはいらないのか」

「いや、つけるさ」

「殺ったのが『クィー』とつながっている警官だったら、取引できなくなるぞ」

「支部長がいなくなったら、『クィー』も困らないか」

将は息を吸いこんだ。

「つまりこういうことか。俺が小関を殺った警官を殺し、あんたが支部長を消す」

「そんな物騒なことはひと言もいってない。『クィー』の取引先がひとつ消えたらどうなる？　という仮定の話をしているんだ」

「小関がいっていたな。こう締め上げがきついと極道もアウトソーシングするしかない、と」

「ときと場合だ。あんたの話が嘘だったら、『ダナン』の女マネージャーにケジメをとらせる」

まるで力のこもっていない口調で海老名はいい、それがかえってすごみを感じさせた。

米軍時代にもいた。わめきたてたり、すぐ手をだそうとする奴は恐くない。ふだん静かで感情を表にださない奴が切れると、いきなりおおごとになったものだ。予告なくナイフをつき立てたり、うしろから撃つ。

敵対した相手を威嚇するのではなく、排除することしか考えられないのだ。

将はあたりを見回した。二人のやりとりは石本を含む北島会の組員全員に聞こえている筈だが、誰も何もいわない。

「小関を殺ったのが、警官じゃなく別の奴だったらどうする？」

「同じことだ。小関を殺した奴にケジメをとらせるんだ」

「そうすれば、支部長はあんたが消す、ということだな」

「今の組織にいても限界なのだろう。それを突破できるぞ」

将は息を吸いこんだ。ここで断わったら、無事では帰れない。海老名がもちかけているのは交換殺人だ。

「支部長の居どころは簡単にはつかめないぞ」

将がいうと、海老名は答えた。

「手がかりはあるだろう。乗っている車とか携帯の番号とか」

「まあな」

「だったら居場所をつきとめるのは難しくない」

「なるほど。あんたは俺から得た情報をもとに支部長を消す。俺はどうやって小関を殺った奴をつきとめるんだ？」

「うちとつきあいのあるベトナム人はそういない。調べて連絡する」

「殺るのは同時か？　それとも――」

「あんたが先だ。小関を殺した野郎をつきとめ、殺ったと認めている動画を撮れ。消したら、死体の映像も俺に見せろ。それまでに俺は支部長の居場所をつかんでおく。いっておくが、ケツを割ったらベトナム女はクスリ漬けにして死ぬまで体を売らせる。日本でとは限らない。最低最悪の客を一日十人でも二十人でもとらせる場所がある。たいていの女は半年以上もたない」

背中が冷たくなった。将は海老名をにらんだ。

「そんな真似をしたら、絶対にあんたを許さない」

「心配するな。女を売りとばすのは、あんたを殺してからだ」

海老名は笑った。

24

ワンボックスカーは赤坂に戻り、将は「ダナン」の前で解放された。両方の携帯電話に不在着信通知が入っている。菅下と大仏、マイ、そして支部長だ。時刻は二時になるところだ。

将は重い足どりで「ダナン」の外階段を上った。無事なマイの顔を見たい。

ランチタイムも終わりに近づき、「ダナン」はがらんとしていた。入口に近いレジにいたマイが、将を見て目をみひらいた。

「電話しました。何があったのですか」

将は首をふった。

「もう終わった、大丈夫だ。コーヒーを飲ませてもらえるか」

「どうぞ」

空いているテーブルに将は腰をおろした。

携帯が鳴った。大仏からだ。

「いったいどこにいる？　ずっと張ってたのにこなかったろう」

「いろいろあってな」

「ふざけるな！　お前、別の場所で支部長と会っていたんじゃないだろうな」

大仏は叫んだ。

「浅草にはいけなかった。海老名が現われたんだ」

「北島会の海老名か？」

「背が高くて耳のでかい男だ」

「そいつだ。海老名が何だっていうんだ」

「小関を殺した奴にケジメをとらせたい。俺にそれをしろ、といわれた」

マイがコーヒーを運んできて、将の前におき、向かいの椅子に腰をおろした。不安げに将を見つめた。

「まさかお前、引き受けたのじゃないだろうな」

「断われなかった」

「馬鹿なことをいうな。だいたい小関を殺ったのが誰だかわかっているのか」

「手がかりを握っているベトナム人の情報をよこすそうだ」

「それを聞いてどうする?」

「とりあえず犯人をつきとめる」

「くそ。ナメた真似しやがって。なんで断わらなかったんだ?」

「いいたくないね」

「まさかお前、金で転んだのじゃないだろうな」

「馬鹿をいうな」

「今どこだ?」

「移動中だ。またかける」

将は告げ、電話を切った。コーヒーを飲む。喉がひどく渇いていた。

「大丈夫ですか」

マイが訊ねた。将は頷いた。仕事用の携帯が鳴った。支部長から渡された電話だ。

「はい」

「やっとつながったか。仕事をする気があるのか」

支部長はぜいぜいと喉を鳴らしながらいった。

「あります。すみません。急用ができてしまって」

「仕事より大切な用か?」

「そうではないのですが、身動きとれなくなってしまって」

「怪我をしたとか」

「ちがいます。次はちゃんとやりますので。申しわけありませんでした」

「君をある人物に紹介しようと思っていたのだが、信頼できなくなった」

「どんな人物です？」

「我々の取引先だ。顧客ではない。意味はわかるな？　前にも紹介しようとしたが、そのときも君は現われなかった」

ヒデトから聞いた話を思いだした。

「六本木でのことですか」

「そうだ。君は連絡がとれなくなり、病院にいたと私に説明した」

「あのときは誰かに襲われて怪我をしたんです。今日はちがいます。いきなり知り合いに訪ねてこられて。用があるといっても帰ってくれなかったんです。無視してでかけたら、ついてきそうで」

「女か」

「ちがいます。入院したときに事情聴取されたデコスケです」

とっさに思いつき、いった。

「刑事か」

「はい。病院が警察に通報して、俺が話ができるようになったら、病室に毎日のようにきやがって。しつこい奴なんです」

「どこの署だ？」

四谷署と答えるか警視庁と答えるか悩んだ。が、四谷署というとヤブヘビになるかもしれない。

「それが、警視庁の大仏って女刑事なんです。どうも前から目をつけられていたみたいで」

「前にいっていた奴か」

支部長は息を吐いた。

「何とか黙らせる手はありませんか。コネのあるお巡りとかを通して」

「コネのあるお巡り？　何のことだ」

「ヒデトを守って以来、北島会にもつけ回されているんですが、その中の小関って極道が、うちは警察とコネがあるっていってました。そうなんでしょう？」

ついでに探りを入れた。

「さっぱりわからんな。小関がそういったのか」

「ええ。知ってるんですか、小関のことを」

「うちに客をとられて血眼になっているらしい」

「そうなんです。うちの仕入れ元を知りたくて躍起になってますよ。うちのほうが質がよくて値が安い、どこから入れてるんだって俺も訊かれました」

「教えたのか」

「教えようがありません。何も覚えてないのですから。それとも知らなかったのかな」

「今日、お前は知るチャンスだった」

「くそ。大仏の奴。今度こそちゃんと紹介して下さい」

「次はない」

「そんなこといわないで。お願いします」

「お前のことを信用できるか、わからなくなってきた」

「なぜ俺が信用できないんです？」

「麻薬取締官が動いているという情報がある。潜入捜査を得意にしている連中だ」

「潜入捜査って？」

「売人や客に化けて組織の情報を集め、一気に逮捕する」

「どこからそんな情報が入ったんですか」

「お前や売人を守るためにアンテナを張りめぐらすのが私の仕事だ。ただ車の中でふんぞりかえってているだけじゃない」

「誰もそんなこといってませんよ」

「不満があるだろう。私は外にでず、危険な仕事をお前ばかりにやらせていると。だから、取引先を紹介してやろうと思ったのに、お前がぶち壊した」

「だからもう一度チャンスを下さい」

「麻薬取締官のことを調べてからだ。うちの組織に入りこんでいるかどうか、確かめた上で連絡する」

告げて支部長は電話を切った。将は電話をテーブルにおき、息を吐いた。自分をとり巻く状況がどんどん悪くなってきているのに、良に関する情報は何ひとつ得られないままだ。

「コーヒー、お代わり飲みますか」

マイが訊ね、将は頷いた。

「ありがとう。頼む」

マイがテーブルを離れると同時に、

「いらっしゃいマセ」

入口に立っていたボーイがいった。菅下だった。

菅下はまっすぐ将のテーブルに近づいてくると、

「無事だったか。浅草に現われないので何かあったのかと思ったぞ」

立ったままいった。トレイにコーヒーカップをのせてきたマイが二人を見比べている。

「この人は大丈夫だ」

将はいった。

コーヒーカップをおいたマイが菅下に訊ねた。

「コーヒー、飲みますか」

菅下は気づいたようにマイを見た。

「マイさんだ」

将はいった。菅下は頷いた。

「いただこう」

「ランチタイムは終わりじゃないのか」

将はマイにいった。

「はい。でも少しなら、いていいです。看板はクローズにします」

それなら他の客が入ってくる心配はない。マイがテーブルを離れるのを待って、菅下はいった。

「よく無事ですんだな」

「小関を殺った奴を殺せといわれた」

菅下は眉をひそめた。

「犯人を知っているのか」

「いや。だが『クィー』につながっている警官のことをベトナム人を通じて小関が調べていたという話をしたら、ベトナム人に関する情報を俺によこすというんだ」

菅下は目をみひらいた。

「つまり、小関殺しの犯人をつきとめ殺すことで、自分の潔白を証明しろというのか」

「そうだ」

マイがコーヒーを運んできた。

「ありがとう」

「いえ」

硬い表情で答え、離れていった。

「それができないときは、俺も彼女も終わりだといった」

「何だと」

菅下は呻くようにいった。将は声をひそめ、告げた。

「小関を殺ったのは、『クィー』につながっている警官か、そいつに命じられた誰かだ。ベトナム人から『クィー』の情報を引こうとしたんで、あべこべに殺られたんだ」

「そうかもしれないな」

「そのベトナム人の情報をよこすと海老名はいった」

「まだやる気なのか。もう手を引け」

「引けない。俺は逃げられても彼女は逃げられない」

「馬鹿なことをいうな。君がいなくなれば、手をだす理由もない」

「海老名は交換条件をだした。俺が小関を殺った奴を殺せば、支部長を消すというんだ。そうなれば取引先を失った『クィー』は北島会と組む、と」

「交換殺人か」

将は頷いた。菅下は沈黙した。

「抜けるに抜けられない。しかも支部長からも電話があって、麻薬Gメンが動いている、潜入捜査を警戒しているといっていた」

菅下は目をみひらいた。将はつづけた。

「前にしか進めない。海老名の情報を待って、犯人をつきとめる」

「危険過ぎる」

「逃げても同じだ」

菅下は深々と息を吸いこんだ。

「そっちは何かないのか？」

将は訊ねた。

「数字のことがわかった」

「牛乳パックの？」

菅下は頷いた。

「『430l975』は日付だ。一九七五年四月三十日。ベトナム人にとっては意味がある。ベトナム戦争でサイゴンが陥落し、米軍の敗北が決まった日だ」

「サイゴン陥落」

将はつぶやいた。米軍にいたとき、ベトナム戦争は、アメリカが唯一負けた戦争だという話を聞いたことがあった。

いわばその記念日を示す数字が「430l975」というわけだ。

「『クィー』に関係があるということだな」

将の言葉に菅下は頷いた。

「書いたのが加納にしろ別の人物にしろ、捜査に必要と考えたのだろう」

将は二杯めのコーヒーに口をつけた。良が書いたのだとすれば、身の危険を感じていたからにちがいない。自分が消されても、後釜の麻薬Gメンに、この数字だけは伝えようと考えたのだ。

「だがなぜ牛乳パックの底などに書いたのかがわからない。口頭でもメールででも、伝えられた筈なのに」

菅下はつづけた。

「スパイに知られないためだ」

将はいった。菅下は将を見た。

「支部長は電話で、麻薬Gメンが動いている、組織に入りこんでいるか調べる、といった」

菅下の表情が険しくなった。

「それはいつの話だ？」

「ついさっきさ。あんたがここにくる直前にかかってきた電話でいわれた。俺が浅草にこなかったことを責められた。大仏につけ回されていたといいわけしたが」

「私が東京にきたとたん、君を潜入させていることが伝わったのか」

「俺だと決まったわけじゃない。疑われているのは確かだが。あんた、こっちのマトリに俺のことを話したといったな」

脇坂という新人Gメンを連れて四谷に現われたとき、「東京の責任者とこの脇坂くん、それにあと数名だ」と菅下は告げた。

菅下は下を向いた。

「信頼できる者だけに話したつもりだったが……」

「東京の奴らを締めあげてスパイを見つけろよ」

菅下は苦しげにいった。

「そう簡単ではない。東京はいわば他人の庭だ。その庭を荒しておいて、スパイがいるといいだせば反発される」

怒りがわいた。

「そんな理由で良は殺されたのか」

菅下は首をふった。

「まだ関東信越地区のマトリにスパイがいると決まったわけじゃない」

「決まってるじゃないか。じゃあ誰が支部長に知らせたんだ？『クィー』のわけはないだろう。俺はまだ『クィー』の人間とは誰とも接触してないんだ。知らせられたのは、マトリの人間しかいない」

将がいうと、菅下は下を向いた。

「やはり君にはここで離脱してもらう他ない」

低い声でいった。

「馬鹿なことをいうな。ここで逃げだしたら、俺への疑いを裏づけるようなものだ。組織からも北島会からも追われる」

「だが加納の二の舞には――」

将は菅下の顔をのぞきこんだ。

「俺ひとりじゃすまないといった筈だ。絶対に手は引かない」

「しかし――」

「俺には、良しか身寄りがいなかった。殺されても誰も気にしない。あんたが責任を感じるのはしかたがないだろう。フェリーの上で声をかけたのがまちがいだったんだ」

将は告げた。菅下は将の目を見た。

「危険を冒して君がこれだけ動いても、加納に関する情報が一切入ってこないのはなぜなんだ？」

「皆、俺を良だと思っているからさ。つまり良を殺った奴は、まだ俺の前に現われていない」

「そんなことがあるだろうか。君は支部長に会い、北島会の海老名とも話した」

将は首をふった。

「『クィー』の人間とは会ってない。良を消したのは『クィー』だと俺は思う。小関を殺った、容赦のなさから考えても『クィー』にちがいない」

「つまり君が『クィー』の人間と会えば、ただではすまないということだ」

「お互いに、だ」

「いった筈だ。敵討ちのために君を選んだのではない」

「敵討ちだって？　立派な正当防衛だろう。『クィー』が俺を消そうとするなら」

「無謀だ。相手の正体も数もわかっていないのだぞ」

「もちろんつきとめたらあんたに知らせる。それとも東京じゃ、俺に加勢できないか？」

「そんなわけはない！」

菅下は憤然としていった。

「君ひとりに押しつけるような真似など、決してしない」

「心強いね」

皮肉をこめていった。菅下はくやしげに将をにらんだ。が、何もいわなかった。

携帯が鳴った。ショートメールが届いたのだった。

〈小関が接触したベトナム人のことがわかった。ブーという男だ。今は横浜の「雄和園」という中国料理店にいる。大陸系のマフィアがからんでいる店だ。北島会を離れて、中国マフィアとつるんだらしい。ブーの口を割れ〉

海老名からだ。将は画面を菅下に見せた。

「横浜の『雄和園』だな」

菅下は携帯をとりだした。

「どこに連絡する?」

「『雄和園』に関する情報をとる。横浜にはマトリの支部がある」

「駄目だ。スパイに情報が伝わる」

「横浜は別だ」

将は菅下の手を押さえた。

「どこにも知らせるんじゃない。ブーには俺ひとりで会う」

「無茶だ」

「答をださなけりゃ、生きのびられない」

将は菅下の目を見つめた。菅下は将の目を見返していたが、息を吐いた。

「確かに君のいう通りだ」

将は携帯のアプリで横浜の「雄和園」を検索した。横浜中華街という町にある。

将はマイを手招きした。

「はい」

「横浜中華街を知ってるか?」

マイは頷いた。

「中国レストランがたくさんあります。とても有名な観光スポットです」

「マイもいったことがある?」

「はい。ここのコックとおいしい小籠包食べに、何回かいきました」

「『雄和園』という店を知っているかい?」

「知りません」

「ブーというベトナム人が働いているらしい」

「ブーは、ベトナム人に多い名前です」

「君にも知り合いがいる?」

「わたしはいません」

将は思いついた。

「グエンに訊いてみよう」

教わったグエンの携帯を呼びだした。

「グエンです」

「ニシダだ。ブーというベトナム人を知らないか？」

「ブー、何と？」

「ブーだけしかわからない」

「ブーという人は多い。『クィー』のメンバーなのですか」

「メンバーを知っている可能性はある」

菅下が不安げに見ている。

「横浜中華街のレストランで働いているらしい。会いにいこうと思っている」

「私も同行していいでしょうか。ベトナム人がいっしょにいたほうが便利です」

確かにその通りだ。

「了解した」

「いついきますか？　今夜？」

「いきかたがわからない」

「大丈夫。ドゥを迎えにやります。ドゥは私の運転手です」

グエンが連れていた二人を思いだした。ドゥとファンといった。ファンはナイフ使いだ。

「そうですね。二時間後ではいかがです？」

四時過ぎだ。

「わかった。アパートにいる」

将は四谷の住所を告げた。

「近くまでいって、連絡します」

告げてグエンは電話を切った。

「グエンといっしょにいくのか」

菅下が訊ねた。

「そうだ。ベトナム人がいっしょのほうが便利だ。それにマトリより信用できる」

菅下は苦い表情になった。

「わかったことは知らせてほしい」

「知らせてもいいが、誰にも話すな。あんたが信用できると思っている相手にもだ」

菅下をにらみ、将はいった。

「わかった」

将はマイを見た。

「シゲルのこと、何かわかりますか」

マイが訊ねた。

「俺もそれを願っている」

将は答えた。

25

アパートで大仏が待ち伏せていた。玄関の前で腕組みし、すわりこんでいる。

「おいおい、そんなところにいたら、俺のストーカーだと思われるぞ」

「ふざけるな！　お前、警視庁をナメてるのか」

大仏はいきなり将の襟首をつかんだ。将より背が低いのに、そのままもち上げる。馬鹿力だ。爪先立ちになった将はいった。

「ナメてなんかいない。手を離せ」

将は大仏の腕をつかんだ。びくともしない。

「苦しいって」

「オトす」

大仏の顔はまっ赤だった。

「ああいうしかなかったんだ、連れがいたんで」

「連れ？」

大仏は手をゆるめた。

「マイだよ。海老名は、いうことを聞かなけりゃ、俺だけじゃなくマイも痛めつけると威しやがった。それをマイの前でいうわけにいかないだろう」

「本当か」

「本当だ。俺が呼びだされたのも『ダナン』の前だ。こなけりゃマイにけじめをとらせるといってな」

「あの野郎、女を人質にとるなんて最低だな」

大仏は手を離した。

「赤坂から俺を、小関の死体が発見された河原の近くに連れていった」

「よく無事に帰ってこられたな」

将は大仏を部屋に入れ、海老名との話を聞かせた。

「支部長を奴が消す、と?」

「ああ。ただし俺が先に小関を殺った奴を殺さなけりゃならない」

「誰だかわかっているのか」

「いいや。だが手がかりはある。小関が情報を得ようとしたベトナム人だ。ブーという男だ」

「ブー……。知らない」

「今は横浜で中国マフィアとつるんでいるという話だ」

「横浜だと」

大仏は舌打ちした。

「管轄ちがいだ」

「心配するな。俺が情報をとったら、教えてやるよ」

「いや、オレもいく。お前ひとりじゃ危ない」

「心配してくれてありがたいが、あんたといっしょじゃ北島会に俺の正体がバレるかもしれん」

「心配なんかしてない。ブーを逃がすのじゃないかと思ってるんだ」

「ひどいな」

「オレの知ってる麻薬Gメンは軟弱な奴が多い」

俺は麻薬Gメンじゃないといってやりたいのを将はこらえた。

「いくのは俺ひとりじゃない。ベトナム人の味方もいっしょだ」

将がいうと大仏は眉をひそめた。

「ベトナム人の味方？」

「ベトナム陸軍情報部の将校だ。マイの兄さんだよ」

「『クィー』の情報を欲しがっていた男だな。兄さんだったのか」

将は頷いた。

「そうだ。ブーのことを訊ねたら、自分も横浜までいく、といってくれた」

「信用できるのだろうな」

「わからない。が、信用するしかないだろう」

「グエンはお前の正体を知っているのか」

「マイが話していなければ、知らない筈だ」

あるいはメイソンから聞いているかもしれない。

大仏は考えこんだ。

「ここは俺とグエンに任せてくれ。必ず『クィー』の情報をつかんでくる」

将はいった。

「いや、駄目だ。オレもいっしょに横浜にいく」

大仏は首をふった。

「いいか、ブーが横浜にいると教えたのは海老名だ――」

「横浜のどこだ？」

大仏は将の言葉をさえぎって訊ねた。

「いうわけないだろう。教えたからには、海老名は手下にそこを見張らせているかもしれん。そこへあんたが現われたら、俺の正体がバレる。俺が狙われるのはしかたない。が、マイが襲われたらどうするんだ。海老名はマイを最低最悪の売春屋で働かせてやるといった。それも俺を殺してからだ。そうなったら、あんたのせいだぞ」

「威しに決まっている」

「あんたにはそうとしか聞こえないだろう。だが、マイには恐い思いをこれっぽっちもさせたくない」

「そんなに惚れているのか」

「惚れているとかいないという問題じゃない。マイは捜査とは関係ないんだ」

将はいって大仏の目を見つめた。大仏は、マイを将の恋人だと思っている。

大仏は深々と息を吸いこんだ。

「いいだろう。そこまでいうなら、お前の自由にさせてやる。そのかわり必ず『クィー』の手がかりをつかんでこいよ」

「わかってる」

将の携帯が鳴った。グエンからだった。表通りに止めた車で待っている、といった。

「グエンが迎えにきた。車で横浜にいく」

将は告げた。

「くそ、いってこい」

大仏はそっぽを向いた。

グエンは、目立たないシルバーのセダンに乗っていた。運転席にドゥが、助手席にナイフ使いのファンがいる。

将はセダンの後部にグエンと並んですわった。三人のベトナム人は、いずれもスーツ姿だ。

グエンがベトナム語で命じ、セダンは発進した。

「レストランの名はわかっていますか」

「雄和園というらしい」

「ユーワエン」

将は地図アプリで調べた雄和園の地図を見せた。

「ここだ」

グエンは雄和園の電話番号を検索し、ドゥに教えた。ドゥがカーナビに打ちこむ。

セダンは六本木の方角に向け、走りだした。

「あれから、ブーというベトナム人について情報を集めました。ひとり、怪しい男がいました。日本の暴力団と仕事をしていた」

「どんな仕事をしていたんだ？」

「ブランド品のコピーです。スポーツシューズやバッグのコピーをベトナムから日本に運んで、それを暴力団が売っていました」

「その暴力団は北島会か」

「ホクトウカイ？　そこまではわかりません。どうしてですか」

「北島会に小関というやくざがいた。『クィー』とコネをつけたくて、俺をつけ回していた。小関は、

『クィー』が今のように成長したのは、日本の警官と組んだからだといった。そこで俺は、その警官の正体をつきとめたら、『クィー』が北島会とビジネスをするよう説得してやるといった――」

グエンは怪訝そうな表情になった。

「わかってる。今俺がいる組織は『クィー』からブツを仕入れている。つまり俺がしようとしているのは、組織への裏切りだ。だが、俺は小関となら組んでもいいと思った。今よりうまくいきそうな気がしたんだ」

グエンは首をふった。愚かなことを、という表情を浮かべている。芝居だった、といいたいのを将はこらえた。マイはまだ将や良の正体を、グエンには告げていないようだ。偽者の自分と交わした約束を守ってくれている。

「小関の話では、『クィー』と警官が組んだことを奴に教えたのが、ブーだったらしい。だから小関は、警官の正体をブーから訊きだすといった。だが、殺されてしまった」

グエンの顔は真剣になった。

「殺された？　そのコセキという人がですか？」

「そうだ。刺し殺され、多摩川の河原で見つかったんだ。誰が殺ったかはわからないが、ブーなら何か知っている筈だ」

グエンは黙りこんだ。セダンが高速道路に入った。やがてグエンが訊ねた。

「あなたにブーのことを教えたのは、そのコセキですか？」

「いや、小関の上にいる海老名という男だ。海老名は、誰が小関を殺したのかつきとめろと俺にいった」

「つきとめたら復讐するのですね」

「たぶんな」

交換殺人の話まではする気になれず、将は答えた。

「あなたの聞いたブーと、私がいったブーはたぶん同じ人物。ブーにはベトナム本国で逮捕命令がでています」

「つかまえたらベトナムに送り返すのか？」

「それをするのは、日本の警察の仕事です。日本では、私たちは何もできません」

「だが実際は、こうやって動いている」

「私たちの仕事は、情報を集めることです。それをベトナムで役立てます」

「あんたは『クィー』のことをずっと調べているのか」

グエンは将を見た。

「そうだったら、どうします？『クィー』に知らせる？　私のことも殺しますか？」

「俺は『クィー』じゃない」

「でも『クィー』とビジネスをしている」

「それは俺のボスだ。俺は何も教えてもらってない」

「あなたは不思議です。悪いことをしているのに、悪い人に見えない。マイがあなたのことを大切に思っているのも、不思議です。マイは、とてもマジメ。悪い人間が大嫌いなのに、あなたを嫌わない」

将は息を吐いた。

「俺の話をマイとしなかったのか」

「初めてあなたの話を聞いたとき、私は怒りました。悪い人間に決まっている。つきあってはいけない、と。マイが今度は怒りました。何でも命令するな、と。私とマイは、あなたのことでいい合いました。妹でも、大人なのだから、自由にしたいとマイはいった。その通りなのですが、私は心配でした。そこであなたと会った。会ってわかりました。ドラッグ中毒の人間を、私は何人も見てきた。彼らは心のシンが腐っている」

シンが「芯」であると、一拍おいて将は気づいた。

「心の芯が腐った人間は、人を大切にできません。あなたはドラッグをやっていない」

将は頷いた。

「やってない」

「ドラッグビジネスをしているのにドラッグをやっていないのは珍しいです」

「好きじゃないんだ」

「だから、私、『クィー』のことをあなたから聞こうと思いました」

将はグエンを見返した。

「俺もあんたのことをメイソンに確かめた」

グエンは微笑んだ。

「やはりあなたは、私が考えた通りの人でした。マイはまちがっていなかった」

「そうなんだがそうじゃない」

我慢できず、将はいった。

「どういう意味ですか？」

「その話はあとでする」

「中華街」と書かれたアーチが前方に見え、将は答えた。

26

セダンを駐車場に止め、四人は徒歩で「雄和園」に向かった。表通りではなく、裏の小さな店が集まった一画に「雄和園」はあった。

建物は古く、内部は薄暗い。周囲の他の店に比べても、繁盛しているようには見えなかった。看板の明りも消えている。

「準備中」の札が入口の扉にはかかっていた。

午後五時を過ぎ、他の店は開店しているのに妙だ。

「まず俺がいく。あんたたちは待っててくれ」

将は告げ、「雄和園」の入口の扉を引いた。鍵はかかっていない。

「こんちは」

円卓の並んだ、暗い店内に足を踏み入れ、将は声をかけた。明りは消え、人の気配もない。

「こんちは！」

大きな声をだした。すると奥から白いワイシャツに蝶タイをしめた男がでてきた。痩せて、頬に傷があり、見るからに剣呑な顔つきだ。

「店、まだ開いてない」

ぶっきら棒にいう。

「人を訪ねてきたんです」

「誰？」

「ブーさん」

「ブー？」

男は首をふった。

「いない」

「いないというのは今はいないってこと？　それとももともと――」

「いいから帰る！」

男はいって、手をつきだした。将の胸を押そうとする。

「待てよ、人が訊いてるんだ。答えろよ」

男は将をにらみつけた。

「ここ中国人オンリーの店。日本人は怪我するね」

将は店の奥をうかがった。他にも人はいるかもしれないが、でてくるようすはない。

「怪我するって、どういう意味だ？」

「わからないか。あなたが怪我するということよ」

将は男の目を見返した。

「威してるのか、俺を」

男の拳が素早くつきだされた。が、将は予期していた。アメリカに渡った直後、サンフランシスコで中国系のチンピラと何度も殴り合いをした。連中は功夫《カンフー》の道場に通い、ブルース・リーになった気でいた。ブルース・リーを真似る奴には必ず同じ特徴がある。

ボクサーのように足をステップさせるのだ。本来の功夫にはそういう動きはない。この男も、威し文句を口にしながら、小刻みに体重を左右の足に移していた。

つきだされた拳を左手の甲で払いのけた。腰を落としくりだす空手の突きとちがい、功夫の突きにはさほど体重がのっていない。

男の顔に驚きが浮かんだ。まさか払いのけられるとは思っていなかったようだ。

将は男との間合いを詰めた。功夫で最も危険なのは蹴りだ。体が軟らかい功夫の使い手は、鞭《むち》のように体をしならせ、高速で足を飛ばしてくる。それを首や頭にくらうと動けなくなる。蹴りを防ぐ一番の方法は、足を振る空間を与えないことだ。

案の定、男は蹴りをくりだそうとしてできず、たたらを踏んだ。将は男の襟首を両手でつかみ、絞め上げた。

男が目をみひらいた。もちあげはしない。もちあげると、足を動かしやすくなる。かわりに引きつけ、顔面に頭突きを見舞った。

中国系のチンピラとさんざんやり合い、身につけた〝必殺技〟だった。顔への頭突きは、それほど強くなくても相手の戦意を喪失させる。一瞬、目の前が白くなる上に鼻血がでる。自分の血を見ると、たいていのアジア人は恐怖を感じる。

逆なのが黒人だ。出血させると逆上し、「殺してやる」と飛びかかってくる奴が多かった。

頭突きを見舞うと同時に手を離した。男は反動で床に尻もちをついた。

目を丸くして将を見上げる。それほど強くはなかったので鼻血はでていない。だが鼻が痺《しび》れているのだろう。手で顔を押さえた。

「ブーをだせ」

将はいって足を一歩踏みだした。男は尻もちをついたまま後退った。目に怯《おび》えがある。

店の奥をふりかえり、中国語を叫んだ。

二人の男が飛びでてきた。が、尻もちをついている仲間を見て、立ち止まった。

「――――」

尻もちをついた男は仲間に中国語でまくしたて

た。

「勘ちがいするな。俺は殴りこみにきたわけじゃない。ただ人を捜しているだけだ」

将はいって、壁ぎわに並んでいる紹興酒の壜を手にとった。空壜だった。だがその動きで二人は後退した。

「ブーだ。ベトナム人のブー。ここにいるだろう」

「いない。ブー、いない」

二人のうちのひとりがいった。

「それもさっき聞いた。今いないのか」

男は頷いた。

「じゃ、どこにいる？　知らないなんていうな」

将は紹興酒の空壜をふりかぶった。

「休憩。休憩でいない。戻ってくる」

男が泡をくったようにいった。

「そうか。なら、待たせてもらう」

将はいって手近の椅子を引きよせた。尻もちをついていた男が立ちあがり、男たちは顔を見合わせた。

「ブーに何の用？」

と訊ねた。

「話をしたいだけだ。あ、ああ、それはなしだ」

二人の片方が携帯をとりだしたので、将は指でさし、いった。

「どうして？　ブー呼びます」

男は訊ねた。

「自分を捜しに人がきているとわかれば、ブーは戻ってこない。いっておくが俺は警察じゃない。ブーをつかまえる気はない。話をしたいだけだ」

「嘘だ！」

「信じないのはそっちの自由だ。ブーと話したら俺は帰る。この店に迷惑をかける気はない」

テーブルの中央に空壜を立て、将はいった。

男はほっとしたような表情になった。が、店の扉を押して入ってきたグエンたちの姿を見て、また険しくなった。

「大丈夫ですか。遅いので見にきました」

グエンが訊ねた。将は頷いた。

「大丈夫だ。ブーは今、でかけているらしい。じき戻ってくるそうだから、待たせてもらう」

「わかりました」

グエンはドゥとファンに小声で何ごとかを指示した。二人は店をでていった。

グエンは将の向かいに腰をおろした。

「こんな時間に休憩とは、のんびりした店だな」

将は男たちにいった。蝶タイの男が答えた。

「うちは中国人のお客様の予約専門。今日は予約ない」

「なるほどね。ブーはいつ帰ってくるんだ?」

「休憩五時まで。でもブーはいつも遅い。スロットやってるね」

別の男が吐きだすようにいった。五時を十分ほど過ぎている。

「いつからブーはここで働いていますか」

グエンが訊ねた。男たちは顔を見合わせ、

「先月」

と蝶タイの男が答えた。

「社長が連れてきた。香港の店のマネージャーにするといった。でも仕事、ぜんぜんしない」

「それじゃマネージャーにできないな。それとも社長は香港でブーに別の仕事をやらせるつもりなのか」

将はいった。中国人は答えなかった。

「どうやら図星のようだな」

そのとき店の扉を押して、色の黒い小太りの男が入ってきた。将とグエンを見て立ち止まる。

グエンがベトナム語で話しかけた。男の顔がこわばった。くるりと踵を返し、店をでていこうとした。

が、できなかった。ドゥが立ち塞がったのだ。ドゥとファンは店の外に隠れて見張っていたようだ。

三人の中国人がいっせいにわめきだした。ブーを罵っているようだ。

「うるさい!」

将は怒鳴った。中国人はそれでも黙らなかった。ブーを指さし、口ぐちに何かをいいたてている。

ブー本人は目をみひらきグエンを見つめていた。

「この店をでよう!」

将はグエンにいい、ブーの襟首をつかんだ。

「雄和園」の外にひっぱりだす。

中国人は店の外までは追ってこなかった。

「ブーさんだな」

将はブーの顔をのぞきこんだ。ブーは怯えた表情で、

「わたし、日本語できない」

と首をふった。

「とぼけるな」

「本当、本当」

グエンがベトナム語で話しかけ、上着から身分証のようなカードをだして見せた。ブーは観念したように肩を落とし、頷いた。

「わかりました。私がブーです」

「北島会の小関は知り合いだろ」

将はいった。

「コセキさん、ずっと会ってません」

「とぼけるな。最近、小関と話した筈だ」

「あなた、誰ですか。警察?」

ブーは将を見つめた。

「私をつかまえますか。つかまえるなら、つかまえて下さい」

両手をさしだす真似をした。

「警察じゃない」

「じゃあ何です?」

「小関が殺されたのは知ってるな」

ブーはとびだしそうなほど目をみひらいた。

「なに? 何ですって?」

「小関が殺されたんだよ!」

「西田さん――」

グエンにいわれて気づいた。中華街の狭い路地で、人目を惹いている。通行人や呼びこみの店員が何ごとかと、将やブーを見つめていた。

「くそ。戻ろう」

将はいって、ブーの腕をつかみ「雄和園」の扉を押した。

すわっていた三人の中国人が立ちあがった。再びわめきだす前に将はいった。

「話をするだけだ。お前らは奥にひっこんでいろ！　話がすめば、俺たちはでていく」

「それ、おかしいね。ここは私たちの店よ」

蝶タイの男がいった。

「あなた使うなら、お金払いなさい」

「金？」

将は思わず訊き返した。男は頷いた。

「じゃあ、これでどうだ」

財布から一万円をだし、テーブルに叩きつけた。

男は一万円札と将の顔を見比べていたが、

「一時間だけ。もっといるなら、もっとお金払う」

いって一万円札をとり、仲間をうながして奥にひっこんだ。

「どこにも連絡するなよ！」

その背中に将は怒鳴った。男は背中を向けたまま片手をあげた。

「さて——」

将はいって、椅子をひきよせ、ブーをすわらせた。ブーは硬直している。

「もう一度、初めからだ。小関と最後に話したのはいつだ？　嘘をついたらどうなるかわかるな」

「あなた、ホクトウカイの人ですか」

将は首をふった。

「俺はちがう。だが、あんたが正直に話してくれなかったら、北島会に引き渡す。海老名という名を聞いたことはあるか」

「エビナさん。知ってます。やめて。エビナさんに会いたくないです」

「わかるよ。海老名は小関を殺され、頭にきている。あんたのことを俺に教えたのは海老名だ。つまり、あんたが小関を殺したのじゃないかと疑っている」

ブーは激しく首をふった。

「ちがう！　私ちがう！」

「じゃあ誰が小関を殺った？」

「知らない！　本当です」

「――――」

グエンがベトナム語で何かをいった。ブーは甲高い声でいい返した。

「俺の質問に答えろ」

将はいった。

「あんたは小関にある人間のことを訊かれた筈だ。その人間は、警察官だ」

ブーは血の気のない顔を将に向けた。

「許して下さい。その話をしたら、私も殺されます」

「しなくても生きちゃいられない。海老名を呼ぶからな。海老名にも許してくれと頼むか？　許してくれると思うか」

将はいって携帯をとりだした。ブーが将の腕を押さえた。

「待って！　待って下さい」

将はブーを見つめた。ブーはもう片方の手で口もとをおおった。目をきょろきょろと動かしている。

「嘘はなしだ」

将はいった。

「もし嘘をついたとわかったら、たとえベトナムに強制送還されても北島会はお前を追いかけるぞ」

「――さんです」

おおった手の中でブーがいった。

「聞こえない。何といったんだ？」

「ノムラさんです」

「野村？　野村何というんだ？」

ブーは首をふった。

「知りません。本当です。警察のノムラさん」

福原じゃないのか、と訊き返したいのをこらえた。

「どこの警察だ?」

「昔は、アザブショでした。今は、知りません」

「アザブショ?」

「はい。ロッポンギの警察署です」

将は携帯で検索した。麻布警察署のことらしい。

「麻布署の刑事で野村というのだな」

「それ、昔です。今は、ちがいます」

「じゃあ今はどこなんだ!?」

「わかりません。辞めたかもしれない」

「クビになったってことか」

「ちがいます。事故にあって怪我をしました」

「どんな事故だ」

「車の事故。歩けなくなった」

「――――」

グエンがベトナム語で質問した。「ノムラ」と「クィー」という言葉が混じっている。

ブーは頷いた。

「ノムラが『クィー』の仲間なのかを訊きました。仲間だといっています」

グエンがいった。

「その野村が『クィー』の仲間になったのは事故の前か後か?」

将は訊ねた。

「あとです。事故で病院にいるときに、ゴーさんと知り合った」

「ゴー? ベトナム人か?」

将はグエンを見た。グエンの表情がかわった。心当たりがあるようだ。ベトナム語で矢継ぎ早に質問を浴びせる。ブーは頷いたり首をふったりして、質問に答えた。

「知ってるのか、ゴーを?」

将はグエンに訊ねた。グエンは首を傾げた。

「私が知っているゴーは、年寄りです。ずいぶん前に日本にきて、成功して金持になり、もう死にました」

「年寄り？」

「はい。ゴーは南ベトナム政府の役人でした。南ベトナム政府はもうありません。一九七五年、アメリカがサイゴンから逃げだして消えました」

「一九七五年、四月三十日だな」

将は思わずいった。牛乳パックの底に記されていた。

「そうです。ゴーはその日、サイゴンから香港に逃げ、そのあと日本にやってきました。日本でビジネスを始めた、ベトナム人の最初のひとりです」

「ゴーが死んだのはいつだ？」

「去年です。九十二歳でした」

将は計算した。サイゴン陥落のときは四十八歳だ。

将はブーを見た。

「ゴーの話は誰から聞いた？」

「日本にいるベトナム人なら、たいていゴーさんのことは知っています。困ったら相談にいけ、といわれる」

ブーはいった。将はグエンにいった。

「在日ベトナム人のボスってことか」

グエンは頷いた。

「ゴーは、日本でビジネスを始めるベトナム人にお金を貸していました。それがどんなビジネスでも、ベトナム人ならオッケーだと聞いたことがあります」

「ゴーが『クィー』のボスなのか」

グエンは首をふった。

「それはおかしいです。ゴーは日本でも大金持でした。ドラッグビジネスをする必要はない」

「じゃあどういうことだ？　ゴーが野村を『クィー』の人間に紹介したのか」

ブーが頷いた。

「『クィー』の誰とひき合わせたんだ？」

ブーは将とグエンを見比べた。唇をなめ、目だけを動かしている。

「答えろ！」

将は声を大きくした。

「――ディエム」

ブーが小声でいった。

「ディエム？　ディエム何というんだ」

「ディエムしか知りません」

「女性です」

グエンが驚いたようにいった。

「女性？」

「ディエムは女の名前です」

「そうなのか？」

将の問いにブーは頷いた。ベトナム語でグエンにまくしたてた。グエンが質問し、それに答える。

グエンは首をふった。

「どういうことだ？　何を話した」

将はグエンを見つめた。

「ディエムは、このブーと同じ村の出身なのだそうです。それで、ブーは日本にきたとき、ディエムを訪ねていった。だがディエムはとても厳しくて、ブーを自分の会社から追いだした」

「ディエム、ケチ、お金にうるさい」

ブーが吐きだすようにいった。

「ディエムは、長いあいだゴーの愛人だったそうです。ゴーはディエムを自分のもっている会社の社長にしたけど、ディエムはもっと金が欲しくて密輸ビジネスを始めた。ゴーはディエムを心配して、病院で知り合ったノムラを紹介したと、ブーはいっています。ノムラのおかげで、ディエムの密輸ビジネスは大成功した」

「いったいディエムってのはいくつなんだ？」

将は訊ねた。

「六十歳」

ブーが答えた。

「ディエムとノムラが知り合ったのはいつ頃だ？」

ブーは指を折り、口の中でぶつぶつと数えていたが、

「四年前です」

と答えた。

「そのときもまだゴーの愛人だったのか」

「ゴーさんはビジネスから引退してた。でもディエムは、だからディエムともさよならしたい。お金もっと欲しいといった。あなたと別れるなら、お金がいる、と」

「詳しいじゃないか」

「私は、そのときディエムの運転手でした。でもクビになった。それで、コセキさんのところで働くようになった。ディエムの会社、初めはコセキさんにも商品を売っていました。だからコセキさんと知り合った」

「何の商品だ?」

「ベトナムで作っているハンドバッグ、靴、時計、皆、ブランドコピー」


将はグエンと顔を見合わせた。

「野村と知り合ったとき、ゴーはなぜ入院していたんだ?」

「ディエムの家でころんで足の骨折った。年をとっているから、簡単に骨が折れる。私がゴーさんを病院まで連れていった」

ブーは答えた。

「その病院に野村が入院していたのか」

「そうです。犯人を追いかけていたとき、乗っていた車が事故にあった。両足が潰れて入院していました」

「それで歩けなくなった?」

ブーは頷いた。

「ゴーさん、日本語とてもうまい。ノムラさんと病院で仲よくなり、もし警察を辞めるなら、ディエムの仕事を手伝ってやってほしいと頼みました。『クィー』という名前をつけたのはゴーさん。ボスが女だとなめられる。だから恐そうな名をつけたほうが

いいといって。でも、ディエムは恐い。本当にクィーのような女です。ゴーさんが死んでから、ますます恐くなった。ディエムとノムラさん、いっしょに仕事するようになって、『クィー』もどんどん大きくなった」

「その話を小関にしたんだな」

ブーは頷いた。

「前にちょっとだけコセキさんに話しました。コセキさん、それを覚えていました。ノムラさんのことを教えろといわれて、電話で名前を教えました」

グエンが将を見た。

「その、ノムラという人を知っていますか」

「いや、初めて聞く名だ」

「クィー」と組んでいる警察官は福原ではなかったのか。ちがうならなぜ、福原は四谷のアパートを見張らせていたのだ。

将はブーに訊ねた。

「野村の連絡先を知っているか?」

ブーは首をふった。

「知りません。でもコセキさん、すぐわかるといっていました。事故で歩けなくなった警官のノムラで調べられる」

そうかもしれない。そして野村に連絡をとろうとした結果、小関は殺された。

「小関を殺したのは野村か、それともディエムか」

「わからないです。私、日本にいられない。ホクトウカイは守ってくれますか。私、コセキさんにいろいろ訊かれて教えた」

グエンがベトナム語で質問をした。ブーはあきらめたように答えた。

「『クィー』には何人くらいメンバーがいるのかを訊きました。三十人近くいるそうです。以前は四、五人だったのに」

「そんなにいるのか!?」

「ゴーさんが死んで、ディエムを止める人いない」

将の言葉に、ブーはいった。

「ディエムについて知ってるか？」

将はグエンを見た。グエンは首をふった。

「大金持だったゴーは何人も愛人がいました。ベトナム人だけでなく、日本人や中国人もいたと聞いています」

「一時間、たった」

蝶タイの中国人が現われ、いった。

「どうする？　もっとお金を払うか」

将はグエンと顔を見合わせた。本当なら〝証人〟であるブーをどこかにかくまうべきなのだろうが、方法も場所も思い浮かばなかった。

「もう十分だ」

将はいった。

27

帰りの車の中で、グエンはあちこちに電話をかけていた。ディエムに関する情報を集めているようだ。

東京まで戻ってきたタイミングで、将はグエンに訊ねた。

「何かわかったか？」

「はっきりとは何もわかりません。ゴーには何人も愛人がいましたが、彼の死後、彼女たちがどうしているのか調べています」

グエンは答えた。そして将を見つめた。

「ノムラという警官について調べられますか？」

「俺は無理だが、できそうな奴は知っている」

「お願いします」

「六本木で降ろしてくれ」

将はいった。バー「ヤドリギ」にいき、宮崎と話をしたい。

「六本木ですか」

「別の件で人と会う」

「六本木のどこですか」

「ミッドタウンの近くがいい」

「わかりました」

見覚えのある交差点でドゥが車を止めた。将は礼をいい、ドアを開いた。

「何かわかったら連絡をします」

「俺もする。今日は助かった」

将がいうとグエンは頷いた。

「ニシダさんも気をつけて下さい。『クィー』には危険な人間がいます。あなたに何かあったら、マイが悲しみます」

「その件だが――」

あとで話すといって、そのままになっていた。将は息を吐いた。

「次に会ったときに話す」

グエンは首を傾げた。それ以上は何もいわず、将は車を降りた。

「ヤドリギ」はもう開いていた。扉を押した将は足を止めた。カウンターにヒデトがいた。カレーを食べている。

「ヒデト」

「西田さん！　すいません。ここのカレーがまた食べたくて、勝手にきちゃいました」

そういえば「ヤドリギ」の外に、自転車があった。ヒデトの自転車だ。

宮崎はにこにこしている。

「ありがたいお話です」

「俺、ほら、酒はあんまり飲めないすけど、カレーなら何杯でもいけるんで」

「一杯めじゃないのか」

「大盛りの二杯めです」

宮崎が答えた。が、カレーの匂いを嗅いだとたん、自分も腹が減っていることに将は気づいた。

「俺も、じゃあ大盛りをもらおうか」

「承知しました。飲み物はどうされます？」

「ビールを」

ビールのグラスを将の前におき、宮崎は奥のキッチンに引っこんだ。

「その後、ペニーとはどうだ？」

ヒデトに訊ねた。

「ラインのやりとりはしてます。いい感じです」

嬉しそうにヒデトは答えた。

「そうだ。今度、この店に彼女を連れてきてもいいいですか？」

「かまわない」

答えて、将は思いついた。

「ディエムというベトナム人の女を知らないか。六十くらいの」

ヒデトは首を傾げた。

「六十くらいの女、すか」

「そうだ。『クィー』のボスらしい」

「西田さん、まだ『クィー』のこと、追っかけてるんですか。もうやめたほうがいいっすよ。ここだけの話、マトリが動いてるって情報があるんです」

ヒデトは声をひそめていった。

「それは俺も支部長から聞いた。そういえば、『クィー』のバックにいるって警官だが、野村って名じゃなかったか？」

ヒデトは首をふった。

「名前までは知らないっす。『オアハカ　トーキョー』で、ダンに会えなかったんですか？」

「会えなかった」

ヒデトはほっとしたような表情になった。

「よかったっす。よけいなことを教えちゃったのじゃないかって、俺、心配してたんすよ。西田さんがダンに会って、いろいろ訊いたらヤバいかもしんないじゃないですか」

「お前から聞いたとはいわない」

「俺のことじゃないっす。別に俺はいいんですよ。どうせクズみたいな人間なんで」

ヒデトがいったので、思わず、

「そんなことはない！」

将は声を荒らげた。

「お前は立派じゃないか。弟の面倒をみてる」

「みてるったって、しょせんプッシャーですよ。ドラッグのプッシャーなんて、最低の仕事です」

「そんなことをいったら、プッシャーの用心棒をやっている俺はどうなる」

「だから西田さんは上をめざしているんでしょう。俺にはそんな度胸も腕もないっすよ。チャリ転がして、客にドラッグ届けるしか能がない」

将は息を吸いこんだ。

「だったらプッシャーなんてやめろ」

「やめて、何するんですか」

「何でもいい。カタギの仕事をしろよ。それじゃ弟の面倒をみられないというなら、俺も手助けする」

ヒデトは目を丸くした。

「西田さん、そんな――」

はっと息を呑んだ。

「まさかマトリって西田さんなんですか」

「マトリじゃないが、協力している」

「マジすか!?」

「北島会の小関を知ってるな」

「もちろんです。追いかけ回されました」

「殺された」

ヒデトはまじまじと将を見た。

「殺された……。なんで、です？」

「小関は、安くてモノのいいブツを仕入れているうちをうらやみ、『クィー』とコネをつけたいと考えていた。そこで『クィー』と組んでいる日本人の警官のことを調べてみろと俺がそそのかしたんだ。その話を、奴は以前使っていたベトナム人から聞いたことがあった。それが野村という警官だ」

「西田さん、ヤバいっすよ！」

ヒデトは泣きそうな顔になった。

「西田さんがそそのかしたことを小関は喋ってるかもしれないじゃないですか。そしたら次に狙われるのは西田さんすよ！」

「わかってる。だが逃げだすわけにはいかないんだ」

「どうしてです!?」

「小関の上にいた海老名というやくざに呼びだされた。小関を殺った犯人を見つけなかったら、マイをひどい目にあわせると威された」

「マイさんを——？」

　将は頷いた。ヒデトは急におろおろしだした。

「いや、じゃあ、マイさん連れて逃げるとか、何とかしないとマズくないっすか」

「逃げて片づく問題じゃない。『クィー』の正体を暴かない限り、両方から俺は追われつづけることになる」

「でもマイさんは西田さんの彼女でしょう。いっしょに逃げようっていえば——」

　将は首をふった。

「ちがうんだ」

「ちがうって何がちがうんですか。彼女じゃないんですか」

「マイとつきあっていたのは俺じゃない。俺の双子の兄弟なんだ。マトリはそいつだった」

　ヒデトは絶句した。大きく目をみひらき、将を見つめる。

「ふ、双子？」

　将は良と自分の話をした。里親とうまくいかず、家をとびだしアメリカに渡り、逮捕を逃れるために陸軍に入隊したこと。二十年ぶりに日本に帰ってきたら、麻薬取締官になっていた双子の兄が行方不明で、消息を知るために化けていたのだと説明した。

「だから青山霊園でお前を助けたのは、俺の双子の兄弟なんだ。それ以降、奴がどうなったのか、誰もわからない」

　ヒデトは泣き笑いのような顔になった。

「嘘でしょ！　そんな話、信じられるわけないじゃないっすか」

「本当です」

　カレーの皿を運んできた宮崎がいった。

「もともとうちの常連だったのは良さんといって、

この方の双子の兄弟です。良さんに双子の弟がいるのを、私は聞いていました。良さんは、東京で西田というやくざに化けていると、私には話して下さっていました。ここでは本当の自分に戻りたいからと」

ヒデトは口をぱくぱくさせた。

「一度にいろいろ聞かされて混乱しているかもしれないが、俺は良がどうなったのかを知りたい。そのために良のフリをして、お前や支部長に近づいたんだ。だが、お前にこれ以上嘘をつくのが嫌になった。お前はいい奴だ。プッシャーなんかやめて、マトモになれ」

「簡単にいわないで下さいよ！」

ヒデトは怒ったように答えた。

「本物の良さんも、あなたのことは心配していました。自分の正体を明して、何とかしようと思っていたようです」

宮崎がいうと、ヒデトの顔はまっ赤になった。

「何とかって、何ですか。スパイになれってことですか。そんなの、プッシャー以下じゃないですか。勘弁して下さいよ！」

「落ちつけ！　このままいったら、お前は必ずつかまる。そうなっても支部長や『クィー』は逃げだすかもしれん。プッシャーなんて使い捨てだ」

「わかってますよ！　いわれなくたってそんなことは」

「ヒデト！」

「気安く呼ばないで下さい。俺はあんたを、あんただか兄さんだか知らないが、尊敬してたんですよ。強いし、度胸があるって。でも嘘吐きじゃないですか」

「じゃあ訊くが、ドラッグを売るのは許されるのか」

「そんなもの、俺がいなくたって必ず売る奴はいますよ。うちが潰されたって新しい組織がきっとでてくる。無くなるわけないじゃないですか。無くなるものなら、とっくの昔にドラッグディーラーなんて無くなってますって」

「その通りだが――くそっ」

将はカウンターを掌で叩いた。

「偉そうなことをいえるガラじゃないのはわかってる。それでも俺は、お前を抜けさせたいんだ。このままつづけていたって、ろくなことにならない！」

ヒデトは目を丸くした。

「話したように、俺だってマトモな生き方はしてこなかった。良は俺とちがって真っ当だった。その良がやりかけた仕事を終わらせたいと思ったから、俺は今ここにいる。お前じゃないが、自分のことはどうでもいいと思ってた。だが、お前やマイに会って、ちがうとわかった。マイも、俺が偽者だってことは知っている。それでも協力してくれる。偽者の俺によくしてくれたお前のことを、何とか助けたいんだ」

「何とかって、どうするんですか、五年ぶちこまれるところを三年にしてくれるんすか」

皮肉のこもった口調でヒデトはいった。

「そのあたりのことは俺にはわからない。だがつかまらないようにする方法もあると思う。お前がつかまったら、弟さんが困るだろう」

ヒデトは深々と息を吸いこんだ。

「このままずっとプッシャーをつづけられるなんて、俺だって思ってません。どこかで足を洗わなけりゃヤバいって――」

「だろ！　今がそのタイミングだ。組織を抜けるんだ。お前にはチャリがある。それを活かした仕事を探せばいいじゃないか」

「それは俺も考えましたよ。メッセンジャーとかで雇ってくれるところはあります。でも――」

「稼ぎが少ないのか」

ヒデトは首をふった。

「がんばれば、それなりに稼げます。貯金も少しはありますし。ですけど、メッセンジャーも今の仕事も、チャリで走り回るってのは同じです。つまり組織がある限り、逃げてもいつか見つかっちまうってことじゃないですか。支部長はおっかない人です。抜けた俺が街を走り回っているとわかれば、必ず仕返しされます。事故にみせかけて、チャリに車をぶつけられたら一巻の終わりですよ。たとえ死ななくてもチャリがこげなくなったら、生きていけませせん。どうすればいいんです?」

ヒデトは宙をにらんだ。

「他の街にいくんですか? 地理を知らない場所でメッセンジャーなんてできません。それに福祉やら何やらの関係で、弟を連れて動くのは大変なんです。俺は東京でしか稼げない。助けるっていったけど、西田さんは永久に組織から俺を守ってくれるんすか」

「だから、その組織をぶっ潰せばいいだろう。支部長だって、刑務所に入れられたら何もできない」

将はいった。ヒデトは瞬きした。

「そんなに、うまくいくんですか」

「簡単じゃない。だが組織と『クィー』についての情報があれば、何とかなる」

「『クィー』のバックにはお巡りがいるんですよ。警察はアテにならない。マトリだって、赤鬼青鬼を見たでしょう。あんな連中ですよ」

確かにマトリにもスパイはいる。でなければ、マトリが動いているという情報が支部長に伝わる筈がない。

将が黙っていると、ヒデトが訊ねた。

「西田さんの、その双子の兄さんてのは、どうなったんですか」

「わからない。おそらく殺されたんだと思う。だから俺が兄に化ければ、殺した奴が尻尾をだすという計画だったんだが……」

将が答えるとヒデトは首をふった。

「うちの人間は――といっても俺が知ってるのは支部長と支部長の運転手くらいですが、西田さんについて何もいってませんでした」

「組織の人間じゃないと思う」

「じゃあ『クィー』ですか」

「『クィー』の可能性は高い。だが『クィー』の人間をまるでつかめなかった。ようやく今日、ディエムという女がボスだとわかった。そのディエムが野村という警官とつながっていて、良を殺したのはたぶんそいつらだ」

「ディエムと野村……」

ヒデトはつぶやいた。

「支部長なら、たぶんその二人を知っている。『クィー』が組織として大きくなったのは、野村のおかげらしい」

ヒデトははっとしたような表情になった。

「その野村って、もしかして車椅子に乗っていませんか」

「かもしれない。交通事故で歩けなくなったという話だ」

「あいつだ！」

ヒデトが叫んだ。

「会ったことがあるのか」

「いえ、最新型の電動車椅子に乗っている奴を、以前ヒルズで見かけたことがあるんです。あ、ヒルズってのは、六本木ヒルズですよ。弟のことがあって、ちょうど車椅子についていろいろ調べてたときで、オーダーメイドの何百万てするタイプのに乗ってる男が、支部長と話してたんです。格好もすげえお洒落で、きっと大金持なんだって思ったんですが」

「たまたま見かけたのか」

「支部長に届けものがあって、六本木ヒルズにいるというんで、いったんです。そうしたらちょうど、その電動車椅子の男といて、俺がついたときにはもう別れていたんですけど、車椅子のことがあったんで知り合いか訊いたら、『道を訊かれただけだ』って。嘘くさいと思ったんですが、あれこれ訊くのもヤバいんで、黙ってました」

「六本木ヒルズが鍵だ。ダンがいっている店も近くだし、以前良がぱりっとした格好でいるのをお前が見かけたのもそこじゃなかったか？」

ヒデトは頷いた。

「そうです、そうです。西田さんもヒルズで……。ていうか、本人じゃなくて本当に双子なんですか」

まじまじと将を見つめた。

「そうだ。よく見れば、ちがうところもある。マイもそれで俺が別人だと気がついた」

ヒデトはしばらく将をにらんでいたが、

「わかんねえ」

と首をふった。

「だいたい、あんまり明るいところで西田さんに会ったことなかったし。いろいろ話すようになったのは、西田さんが病院を退院してからです、って、入院してたというのも嘘だったんすか!?」

「赤坂でばったり会ったときからが今の俺で、それまでは双子の兄だ」

ヒデトは息を吐いた。

「だったら俺は、今の西田さんしか、ほとんど知らないっす」

そして決心したように頷いた。

「わかりました。足を洗います。でもそうするためには『クィー』を何とかしないと駄目なんですよね」

「今のお前の話は大きい手がかりになる」

「でも女ボスのことは何もわからないじゃないですか」

「一度に全部を調べるのは無理だ」

「そうすね。俺だって、今日の明日に足を洗えるわけじゃないですもん」

将は頷いた。

「いろいろわかって、いよいよってときは必ずお前に知らせる。だからそれまではつかまらないように気をつけろ」

「わかりました」

ヒデトがいったので将はほっとした。

「じゃあ俺はカレーを食うよ」

「俺は仕事にいってきます」

「勘定は――」

「今日は、俺のぶんは俺が払います」

ヒデトはきっぱりといって金を払い、「ヤドリギ」をでていった。将はそれを見送り、ふうっと息を吐いた。

宮崎が新たなビールを注いだ。

「これは店からのサービスです」

「ありがとうございます」

「よかったですね。良さんもきっと喜びます」

宮崎は微笑んだ。

将は無言でカレーを食べた。空いた皿を宮崎が下げ、カウンターに戻ったところで訊ねた。

「福原という警官を知りませんか。四谷署の刑事で、良のことを知っているらしい」

「四谷署の福原……」

宮崎は首を傾げた。

「こちらには警官の知り合いはいないとおっしゃってましたが……」

「良のこっちでの住居を知っていて、俺に『加納くん』と呼びかけた。つまり本名を知っていて、俺に『加納くん』と呼びかけた。つまり本名を知っているってことです。宮崎さん以外で、良の本名を知っている人間に会ったのは初めてです。昔からの知り合いだと思います」

「良さんの本当の仕事を知っているのですか？」

「たぶん知っています。部下にアパートを監視させていた。最初、『クィー』の手先かと思ったんですが、それだったら俺に声をかけてはこないと思う」

「その人が良さんを殺させたのじゃないのですか」

「『クィー』につながった警官がいると聞いて、俺もずっと福原を疑っていました。だが、『クィー』につながっているのは野村という別の警官のようだし、福原が加納という本名をなぜ知っていたのかがわからない」

「転勤で東京にきたのでしょうか。しかし、良さんから聞いたのですが、警察官が都道府県をまたいで異動するのは、キャリアっていうトップクラスだけで、通常は県内だけだそうです。良さんたち麻薬取締官は日本中を動くけど、東京の警察官は東京だけ、兵庫の警察官は兵庫だけでしか仕事ができないのだという話です」

「京都出身だが、東京の大学を卒業し、警視庁に入ったらしい。四谷署の刑事課長だと聞いたんですが」

将がいうと、宮崎は首を傾げた。

「刑事課長……。名前をもう一度」

「福原です。福原啓一」

宮崎は無言で考えていたが、突然目をみひらいた。

「福原……福原ミオ」

「ミオ？」

「前にお話ししたじゃないですか。列車事故で亡くなった良さんの婚約者のミオさんの姓が、確か福原っていったような気がします」

「良の婚約者が福原……」

「そのミオさんのお父さんかお兄さんとか」

「そのミオという人はいくつで亡くなったのですか？」

「ええと、生きていたらたぶん今、三十五、六だと思います」

「だったら父親ということはないな。兄貴でしょう」

「思いだしました！　京都で店をやっていたとき、良さんがミオさんを連れてきて、お兄さんが東京で警官をやっているという話をしたことがあります。東京の大学をでて、そのまま警視庁に入ったって……」

携帯が鳴った。菅下だった。

「無事か」

言葉少なに菅下はいった。

「ああ。いろいろわかったぞ」

「今、どこだ」

「六本木の『ヤドリギ』だ」

「一度加納に連れていかれたことがある。他に客はいるか」

「いない」

「これから向かう」

菅下はいって電話を切った。

三十分ほどで菅下はやってきた。その間にひと組のカップルが「ヤドリギ」の扉を押したが、「貸し切りの予定がある」と、宮崎が断わった。

「マトリの中にいるスパイはわかったか？」

将が訊ねると、菅下は首をふり宮崎を気にする仕草を見せた。

「この人は大丈夫だ。良の正体も、俺が良じゃないことも知っている」

将はいった。

「加納が正体を明していたことは知っている。宮崎さんでしたね」

菅下は将の隣にすわり、宮崎を見た。

「はい」

「良に婚約者がいたのを知っているか。列車事故で亡くなった」

「聞いたことがある。私が彼の上司になったのは、事故から二年ほどあとだ。思いだすのもつらそうなので、ほとんどその話はしなかった」

菅下はいって、ビールを注文した。

「その婚約者は福原ミオといって、兄が東京の警察官だということだ」

菅下は将をふり向いた。

「四谷署か⁉」

「ああ。だが『クィー』につながっているのは福原じゃない。麻布署にいた野村という警官だ」

「野村……」

将はブーから聞いた話をした。

「すると『クィー』のボスは女ということか」

「ディエムのことはグエンが調べるといっていたから、情報が入ると思う」

「ボスの正体を割れたのは大収穫だ。ふつうはボスまではなかなかたどりつけない」

珍しく興奮したように菅下はいった。その菅下の目を見つめ、将はいった。

「ヒデトを助けたい」

「ヒデト？　自転車に乗っている売人の小林秀人か？」

将は頷いた。

「ヒデトに俺は自分の正体を明した。もともと奴が知っていた西田シゲルは俺の双子の兄弟で、マトリだということもな」

菅下は目をみひらいた。

「何だと!?　そんな勝手をされては困る」

「奴が最初に、『クィー』に警官が関係していると教えてくれたんだ。ヒデトがいなけりゃ、ここまでの情報は入らなかった」

「だが――」

「だがじゃない。ヒデトを助けるのか助けないのか」

将は菅下をにらんだ。

「助けるというのは具体的に何をするんだ？」

「逮捕をせず、障害者の弟とあいつが安全に暮らせるようにしてやりたい。証人保護とかで、新しい身分を与えるとかあるだろう」

「それはアメリカの話だ。日本にそういう制度はない」

「ヒデトを助けないのなら、これ以上の協力はしない」

将がいうと、菅下は目をみひらき将を見つめていたが、やがて大きく息を吐いた。

「わかった。できるだけのことはする」

「約束だぞ」

将は念を押した。

「ああ。『クィー』と組織にガサをかけるときは、前もって小林秀人にそれが伝わるようにする。その時点で保護を望むなら、手配をする」

菅下はいった。

「よし。その野村という警官だが、今は車椅子に乗っていて、六本木ヒルズかその付近に住んでいるらしい」

「警察官が六本木ヒルズに住んでいるのか」

驚いたように菅下はいった。

「辞めて『クィー』の稼ぎでそうしているのかもしれん。昔『クィー』は四、五人の組織だったのだが、今は三十人もメンバーがいるそうだ」

将はいった。

「だったら、野村ももう『クィー』のメンバーだと考えるべきだ」

「ディエムと野村、その二人が『クィー』をひっぱっている」

将はブーから聞いた話をした。在日ベトナム人のボス、ゴーが病院で知り合った野村を、自分の愛人ディエムに紹介したのがきっかけで「クィー」は大きくなった。

「野村が今も警察にいるかどうかはわからない。怪我で辞めたのをきっかけに『クィー』を大きくしたのかもしれん。そうだ！」

将は携帯をとりだした。大仏にかける。

「無事だったか」

「ああ。『クィー』と組んでいる警官の名がわかった」

将が告げると、大仏は咳きこむように訊ねた。

「誰だ⁉」

「野村という男だ。事故にあい、車椅子に乗っているらしい」

「警官が六本木ヒルズかその近くに住んでいる。六本木ヒルズなんかに住めるわけがない」

大仏も菅下と同じことをいった。

「『クィー』のボスはディエムという女で、野村と組んでから『クィー』は成長したという話だ」

「ディエムはその野村の愛人か何かなのか」

「いや、ディエムはゴーという大物ベトナム人の愛人だった。そのゴーが入院先で知り合った野村をディエムに紹介した」

「じゃあゴーが本当のボスということか」

「ゴーはもう死んでいる。かなりの年寄りだったんだ。ディエムに関してはグエンから情報が入ることになっている。野村について調べてくれないか」

「今も現役警察官なのか」

「それはわからない。車椅子に乗るようになったのは事故が原因らしい」

「わかった。調べてみる」

大仏はいって電話を切った。

「いろんな人間に加納の正体がバレているようだな」

菅下がいった。

「今さら隠してどうする。本当のことを話して協力を頼むほうがいい。マトリにもスパイはいる」

「そのスパイをつきとめる方法がある」

菅下がいったので、将は見つめた。

「どんな方法だ」

「君から得た情報を使う」

「俺から得た情報？」

「『クィー』に関する重要な情報を得たので、裏付けのため、泳がせていた組織の人間をひっぱると関東の麻薬取締部に私が伝える」

「それで？」

「ある取締官には支部長を逮捕するつもりだと告げ、ある取締官には西田シゲル、ある取締官には小林秀人だという。そして情報が漏洩する危険があるから、他の取締官には内密にするよう頼む」

「そんな方法でスパイがわかるのか」

「狩りこみの情報が洩れているとき、この手を使う。警察には三日と伝え、情報屋には四日、自分たちのエスには五日といって、ようすを見るんだ。どの日にプッシャーがいなくなるかでスパイがわかる。これはその変則版だ」

「スパイの候補は三人なのか」

菅下は頷いた。

「このあいだ会わせた脇坂、それから君らのいう『赤鬼、青鬼』、私の同期で関東の主任をやっている者の三人だ。考えに考えて、この三組のうちの誰かだと絞りこんだ。組織が誰を逃がすかで、スパイの正体がわかるだろう。『クィー』については、近畿の麻薬取締部も追っていたので情報をつかんだ。支部長、君、小林秀人の名や所在地は、『クィー』の情報をもたらした、大阪のエスから得たということにする」

将は考えた。組織や「クィー」が、関西の犯罪者と関係しているかどうかは知らないが、蛇の道はヘビということもある。何らかの形でかかわっていて不思議はない。マトリにいるスパイからゴーの名がでれば、支部長も信じざるをえない。支部長が逃げれば誰、自分に逃げろという命令が下れば誰、ヒデトに逃げろとなれば誰、というようにスパイは判明する。

「案外、うまくいくかもしれないな。だが情報が偽で、スパイをあぶりだすための罠だったということが、あとのGメンには伝わるぞ」

「それはやむをえない。君のいうように、人間関係に配慮している場合ではない」

菅下は苦い表情でいった。

「それでいつ始める？」

「明日の午後、また関東の庁舎に顔をだす。明日中には全員に伝えるつもりだが、時間差を作る。最初に教える人間には君の名を、二番めには小林秀人を、最後の人間に支部長だ。支部長がまっ先に逃げたら、君に情報が入らない可能性がある」

「わかった」

菅下は宮崎を見た。

「この話は決して口外しないで下さい」

「もちろんです」

携帯が鳴った。海老名からだった。将は無視した。今は北島会にかまっている場合ではない。

「いいのか」

「海老名だ。あいつに野村の名を教えたら面倒なことになる。すぐに殺せといわれるかもしれん」

将がいうと、菅下は頷いた。

「その野村という警察官が車椅子を使っていることを考えると、小関を殺したのは野村本人ではないだろうな。『クィー』『クィー』のメンバーだろう」

「『クィー』にはダンというメンバーがいる。六本木のバーによく出入りしているらしいから野村と親しいのかもしれない。そのダンが野村のかわりに小関を殺したとも考えられる」

将はいった。

再び携帯が鳴った。今度はマイからだ。

「はい。どうした?」

将は応えた。

「あなたに会いたいという人がお店にきていいます。あなたの電話がつながらないので、わたしにかけろといいました」

嫌な予感がした。

「そいつにかわってくれ」

携帯が手渡される気配があって、

「かわいい女の電話にはでるってわけだ」

海老名の声がいった。

「そうじゃない。いろいろとりこんでいるんだ」

「そりゃあ大変だな。じゃあ俺たちもとりこませてもらうか。あんたのかわいい女で」

「彼女は関係ない」

「そう思ってるのはお前だけのようだ。じゃあな」

電話は切れた。

「くそっ」

将は立ち上がった。

「どうした?」

「海老名が『ダナン』にいるんだ」

「落ちつけ」

「落ちつけるか。マイに手をだすかもしれん」

「海老名はそんな馬鹿じゃない。君を揺さぶっているだけだ。やくざがカタギの女性に手をだしたら、本人だけでなく組長までもっていかれる時代だ。小関を殺されて頭に血が昇っていても、それがわからないわけがない。君を呼びつけるための威しだ」

「だからってほっておくわけにはいかない。マイをひっぱりこんだのは良だ。彼女は今でも良に惚れてる」

　菅下はじっと将を見つめた。

「君は彼女のことを――」

「そんなことはどうでもいい。良がどんなつもりで彼女とつきあったのかは知らないが、これ以上、彼女を傷つけるべきじゃない」

　将がいうと、菅下は深々と息を吸いこんだ。

「わかった」

28

「ダナン」の入ったビルの前で将はタクシーを降りた。看板の明りは消えている。確かに閉店時間は過ぎているが、嫌な予感が増した。

　外階段を駆けあがり、「ダナン」の扉を押した。

　フロアの中心にあるテーブル席に、マイとボーイ、そしてコックらしい白衣を着た男がすわっていた。誰も怪我をしているようすはなく、将はほっとした。

　彼らから少し離れた席に海老名と石本、他に二人のやくざがすわっている。

「やっときてくれたか」

　海老名がいった。

「待ってたぞ。こっちは重要な情報を教えたのに、そっちはナシの礫《つぶて》とは冷たいじゃないか」

　海老名はスーツにネクタイを締めているが、足もとは前に会ったときと同じブーツだ。

「いったろう。忙しかった。話をするならここをでよう。この店の連中は関係ない」

「そうしてもいいが、彼女がいたほうが、あんたの舌がよく動くのじゃないか」

海老名はいって、石本に合図をした。石本ともうひとりのやくざが、ボーイとコックを立ちあがらせた。

「まあ、関係ない人間に聞かせる話じゃないから、この場は外してもらおう」

石本らはボーイとコックを連れて、奥のキッチンに入っていった。

「話が終われば俺たちはひきあげる。見ての通り、誰にも指一本触れちゃいない。だろ、おねえさん」

海老名はマイにいった。残されたマイは硬い表情で頷いた。海老名はにやりと笑い、足を組んだ。

「すわれよ。おねえさんの隣でいい」

将はマイの横の椅子に腰かけると、小声で、

「すまない」

といった。マイは無言だった。

「仲直りはこっちとの話がすんでからにしてもらおう。ブーには会ったのだろう?」

「会った」

将は海老名を見すえ、答えた。

「じゃあ、例の警官のことがわかったんだな」

「ああ」

海老名は息を吸いこんだ。

「それで、いつ殺るんだ?」

「住居とかを今、調べているところだ」

「どうやって?」

「こっちの知り合いに頼んでいる」

「ほう。お巡りの住所ってのは、そう簡単には調べられない。どんな知り合いだ?」

「警視庁の刑事さ」

「前に話していた女刑事か」

将は頷いた。海老名は首をふった。

「色男は得だな。女刑事もたらしこんだのか」

「いや、色仕掛けじゃない」

「じゃあどうやった？」

「北島会の海老名をパクるチャンスだといったのさ」

「何？」

ガタンと音を立てて、海老名のかたわらにいたやくざが立ちあがった。

「おい！　手前、どういうつもりだ？　ここでぶっ殺されたいのかよ、おお！」

怒鳴った。

将は立った。マイをかばえる位置に立つ。

「余裕だな。それとも彼女のためなら、刑務所《ムショ》に入ってもかまわないって心がけか」

海老名はいって、ジャケットの内側に右手をさし入れた。短刀をとりだす。鞘《さや》をはらい、立ちあがった。

マイがはっと息を呑んだ。

「あんたが強いってのは石本から聞いてる」

淡々といった。海老名のかたわらに立つやくざが拳銃を抜いた。スライドを引き初弾を装塡すると、銃口を将とマイのほうに向けた。

「あんたは俺、おねえさんはこいつだ。石本とちがってこいつは道具の扱いがうまい。万一、あんたが俺からヤッパとりあげても、おねえさんにぶちこむほうが早いってわけだ」

将はジャケットを脱ぎ、右手にもった。

「刃物の扱いには自信があるようだな」

「古いタイプでね。どうも鉄砲は性に合わない。引き金ひくだけで人がくたばるっていうのに、実感がわかないんだ。こいつを――」

短刀を握った右手に左手を添え、刃先を上に向けた。

「あんたの腹にぶっ刺して、ぐるっと回す。そうすると、あったかいもんがばっととでてきて、この手にかかる。実感がわくって寸法だ」

そして手下を見た。

「おい、この野郎が動いたら、おねえさんにぶちこめ」

手下は無言で頷き、横に回るとマイに拳銃の狙いをつけた。それを見て、将は海老名に目を戻した。

「お前、何なんだ？　警察のスパイか」

海老名は一歩踏みだし、いった。

「デコスケにしちゃあ、やることが荒っぽいが」

「話すと長くなるぞ。聞く気があるなら、話してやるが」

将がいうと海老名は首をふった。

「ないね」

そして次の瞬間、短刀を将めがけてつきだした。

将は手にした上着を海老名の腕に巻きつけた。体をかわし、上着ごと海老名の腕を引く。つきだす力とあいまって、海老名は体を前に泳がせた。

「おいっ」

海老名の手下が叫ぶのと同時に銃声が轟《とどろ》き、手下が呻き声をたてた。

「捨てろ！」

声が響いた。「ダナン」の入口にオートマチックをかまえた菅下が立っていた。ベレッタの三十八口径モデルだ。

手下は右肩をおさえた。

「何だ、手前はぁ」

海老名が叫んだ。転びかけたのを踏みとどまり、短刀を横に払う。将は危うくそれをかわした。ジャケットが落ちた。

「麻薬取締官だ。武器を捨てろ」

菅下がいった。両手でかまえたベレッタを海老名に向けている。典型的な警官のかまえかただ。警官と兵士のちがいは、連射をするかどうかだ。兵士は、相手が撃ち返してくることを前提に、無力化するまで弾丸を撃ちこむ。警官は、抵抗を防ぎ、自分の身を守るのが目的だ。射殺は望んでいない。

「麻薬取締官だと。なんでそんなのがいるんだよ！」

海老名が叫んだ。

菅下は答えなかった。緊張で顔をこわばらせ、銃をかまえたままフロアの中央まで進んでくる。ガチャッと音がして、海老名の手下が拳銃を床に落とした。

その銃を足で蹴り、

「お前もヤッパ捨てろ」

菅下は銃口を海老名に向けたまま言った。

「嫌だね。お前、マトリなのか」

海老名は将を見すえた。

「ちがう」

「じゃあ何なんだよ！」

「ただの兵隊だ」

「兵隊？　自衛隊か」

将は首をふった。

「どうでもいい。お前をぶっ刺す」

海老名は将に刃先を向けた。


キッチンから石本ともうひとりが飛びだしてきた。

「なんだ、こらぁ！」

「動くな！」

菅下が銃をそちらに向けるや、海老名が将に襲いかかった。一瞬、避けるのが遅れ、刃先が左肩をかすめた。シャツが切れ、血が滴る。

海老名はにやりと笑った。

「いいね、いいね。出血多量で動けなくなるまではいつってやる」

菅下に対し、石本ともうひとりは離れて向かいあった。二人とも拳銃を握っている。

「捨てろ！　捨てんと撃つぞ」

将は舌打ちした。菅下のほうが分が悪い。

海老名の短刀が一閃《いっせん》した。さっと体を引いたが、またも切られた。今度は右腕だ。傷は深くないが、血飛沫《しぶき》が飛んだ。

「お前の相手はこっちだ」

石本が撃った。弾丸は菅下をそれ、壁に飾られた額を粉々にした。菅下が撃ち返したが、これも当たらなかった。

「心配するな。たっぷり相手してやる」

将はいって体を躍らせた。狙いは菅下が蹴った拳銃だった。短銃身のリボルバーで命中率も低い。使えるとすれば、せいぜいナイフとかわらない距離だ。

「おらあっ」

海老名が振り回した短刀を避け、落ちているリボルバーをすくいあげた。

すぐそこに石本がいる。

「おまえっ」

目を丸くして手にした銃を向けた。将はたてつづけにリボルバーの引き金をひいた。三発が発射され、うち一発が石本の膝に命中した。

「痛《い》ってえ！」

石本は床に転がった。リボルバーは空になり、ハンマーがカチッと硬い音をたてた。

「――！」

マイがベトナム語の叫び声をあげた。目をみひらき、こっちを見ている。将はふりかえりもせず床に身を投げた。背後からつきだされた短刀が空を切った。海老名だ。

空になったリボルバーを将は海老名の脛《すね》に叩きつけた。ガツッという手応えがあって、海老名は顔を歪《ゆが》めた。

「しっかりしろ、菅下――あとひとりだ」

将は叫んだ。菅下は蒼白の顔で頷いた。石本の仲間と銃を向けあう。

将は立ちあがり、海老名と向かいあった。

「本当にやるな、お前。どこの兵隊なんだ？」

「アメリカ陸軍、レンジャー部隊第二大隊だ」

「はあ？　なんでアメリカ陸軍がいるんだよ。おかしくねえか」

いいざま、ナイフで薙《な》ぎ払ってきた。将は上半身を反らし、それを避けた。脛を殴られたのが効いたのか、動きが鈍っている。

「あきらめろ。フットワークが使えなかったら、ナイフじゃ戦えない」

将は海老名の足もとに目を向けながらいった。海老名は殴られた左足をひきずっている。短刀をくりだすときは右足から踏みこむので、容易に察知できる。

「うるせえ！」

海老名が短刀を腰だめにしてつっこんできた。将はかわし、横から海老名の右足を蹴った。

海老名は床に倒れこんだ。将はその右手首を踏んだ。手首の骨が砕けてもかまわないつもりで体重をかける。海老名は手を抜こうとあがいた。将は勢いよく膝を折った。膝頭が海老名の顔面に命中し、鼻の骨が砕けるのがわかった。

呻き声をあげ、海老名の手から短刀が離れた。

銃声が轟いた。菅下が最後のひとりの足もとに威嚇射撃をしたのだった。

「もうお前だけだっ」

菅下が怒鳴りつけ、その男は銃を床に落とした。

マイが１１０番をしているあいだに、将は大仏を呼んだ。大量の制服警察官が駆けつけ、菅下と押問答をしているときに大仏が到着した。

石本と菅下に撃たれた男は救急車に乗せられ、顔面を血で染めた海老名ともうひとりは「ダナン」に残っている。テーブルには三挺の拳銃と短刀がおかれていた。

「なんだ、こりゃあ」

大仏はあんぐりと口を開けた。そして身分証を制服警官に提示した。パトカーのサイレンが次々と「ダナン」の下で止まり、私服刑事も続々と入ってくる。

「この人が大仏刑事か」

菅下が訊ね、将は頷いた。菅下が身分証をだした。

「近畿麻薬取締部の菅下です」

「キンマ？　なんでキンマなんですか」

あきれたように大仏がいった。

「『クィー』の一件は、関東では追えないと考え、近畿麻薬取締部が動いています」

菅下が答えたので、将は気づいた。「キンマ」は近畿麻薬取締部の通称だ。

「するとお前もキンマなのか」

大仏は将を見た。

「彼はちがう。うちの情報提供者だ」

菅下がいった。大仏は手錠をかけられ、おしぼりを顔に当てている海老名を見やった。

「じゃあ海老名をぼこったのはあんたか」

「俺だ」

将はいった。

「その血はお前の血か」

大仏が訊ね、将の切り傷をのぞきこんだ。

「縫うほどの傷じゃないな」

「消毒ずみだ」

警官がくるまでのあいだに、将はマイにもらったジンで傷口を洗っていた。刃物の傷は放置すると化膿しやすい。これが野外だったら破傷風の危険もあるが、おそらく大丈夫だろう。

「とりあえず最寄りの署まできてもらうぞ。キンマの旦那もだ」

大仏はいい、菅下は頷いた。

29

取り調べが終わったのは、午前零時近くだった。

同行を求められたマイとともに、将は菅下、大仏と「ダナン」に戻った。

「店をめちゃくちゃにして申しわけない。内装の被害については、麻薬取締部が弁償する」

血と破片のとび散った店内を見回し、菅下がいった。

「はい。でも誰も死ななくてよかったです」

　マイは頷いた。ボーイたちはすでに帰宅している。

「オレがいなかったら、あんたら今夜は赤坂署泊まりだ」

　大仏がいった。

「関東の麻薬取締部に知らせるななんて無茶なことをいいやがって」

「それについてはお詫びと感謝を申しあげる。捜査はまだ進行中で、関東に連絡がいけばだいなしになってしまう」

　菅下は頭を下げた。大仏は菅下を見つめた。

「スパイがマトリにいると思ってるのか」

　菅下は大仏を見返した。

「『クィー』と『クィー』からクスリを仕入れている組織には捜査情報が伝わっている。警察、マトリ、両方の情報です。どちらにもスパイがいるということだ」

　大仏は深々と息を吸い、将を見た。

「野村のことがわかった。麻布署の元刑事で、容疑者追跡中に起きた交通事故が原因で頸椎《けいつい》を痛め、退職した」

「六本木ヒルズに住んでいるのはそいつか」

　将が訊くと、大仏は頷いた。

「事故が起きたのは七年前だ。野村は麻布署の同僚が運転する捜査車輛で、イラン人の容疑者の車を尾行していた。イラン人は車に多量の覚せい剤を積んでいて、尾行をふりきろうと暴走を始めた。それを追跡中、対向車線からきたダンプカーと衝突したんだ。捜査車輛が右折したところに直進してきたダンプカーがつっこみ、助手席にいた野村は一時、意識不明の重態となったが、命をとりとめた。が、歩行が困難な後遺症が残った」

「それで車椅子か」

　将はつぶやいた。

「その入院中に、ベトナム人のゴーと知り合い、『クィー』を手助けするようになったんだな」

菅下がいった。大仏は将を見た。

「捜査車輛を運転していた同僚はその後本庁勤務を経て、四谷署に異動になった」

「四谷署? じゃあ——」

大仏は頷いた。

「刑事課長の福原さんだ」

「福原……。すると加納の婚約者だった女性の兄か」

菅下がつぶやいた。

「加納ってのは、赤坂署でオマエが話した、双子の兄貴か」

大仏がいった。取り調べで、菅下と将は東京にきたいきさつを話していた。そうしなければ関東信越厚生局麻薬取締部への連絡を避けられなかったからだ。

行方不明になった麻薬取締官の安否を知るために、その双子の兄弟に潜入捜査を引き継がせたという菅下の説明に、大仏と赤坂署の刑事は驚き、あきれていた。が、そうでもしない限り、捜査情報を洩らしているスパイの正体が暴けないのだという菅下の言葉に深刻な表情になった。捜査情報の漏洩は警察内部でも問題になっていたが、警視庁本庁、所轄署、どちらから洩れているかもわからず、調べあぐねていたようだ。

「そうだ。福原ミオという婚約者がいたが、列車事故で亡くなったらしい。四谷署の福原はその兄で、もとから良を知っていたようだ」

将はいった。大仏は目を細めた。

「福原さんは、お前の兄貴が麻薬取締官だと知っていた。それが東京で、西田シゲルを名乗り組織に潜入していると、野村に伝えた。その結果、お前の兄貴は殺された」

「殺された!? シゲルは殺されたのですか」

マイが叫んだ。

「まだそうと決まったわけじゃない。その可能性が高いのは事実だが」

菅下がいった。マイは将を見つめた。

「シゲルは、シゲルは、もういないの？」

「福原と野村がそれについては知っている。福原は、俺が良じゃないことも気づいていると思う。福原に確かめてやる」

「待て」

「待った」

菅下と大仏が同時にいった。

「安易に福原さんを問い詰めれば、野村にも伝わり、『クィー』と組織の両方に逃げられる」

大仏がいい、菅下は、

「そうなったら野村はディエムとともに国外に逃げるかもしれん。野村が逃げれば、福原が捜査情報を洩らしていたことも立証できなくなる」

といった。将は大仏を見た。

「野村がいなくなったら、福原をつかまえられないのか」

大仏は険しい顔で答えた。

「福原さんしだいだ。シラを切られれば難しい」

「警察にとっては大きな不祥事だ。福原を辞めさせ、臭いものに蓋をすることもありうる」

菅下がいうと、大仏はむっとしたようににらんだ。

「そんなことは――」

「ないといいきれるかね。福原には、自分の運転していた車輛の事故で野村が歩けなくなったのだという負い目がある。その結果、『クィー』にとりこまれた野村に便宜をはかってやっていた。そんな事実が公になるのを、警察は望まないだろう。たとえあんたが暴こうとしても、上に止められる可能性もある」

菅下はいって大仏を見つめた。

「待てよ、だったら良はどうなる。殺され損か？」

将はいった。

「これまでの話からすると、手を下したのは野村でも福原でもないだろう。実行犯は検挙されるかもしれんが、動機については曖昧なままで終わるだろうな」

菅下が答えた。

「そんな。ふざけるな！」

「だから、安易に福原を問い詰めてはならないのだ。野村が逃亡すれば、福原の犯行を立証するのは難しくなり、不祥事を隠蔽《いんぺい》したい側に有利に働く」

将は大きく息を吸いこんだ。

「じゃあどうしろというんだ」

「まず我々の身内にいるスパイを暴く。誰が組織につながっているのかを確かめる」

「さっきいっていた方法でか」

将が訊くと、

「どんな方法だ」

と大仏がいった。菅下は苦い顔になった。

「オレにも話してもらおうか。赤坂署で、あんたらに口添えしてやったんだ。それくらいの権利はある」

「しかたがない」

菅下はいった。

関東の麻薬取締官三名に、別々の容疑者確保情報を事前に流すという菅下の作戦を聞き、大仏は腕を組んだ。

「どいつが飛ぶかでスパイを確かめようというわけか」

「そうだ」

「関東の内部で情報共有があったらどうする？　あんたのアイデアは活きない」

「情報共有しようとする者はスパイではない。スパイなら同僚には話さず、組織に知らせる道を選ぶ」

「確かにそうだな。マトリ全体に情報が回ったら、容疑者を逃がしづらくなる。とはいえ組織全部をアゲられたら、自分が情報を流していたこともバレる」

大仏は頷いた。菅下を見る。

「いつやるんだ？　今日のことがあった以上、早いほうがいいぞ」

「明日中には」

菅下が答え、将に目を向けた。

「加納のことは気になるが、あと少しだ。あと少し、待とう」

「わかった」

菅下が「ダナン」をでていき、将は大仏と残った。マイにあやまりたかったのだ。

「恐い思いをさせて悪かった。あいつらはもう二度とこない。とにかく君に怪我がなくてよかった」

マイは首をふった。

「わたしは、大丈夫です。でも――」

黙りこんだ。

「良が心配か。わかるよ。良のことは必ずつきとめる」

「そうじゃないです」

マイはいった。

「そうじゃない？」

マイはうつむいて考えている。

「そうじゃないとは？」

「わたしが大切だと思ったのは、嘘の人だった。シゲルは、本当はいない人で、あなたのお兄さんのお芝居。だったら、あなたのお兄さんは、わたしをどう思っていたのか、わからない」

「西田シゲルは確かに架空の人物かもしれないが、君への気持は本物だった筈だ。君と嘘のつきあいをする必要はないのだから」

将はいった。

「でも、あなたのお兄さんには恋人がいた。その人は死んでしまった。死んだ恋人のことは決して忘れられないという諺《ことわざ》があります。あなたのお兄さんは恋人のことを忘れられないのに、わたしといた。お芝居だったのではないですか」

「良はそんな器用な奴じゃない。嘘をつくのも下手だった。奴が嘘をついた相手は、麻薬組織の人間だけだと思う」

マイは無言で将を見つめた。

そのとき店の電話が鳴った。こんな時間に誰がかけてきたのだろう。将は緊張した。

北島会の人間だろうか。

マイも同じ気持だったのか、不安げな表情で受話器をとった。

「はい、『ダナン』です」

相手の声を聞くと、表情がゆるんだ。ベトナム語で話し始める。やりとりは五分ほどつづき、マイは受話器をおろした。

「グエンでした。わたしの携帯がつながらないので、心配してお店にかけてきたんです。何があったのかを少し話したら、今からくるそうです」

将は頷いた。グエンにも起きたことを話さなければならない。

十五分ほどでグエンはやってきた。ドゥとファンを引き連れている。

店のありさまを見て眉をひそめた。

「グエン！」

マイがほっとしたような表情を浮かべ、駆けよった。マイは身ぶり手ぶりを交じえ、ときおり将を指さしながら、起こったことを説明した。グエンはひと言ひと言に耳を傾け、ときおり将にも厳しい目を向けた。

マイの話が終わった。グエンは将に右手をさしだした。

「話はわかりました。マイを助けてくれてありがとうございます」

「いや。マイさんを巻きこんだのは、俺と俺の兄だ。あやまらなきゃならない」

「今、初めて聞きました。マイがつきあっていたのは、あなたのお兄さんだったのですか」

将は頷いた。

「DEAのメイソンの知り合いでもあった、俺の双子の兄の、加納良だ。俺の本名は加納将という」

「アメリカ軍の人だと、マイはいいました」

「ワシントン州フォート・ルイスを本拠とするレンジャー部隊第二大隊に属している。除隊したので、いた、というべきか」

「レンジャー部隊というのは、特殊部隊ではありませんか。グリーンベレーやデルタフォースのような」

「それは第七五レンジャー連隊だ。第二大隊の上位にあって、本部はフォート・ベニング、グリーンベレーはそこから選抜される」

「あなたはアメリカ人だったのですか」

「今はアメリカ国籍だが、日本に戻ることも考えている。若い頃アメリカに渡って、ケチな犯罪に手を染めていた。刑務所送りになるのが嫌で陸軍に志願し、アメリカ国籍を得た」

グエンは表情をかえず、頷いた。

「あなたのお兄さんの仕事は――」

「麻薬取締官だ。ここに出入りし、『クィー』とつながった麻薬組織に潜入し、調べているうちに行方不明になった。良の上司が日本に帰ってきた俺に接触し、良に化けて捜査を引き継げといった」

グエンは息を吐いた。

「よくひきうけましたね」

「二十年以上会っていなかった双子の兄弟がどうなったのか、知りたかった。それに日本を離れる前に起こした傷害事件で俺には逮捕状がでている。国外にいるあいだは時効が停止になるので、俺を逮捕させることもできた」

「『クィー』にとってはあなたが悪魔です。まさかあなたのような人が自分たちを調べているとは、彼らは思ってもいないでしょう」

「俺はそこまでたいした人間じゃない。それよりディエムの調査は？」

グエンははっとしたような表情になった。

「ディエムは今、チバケンに住んでいます。イチカワシです」

将は首をふった。どんなところか見当もつかない。

「イチカワシはトウキョウのすぐ東側にある、大きな街です。ディエムはそこでベトナム製品を売る店を経営しています。店には従業員もいて、他に占い師を何人か使っているようです」

「占い師？」

将が訊き返すと、グエンは自分のスマホをとりだし操作して、将に見せた。

「ディンおばさんの占いの館」

というサイトだ。ベトナムに古くから伝わる占いで、恋愛や結婚などを占うとある。

「ベトナムは占いが盛んなのか？」

将は訊ねた。

「ベトナムは昔、占いが法律で禁止されていました。科学を重んじる社会主義にとって、占いはただの迷信です。だが禁止すればするほど、人は何かがあると思う。だからかえって皆信じた。今はそれほど厳しくありません」

グエンは答えた。

「ベトナムの占いは中国から入ってきたものです。生まれた年で十二の生きものに分けます」

マイがつけ加えたのでわかった。干支占いだ。

「これを見て下さい」

グエンがスマホのサイトを開いた。庭つきの大きな一戸建てが映っている。手前がベトナム雑貨店で、奥が「占いの館」のようだ。建物は新しく、洋服や雑貨、民芸品などの並んだフロアの写真もある。

「店をやっていれば、いろいろな人がきても目立ちません。ディエムはそこで、ベトナムからもってきたイリーガルな品物を売っている。これがディエムです」

玉座のような椅子にすわる六十くらいの女性の写真が表われた。作り笑顔とわかる表情で、目は笑っていない。整った顔立ちで、若い頃はかなりの美人だったろう。

ピンクのスーツにハイネックのセーターを着ているが、顎の下にたっぷりついた肉が隠せていなかった。首もとや手首、指に、音が聞こえてきそうなほど金製品を着けている。

「これがすべて本物の金なら、かなり稼いでいるというわけだ」

将がいうと、グエンは頷いた。やりとりを見ていたファンがベトナム語を喋った。

「ディエムはこの家に、何人かの男女と住んでいて、他にも出入りしているベトナム人がかなりいるそうです」

グエンが訳した。将は見守っていた大仏にいった。

「千葉県じゃ、手だしできないのじゃないか」

大仏は首をふった。

「『クィー』が東京でクスリを卸している実態があるなら、警視庁は動ける。犯罪が発生した地点を管轄する警察に捜査権はある」

「なるほど」

「まずお前の兄貴が潜入していた組織を叩き、それで得た証拠をもとに『クィー』を挙げる。必要ならマトリとも組む」

「そうしてくれたら良も浮かばれる」

「タイミングが重要です。あまり時間をかけたら、ディエムはベトナムに逃げるでしょう」

グエンがいった。将は訊ねた。

「そうなったらもうつかまえられないのか?」

「ベトナムであれば、私たちがつかまえます。ですが、日本で犯した罪で、ディエムを裁くことはできません」

「日本が引き渡しを要求してもベトナム政府が応じなけりゃ、そこまでだ。日本が犯罪人引き渡し条約を結んでいるのは、アメリカと韓国の二ヵ国だけだ」

大仏がいった。

「絶対、逃がせないな」

将はつぶやいた。

「ディエムに関する情報をもっと集めます」

グエンがいった。

「頼む。『クィー』とつながっている日本人警察官の正体はわかったが、そいつは車椅子に乗っている。だから小関を殺したのは『クィー』の殺し屋だろう」

将はいった。

「それと、良が残していた『4301975』という数字。『クィー』にとって意味のある暗号だと思うんだが」

「サイゴンを奪還した日付ですね。わかりました。それについても調べています」

グエンが答えた。

「じゃあ、俺は帰る。さすがに疲れた」

将がいうと、グエンと大仏は頷いた。将が「ダナン」の扉をくぐる直前、

「あの」

マイが追ってきた。

「あなたを何と呼べばいいですか。シゲルとは呼べません」

「ショウでいい。それが本当の名前だ」

「ショウ……」

マイはつぶやいた。将は頷いた。

「気をつけて下さい。それと、助けてくれてありがとう」

将は首をふった。

「感謝してもらえるような立場じゃない。あんたへの気持は本物だとしても、巻きこんだのは、俺の兄弟だ」

マイは将を見つめた。

「でも感謝しています。ショウはわたしのことを大切に考えてくれました」

将は目をそらした。

「それは――」

言葉に詰まった。

「シゲルのフリをするためですか」

「そうじゃない。君と良がどんな風につきあっていたのか、俺はまるで知らなかった。だから、君に対して奴のフリなんてできなかった。俺は――、俺は、俺のやりかたでしか、君に接するしかなかった」

「ありがとう」

「いや」

将は首をふった。

「じゃあ、な」

逃げるように「ダナン」をでた。階段を降り、大きく息を吐いた。

体はへとへとだ。だが頭は熱く、このままアパートに帰っても眠れそうにない。

「くそ」

将はアパートの方角に向け、走りだした。

30

空が白む頃、ようやく眠けが訪れた。だが目をつぶったと思ったとたん、携帯が鳴った。

支部長から渡された携帯だ。

つけたまま眠った腕時計を見ると、午前九時過ぎだ。四時間近く寝たのに実感がない。

「――はい」

「仕事だ」

「何です?」

「正午に、西麻布の『ムグンファ』という焼肉屋にいけ」

「西麻布の焼肉屋『ムグンファ』ですね。そこで何を?」

「いけばわかる。そのあとすぐ、この番号に報告しろ」

携帯を見た。いつも「非通知」でかけてくる支部長だが、今は十一桁の番号が表示されている。

「わかりました」

電話を切り、目を閉じた。もう一度寝ようと思ったのだが、頭は重いのに眠けは消えていた。

顔を洗って自分の携帯を手にした。しばらく考え、菅下を呼びだした。支部長から電話があったことを知らせようと思ったのだ。

が、菅下は呼びだしに応じず、留守番電話に切りかわった。

「加納だ。聞いたら電話をくれ」

吹きこんで切った。

アパートをでて近所の店でコーヒーをテイクアウトした。部屋で飲んでいると携帯が鳴った。菅下だった。

「支部長から電話があった。正午に西麻布の焼肉屋にいけといわれた」

「焼肉屋で何をするのだ？　人と会うのか」

「それはわからないが、すぐに報告しろと携帯の番号を教えられた」

「危険だ。君と小林秀人については、例の作戦を、こちらでの会議のあと実行した。支部長は君を消すつもりかもしれん」

菅下はいった。

「なるほど。早速知らせがいき、俺の口を塞ごうというわけだ」

将がいうと、菅下は息を吐いた。

「君の逮捕を予告したのは、君らのいう赤鬼青鬼の二人だ」

「他にも伝えたのか」

「同期の、こちらの主任には小林秀人をやる、と耳打ちした。支部長については、まだ脇坂くんに伝えていない」

「赤鬼青鬼が支部長に知らせたんだな」

「そうかもしれん。焼肉屋の名前を教えてくれ。応援を頼み、君が襲われる前に踏みこむ」

将は息を吸いこんだ。さすがにひとりでいくとはいえなかった。殺し屋が待ちうけている可能性が高い。

「『ムグンファ』という店だ。応援を誰に頼むつもりだ？」

「麻薬取締部には要請できない。大仏刑事に頼むつもりだ」

「わかった。赤鬼青鬼はどうする？」

「殺し屋が君を狙った時点で、彼らがスパイであると確定する。今日の午後には身柄を拘束するよう動くつもりだ」

「その間に逃げられたら？」

「今逃げだせば不審に思われるし、君が死ねば自分たちは安全だと考えるだろう。あわてる必要はない。まずは連中がスパイだという証拠を手に入れることだ。尚、襲撃がその焼肉屋でおこなわれるとは限らない。そこにいても襲われる可能性はあるから、くれぐれも用心してくれ」

告げて、菅下は電話を切った。


確かにその通りだ。支部長はこのアパートのことを知っているかもしれない。四谷署の福原はここを知っている。福原の同僚だった野村が「クィー」と深くかかわっていることを考えれば、支部長に伝わっていておかしくない。

福原と野村。警察官ではなくなった野村に、捜査情報を流したのは福原にちがいない。

福原が運転する車が起こした事故で、野村は不自由な体となり警察を辞めた。福原は野村に〝負い目〟がある。

が、たとえそうだとしても良を殺すだろうか。妹の恋人だった男、結婚すれば義理の弟となった筈の人間を、自ら手を下さないまでも死に追いやるだろうか。

将は宙をにらんだ。福原が野村を通して捜査情報を流していたとする。そして偶然、良と東京で再会する。良の仕事が麻薬取締官であると福原は知っており、良も潜入捜査中であることを告げる。亡くなった恋人の兄で警察官でもある福原に対し、良は疑うことなく自分の状況を話したろう。

福原は驚く。関西の麻薬取締官である良が、東京の、しかも自分が情報を流している「クィー」と取引のある麻薬組織に潜入していたのだ。

驚くと同時に強い危機感を覚えた筈だ。良が組織の中枢に食いこめば、「クィー」と野村、そして自分との関係をつきとめるかもしれない。

実際、支部長は六本木で「クィー」の誰かと良を引き会わせようとした。それが野村であった可能性もある。

福原が良を殺させたにちがいない。将は歯をくいしばった。良の正体を知る福原は、誰よりも良を危険視したにちがいない。

必ず償わせてやる。将は決心した。

十一時二十分になると将はアパートをでた。見張っているような人や車は建物の周囲にはいなかったが、用心のため大通りを十分ほど歩いてからタクシーを拾った。西麻布に向かうように告げる。「ムグンファ」の住所は調べてあるが、直接乗りつけず、手前で降り、歩いて向かうつもりだ。

大仏からの連絡はない。菅下は本当に応援を要請したのだろうか。将は不安になった。

菅下も昨夜は危ういところで海老名の手下に銃弾を浴びせ、将の命を救ったが、今日はまったく状況がちがう。相手はおそらくプロの殺し屋だ。どんな道具を使うにしろ、確実に自分の命を奪うつもりでやってくる。

丸腰なのが心細い。アパートのキッチンから包丁でももってくればよかったと後悔した。

コンビニエンスストアで果物ナイフでも買おうかと考えたが、プロを相手にそんなちゃちな代物では歯が立たないと思い直した。

とにかくスキを見せないことだ。さすがにこの東京で、ライフル狙撃は難しいだろうから、焼肉屋の店内で襲ってくると考えてまちがいないだろう。

「ムグンファ」の百メートル手前で将はタクシーを降りた。思ったより人通りが多い。レストランがたち並ぶ一角で、ちょうどランチタイムということもあり、多くの人が歩き回っている。

寿司、割烹、中華、洋食と、さまざまな店が軒をつらねる路地を将は進んでいった。起きてからコーヒーを飲んだだけだが、さすがに空腹は感じない。

「ムグンファ」は路地の中ほどにあった。

将の前を歩いていたサラリーマンらしい二人が、

「なんだ休みじゃないか」

といって店の前で踵を返した。「臨時休業」の札が下がっている。ふだんはランチタイムの営業をしているようだ。

将は深呼吸をした。扉の前に立ち、把手をつかむ。重い扉だ。店構えも、高級店といった趣がある。

扉をくぐった。細長い通路がまっすぐにのびていて、人けがない。

ここにくるまでのあいだに、菅下も大仏も見かけなかったことに将は気づいた。

まさかとは思うが、あの二人まで殺されてしまったということはないだろうな。そんな不安がこみあげ、将は自分を叱咤した。前線で臆病風に吹かれたら終わりだ。正常な判断ができなくなるし、体の動きも鈍る。そうなったら戦死が待っている。

通路の手前には受付のようなコーナーがあるが、誰もいない。

将はそっと息を吸いこんだ。声をかけるべきかどうか迷う。

いつでも素早く動けるよう、わずかに身をかがめながら前に進んだ。通路のつきあたりにはガラスの自動扉があった。近づくと左右に開く。

テーブルが並んだフロアが広がっていた。薄暗い。照明の一部を落としているようだ。

そこにも人の気配はなかった。

「こんにちは」

将は声をかけた。フロアの右手奥にも通路があるがまっ暗だ。キッチンか、別の客席につながっているのか。

「誰かいませんか」

返事はなく、将は背中にじわりと汗が浮かぶのを感じた。本能が危険を知らせている。

フロアの中心で立ち止まった。並んだテーブルの陰に人が隠れていれば、目に入る位置だ。

誰もいない。

そのとき、物音が聞こえた。猫が鳴いているような声だ。右手の暗い通路から聞こえた。

「誰かいるのか」

将はいった。耳をすます。

何かがこすれるような音がした。将は腰をかがめた。通路の奥から狙撃されたらひとたまりもない。

テーブルの陰にうずくまる。待った。

弾丸は飛んでこなかった。通路の物音も止《や》んだ。

「でてこい！」

テーブルの角をつかみ、いつでもとびだせるよう身構えながら将はいった。

「──西田さん」

かすれた声が聞こえた。

「誰だっ」

「お、れっす」

はっとした。ヒデトだ。

「ヒデトか!?」

「そう、す」

ヒデトがなぜここにいるのだ。混乱した。が、声の調子がおかしい。

将は立ちあがった。暗い通路に踏みこむ。通路の奥に、うつぶせに倒れているヒデトがいた。

「ヒデト！」

駆けよった。ヒデトは血まみれだ。通路には、ヒデトが這った形で血の帯がある。

「誰にやられたっ」

抱き上げ、思わず叫んだ。

「わかんないっす。支部長にこいっていわれて、きたら、いきなり覆面した奴にやられました。痛いっす」

ヒデトは苦しげにいった。

「なんだって……」

「西田さん、俺、何も喋ってないす。だから、安心して、下さい……」

「喋るな」

将はいって携帯をとりだした。119番する。大怪我をしている人間がいるから、すぐ救急車をよこしてくれと告げた。

携帯の光に浮かび上がったヒデトの顔はまっ白だった。大量の血液を失っている。

「くそ」

ヒデトが刺されたと思しい胸に、将は目についたワゴンにあったナフキンを押し当てた。

「しっかりしろ。俺を見ろ!」

ナフキンは見る見る血に染まった。

「俺、駄目なんすかね……」

「何いってる。救急車呼んだから大丈夫だ。お前を刺した野郎は何かいったか」

「いえ、何もいわないで、いきなりです。俺逃げて、この奥に隠れたんです。しばらくしたら、いなくなって……。なんか、寒くないすか、ここ」

ヒデトの歯がカチカチと鳴っている。将はジャケットを脱ぎ、ヒデトにかぶせた。

「がんばれ! ヒデト!」

ヒデトの目が半ば閉じていた。

「ヒデト!」

頸動脈を探った。弱々しい反応がある。かすかにサイレンの音が聞こえ、

「おい、いるかっ」

入口のほうから大仏の声がした。

「こっちだ! きてくれっ」

将は叫んだ。

足音がして、フロアに大仏と菅下がとびこんできた。

「救急車呼んだのはお前かっ」

「そうだ。ヒデトがやられてる」

「何？」

大仏が携帯を懐中電灯にして、こちらを照らしだした。血まみれの通路と将に抱きかかえられたヒデトを照らし、息を呑む。

「こっちです」

フロアをでた菅下が救急隊員を連れて戻ってきた。将は場所を譲り、救急隊員二人がヒデトのかたわらにひざまずいた。

「もしもし！　お名前をいえますか。もしもーし！」

ヒデトに呼びかけ、瞼《まぶた》を指で開いた。

「くそっ」

将は壁を殴りつけた。

「何があった？」

「非常に危険な状態です。すぐに搬送します」

救急隊員がいった。

「お願いします」

「警察に連絡をしたほうがよい状況ですが……」

大仏が身分証を示した。救急隊員は大仏と将を見比べた。

「どちらか、いっしょにきていただけますか」

「いきます」

「オレもいく」

大仏もいった。

「とにかく――」

ストレッチャーにヒデトを乗せた。「ムグンファ」の外に止まっている救急車に乗りこんだ。

救急車が走りだした。サイレンを鳴らしてはいるものの、車内は意外に静かだ。救急隊員がヒデトの診察を始めた。

「心肺停止」

聴診器を当てていた別のひとりがいった。

「死ぬな、ヒデト」

将はヒデトを見つめた。薄く開いた目に光はない。

「何があった」

大仏が訊ねた。

「きたら、あの通路にヒデトが倒れていた。奴の話では、支部長にこいといわれてあの店にいったら、いきなり覆面をした奴に刺されたというんだ。店の奥に逃げこんで隠れていたら、いなくなったらしい」

大仏は将を見つめた。

「どういうことだ」

「AEDを使います。離れて下さい」

救急隊員がいった。ヒデトの胸をはだけ、パッドを貼りつけた。

心電図が映った。まっすぐな線だ。

機械が放電を命じた。電気ショックでヒデトの体が跳ねる。

「もう一度やります」

心電図を見ながら、隊員がいい、再び電気ショックが送られた。

「駄目だ。厳しいぞ、これは」

将は唇をかんだ。

「ヒデトは俺より先にあの店に呼びだされ、待ち伏せしていた奴にやられたんだ。そこに俺がのこのこといった」

救急車が病院に到着した。

ヒデトは助からなかった。

31

病院から警察署へと向かった。きのうにつづいて事情聴取にあう。

「オレや菅下さんがいなけりゃお前はまちがいなく被疑者だ」

事情聴取が終わると、大仏がいった。

「支部長はそれを狙ったのかもしれん」

菅下がいった。大仏と菅下、将の三人は麻布警察署の小会議室にいた。

「支部長から連絡しろといわれていたのじゃなかったか」

菅下がいい、将は思いだした。支部長から渡されていた携帯をとりだす。

「何というつもりだ？」

大仏が訊ねた。将は深々と息を吸いこんだ。

「あったことを話す」

「警察に取り調べられたこともか？　それはマズいぞ。西田シゲルなら、救急車を呼んだとしても、その場には残らない」

菅下がいった。

「じゃあ、何というんだ！」

「刺されているヒデトを見つけ、救急車を呼んだあと逃げた、と」

将は菅下を見つめた。

「支部長がヒデトを殺らせたんだ」

「そうだろう。だからといって君がキレたら、支部長は君との接触を断つかもしれん」

「だいたい、なぜヒデトが殺られなけりゃならないんだ⁉」

「口封じだ。その上で、お前がどうでるかを支部長は試したのさ」

大仏がいった。将は目をみひらいた。

忘れていた。ヒデトの名も、菅下の〝罠〟に使われたのだ。狙われる可能性があったのは将だけではない。ヒデトを逮捕する方針だと菅下が伝えた相手もいた。

将は菅下を見つめた。

「ヒデトの名をいったのは――」

「こちらの主任だ。私の同期の」

菅下は険しい表情でつぶやいた。

「そいつがスパイだ」

大仏がいった。

「いや、そうと限ったわけでは――」

菅下が首をふりかけた。

「決まっているだろう。だからこそヒデトは殺られたんだ！」

将はいった。

「いや、君を狙った殺し屋にあやまって襲われたのかもしれない」

「そんな筈ない。支部長にこいといわれて、きたらいきなり覆面をした奴にやられた、とヒデトはいっていた。ヒデトは俺より先に呼びだされている。殺し屋の狙いはヒデトだったんだ」

菅下は黙った。将はつづけた。

「支部長は俺に、『ムグンファ』にいき、電話をしろ、といった。『ムグンファ』で何をするのか俺が訊くと、いけばわかるといった。つまりヒデトが殺られたのを、俺に確認させるつもりだったんだ」

「お前の報告のしかたによって、お前もスパイかどうか確かめようとしたんだな」

大仏がいった。

「つまり、マトリの中のスパイは、あんたの同期ってわけだ」

菅下は宙を見つめ、息を吐いた。

「残念だが、そのようだ」

「電話しろ！」

大仏が将にいった。将は預かっている携帯をだした。着信通知にある支部長の番号を呼びだそうとすると、菅下が訊ねた。

「待て。この時間になったことを、どういいわけする？」

「警察から逃げ回っていたという」

「支部長が誰かに『ムグンファ』を見張らせていたら、君が救急車に乗ったことが伝わっている」

「だったら本当のことをいう。そのあと警察の取り調べをうけ、この時間になった、と」

将が答えると、菅下は頷いた。

将は携帯を操作した。

「遅かったな」

電話にでるなり、支部長はいった。その声を聞いたとたん、怒りがこみあげた。

「ヒデトを殺させたのはあんたか!?」

「何の話だ?」

「『ムグンファ』にいったら、ヒデトが刺されていた。救急車を呼んでいっしょに病院までいった。だが、助からなかった」

「それがこの時間になった理由か」

「警察に調べられていたんだ。答えろ! ヒデトを殺ったのはあんたなのか」

「なぜそう思う」

「決まってるだろうが! 俺に『ムグンファ』にいけといったのはあんただ。ヒデトも同じことをいわれて『ムグンファ』にいき、刺されたんだろう」

「ヒデトがそういったのか?」

「俺が見つけたときにはヒデトは口もきけなかった。だから救急車にいっしょに乗った」

支部長は沈黙した。

「どうなんだ? 答えろ!」

「ヒデトは近々、マトリに逮捕されることになっていた」

「ヒデトが?」

「マトリが使う手だ。狙っている組織に潜入させたスパイをわざと逮捕する。逮捕されたことで、組織の人間はスパイだとは考えない」

「どうしてそんなことがわかる。ヒデトはプッシャーだ。いつ逮捕されてもおかしくないだろう」

「情報が入った」

「何の情報だ?」

「ヒデトがマトリのスパイだと疑うに足る情報だ」

「いっている意味がわからない」

「これ以上、君に説明する必要はない。説明しなければならないのは君だ」

「俺のこともスパイだと疑っているのか」

「君が『ムグンファ』でヒデトを発見し、救急車を呼んだというのはいいだろう。救急車には、もうひとり乗った筈だ。誰だ？」

将は言葉に詰まった。大仏もいっしょに救急車に乗るのを見られていた。

「『ムグンファ』にいた人だ」

苦しまぎれに将はいった。

「『ムグンファ』にいた？　店は臨時休業していた筈だ」

「従業員なのか、客なのかはわからない。俺が救急車を呼んだときに『ムグンファ』に入ってきて、いっしょに救急車に乗った。救急車の中で、俺はヒデトにつきっきりだったから話もしていない」

「麻薬Gメンじゃないのか」

「知らない。俺は名前も訊かなかった。ただ親切な人だと思っていた」

支部長は黙った。疑いを捨ててはいないようだ。

「救急隊員が通報したんで、病院には警察が待ちかまえていた。その人も警察に連れていかれ、どうなったのか知らない」

「警察には何といった？」

「昼飯を食いに入っていったら、血まみれの人が倒れていたから119番した、と」

「ヒデトと知り合いだといったのか」

「いうわけないだろう。いったら、まだ警察で調べられている。ただでさえ犯人扱いされたのに――」

いって、将はわざと息を呑んだ。

「そうか、あんた、俺を犯人に仕立てるつもりだったんだな」

「もしそうなら、君はつかまっている筈だ。試したことは認めるが、君を犯人に仕立てるつもりはなかった」

「何を試したんだ」

「君がスパイかどうかを、だ」

「スパイはヒデトだったのじゃないのか」

いった瞬間、胸が痛んだ。が、ここはヒデトを〝悪者〟にしても、組織と「クィー」をぶっ潰す、と決心した。

「ひとりとは限らない。君がスパイで、ヒデトを抱きこんだとも考えられる」

「ふざけるな。あんたらのせいで、俺がどんな目にあったと思っているんだ。頭を怪我させられ記憶を失くすわ、北島会につけ狙われるわ――」

「北島会について心配する必要はなくなった。君につきまとっていた小関というやくざは消された」

「消された？　誰に消されたんだ？　あんたか」

「私ではない。コネが欲しかったのだろうが、小関は開けてはならない扉を開けようとして、その報いをうけた」

「ワケがわからん。あんたが殺ったのか、別の人間が殺ったのか」

「私ではない。小関も、ヒデトも、そういう仕事に習熟したプロがいる」

「命じたのはあんただろう！」

「小関はちがう」

「ヒデトは認めるんだな」

「組織を守るためだ」

「そのプロってのも組織の人間か」

「答える必要はない。しばらく君とは連絡を断たせてもらう。まだ完全に君への疑いが消えたわけではない。この番号がつながるのも、これが最後だ」

「何だって――」

電話は切れた。将は息を吐いた。

「ヒデトだけでなく、俺のこともまだ疑っているようだ。しばらく連絡を断つ、といいやがった」

「その携帯を渡せ。これまでの通信記録から支部長の居どころを割りだしてやる」

大仏がいって、手をだした。将は菅下を見た。

「殺人の捜査には協力しよう」

菅下はいって、将を見返した。

「これで君の役目も終わった。あとは警察と、我々に任せてもらおう」

「馬鹿なことをいうな。良がどうなったのかもわからないのに手を引けるか」

「加納の消息がつかめなかったのは残念だが、今後の捜査に十分役立つ情報を得ることはできた。もう狙われる危険もないだろう」

将は菅下をにらみつけた。

「自分の同期がスパイだとわかり、厄介払いしようってのか」

「そんなつもりはない。償いは受けさせる」

「今俺を外したら、『クィー』を追いつめることはできないぞ」

「私の同期や野村という元警察官を調べれば、『クィー』を解明できる筈だ。君は手を引け」

「嫌だね」

将は大仏を見た。

「俺を外そうとするのはおかしくないか。こいつは同期をかばおうとしているんだ」

「そんなことはない！」

菅下は気色ばんだ。大仏は将と菅下を見比べた。

「オレにはどっちのいいぶんもわかる。だが菅下さん、こいつに今手を引かせるのは無理だ。考えてもみろ。小林秀人が殺害される理由を作ったのは、あんたたち二人だ。逮捕するという情報さえ流さなければ、小林秀人が殺されることはなかった」

菅下は顔を伏せた。

「まったくその通りだ。責任は感じている。だからこそ、これ以上の犠牲をだしたくないんだ」

「口先だけでいうな！　弟はどうなる⁉　ヒデトは体の不自由な弟を養っていたんだ。弟はどうなる!?　大仏がいった通り、ヒデトを殺させたのは、俺とあんただ」

将は声を荒らげた。

「小林秀人の弟に関しては、しかるべき対応をとる」

「そんなことをいってるんじゃない！　ヒデトを殺った奴を、絶対に許せないっていってるんだよ」

「私的な復讐をするつもりか」

菅下の表情が険しくなった。

「マトリがこいつを放りだせばそうなる。協力者のままにしておけば、捜査だ」

大仏がいった。

「あなたまで何をいいだす」

菅下は大仏をにらみつけた。

「こいつはグエンとも情報を共有し、『クィー』のボスの所在を知っている。放りだしたら、ひとりでそこに乗りこむだろう。ちがうか？」

最後の言葉を大仏は将に投げかけた。

「当然だ。ヒデトを殺った奴をつきとめ、報いを受けさせる。邪魔する奴は――」

将は息を吸いこんだ。

「みなごろしにしてやる」

菅下が息を呑んだ。

「どうする？　野放しにすれば、こいつは本当に死体の山を作るぞ」

大仏がいった。菅下は歯をくいしばった。

「わかった」

低い声でいった。

「何がどうわかったんだ」

将は菅下の目を見つめた。

「君には捜査協力をつづけてもらう。ただし身を守るため以外の暴力は絶対に控えてもらいたい」

「あんたはどうするんだ？」

「近畿に応援を要請し、同期の内偵を始める。こちらの人間には頼めない」

「警察が動いてもいいんだぜ」

大仏がいった。

「その必要はない。警察は警察で、野村の捜査がある筈だ」

菅下がいうと、大仏は息を吐いた。

「結局、マトリも警察も、こいつがいなけりゃ身内のスパイを暴けなかったってことだ」

菅下は無言だった。

32

まっすぐ四谷に帰る気にはなれなかった。いくとすれば、「ヤドリギ」か「ダナン」だ。

将は赤坂に向かった。昨夜のこともあるし、マイの顔が見たかった。よけいなことは話さないと決め、「ダナン」の入口をくぐった。

「ショウ！」

ボーイと協力し、テーブルクロスをとりかえていたマイがいった。ディナータイムの準備のようだ。

「ようすを見にきたんだが、早かったか」

ボーイのようすをうかがい、

「少し待って下さい。そこのコーヒーショップにいてくれたら、迎えにいきます」

マイは通りの向かいを指さした。

「いや、それならいいんだ」

踵を返そうとすると、走り寄ってきて小声でいった。

「わたしも話したかったんです。だから、待ってて」

将は頷き、「ダナン」をでてコーヒーショップに入った。朝から何も食べていないが食欲はない。米軍にいたとき以来だ。仲のよかった兵士が自爆テロに巻きこまれて死んだときは、二日間、食事が喉を通らなかった。

コーヒーも飲み飽きていた。しかたなくトマトジュースを頼んだ。

十分もしないうちにマイが店に入ってくると、

「わたしもコーヒーを飲みます」

と、将の向かいに腰をおろした。ホットコーヒーを頼み、将の前にあるグラスに目を丸くした。

「何を飲んでるの？」

「トマトジュースだ」

将の顔をマイは見た。

「顔色が悪いです。体の具合が悪いのですか？」

マイの視線をそらし、

「いや」

と将はいった。

「嘘です。何がありましたか」

マイの目が鋭くなった。

将は息を吐いた。

「何かショックなことありましたか。とてもつらそうです」

将はマイを見返した。

「どうしてそんなことがわかる？　俺は良——シゲルじゃない」

マイは首をふった。

「あなたがシゲルでなくても、二人はそっくりです。つらいときの顔もいっしょ。笑ったときの顔は……」

いいかけ、マイは黙った。

「笑い顔はちがうのか」

「——あなたのほうがいい。シゲルの笑顔は、どこか、本当に笑ってなかった。わたしに嘘をついていたからでしょうね」

将は息を吐いた。

「あいつも本当のことを話したかったと思う。だがそのチャンスがなかった」

マイは微笑んだ。

「あなたはやさしいですね」

「そんなことはない。あいつのほうが俺よりずっとやさしい」

マイは将の目を見つめた。

「双子のことを話して下さい」

とてもそんな気分じゃない、といおうとしたが、マイのまっすぐな視線にいえなくなった。将は大きく息を吐いた。

「俺たちは、瀬戸内海のちっちゃな島に生まれた。八歳のときに交通事故で両親が死に、親戚の家にひきとられた。その家に俺はうまくなじめなかった。良は、俺よりずっと大人で、悪さをする俺の尻ぬぐいをしてくれた」

　瀬戸内海がどこなのかわかるとは思えないが、マイは真剣な表情で耳を傾けている。

「あいつは勉強もできた。俺はいつも比べられちゃ叱られてばかりだった。今考えれば、ひきとってくれた親戚の家もよくしてくれていたのに、俺は逆らってばかりだった」

「いつ二人は離れたのですか」

「高校生のときだ。俺は家をでて他の街にいった。そこからアメリカに渡り、いろいろあって軍隊に入った。その間にあいつは大学にいき薬剤師の資格をとった。ひきとられた家が薬局をやっていたんだ。店を継ぐつもりでいたのが、オヤジさんが強盗に殺されたとかで、麻薬Gメンになったって聞いた」

「何年も会っていなかったのですね」

「二十年以上、会っていなかった」

　マイは首をふった。

「不思議です。そんなに長く別々の場所で暮らしていたのに、あなたとシゲルはとても似ています。生活がちがえば、顔もちがってくる筈なのに」

「それは……俺にはわからない。何しろ、今のあいつに会っていないから」

　マイは携帯をとりだした。

「シゲルは、いっしょに撮ろうといっても写真は嫌いだと断りました。これはこの店にいるときに、そっと撮った写真です」

　将は受けとった。テーブルにひとりですわり、横を向いてコーヒーを飲んでいる。思わずため息がでた。

「確かにそっくりだ」

「そうでしょう」

　良は厳しい表情を浮かべていた。他人を演じていたからだろうか。写真を嫌がったのも、何かの弾みで麻薬Gメンの正体がバレるのを警戒したからかもしれない。

「俺より顔が恐い」

将はいって笑った。

「あいつはすごく真面目なんだ。双子だけど性格はまるで似ていなかった」

「シゲルがマジメなら、ショウはフマジメですか」

「ああ。悪いことばかりやってたし、勉強も大嫌いだった」

マイは笑った。

「じゃあシゲルはショウの真似をしていたんですね」

「俺の真似？」

訊き返し、気づいた。西田シゲルを演じるにあたって、良は将の真似をしたとマイはいっているのだ。

「そういってました。子供の頃から勉強が嫌いで悪いことばかりしていたと。でも、わたしはそれを信じていませんでした。シゲルはショウがいう通り、とてもマジメな人。部屋もきれいだったし、誰と話すときも、悪い言葉は決して使いませんでした」

将は首をふった。もしそうなら、潜入捜査に成功していたとはいえない。

「君の前でだけ、そうだったのかもしれない」

「なぜですか」

「良が演じていたのはチンピラだ。そんなにマジメじゃ組織に信用されない」

マイは真剣な表情で考えている。

「だからショウの真似をしたんですね。あなたはシゲルの先生」

「悪いほうの先生だ」

将はマイと顔を見合わせ、笑った。気持が少し落ちついていた。

「よかった」

マイがいった。

「え？」

「さっきのあなたは、今にも誰かを殴りそうな顔でした。怒り、悲しんでいた」

将は頷いた。

「その通りだよ。詳しいことはいえないが」

マイをこれ以上巻きこみたくなかった。

マイが将の腕に手をのせた。

「グエンもいっていました。あなたはとても危ない人たちと戦っている、と。シゲルのようにはならないで」

「ありがとう」

将はマイの手を握った。マイが微笑んだ。

33

マイと「ダナン」に戻った将は、フォーを注文した。食欲はなかったが、何も食べていなければ、いざというときに体が動かない。空腹だと気力も衰える。そんな状態では戦えない。

食べ終え、コーヒーを飲んでいると食器を下げにきたマイがいった。

「グエンから電話があって、あなたがいると教えたら、迎えにくるそうです」

「迎えに？」

マイは頷いた。

「あなたをどこかに連れていきたいようです。どこかは知りません」

ディエムの店だろうか。市川といっていたが、この近くなのかどうかはわからない。

二十分ほどすると、ファンが「ダナン」に現われ、手招きした。将は勘定を払い、「ダナン」をでた。マイは他の客の対応をしている。

「ダナン」の下に、横浜にいったときに乗ったセダンが止まっていた。ファンが後部席のドアを示し、将はグエンの隣に乗りこんだ。ドゥはおらず、ファンがセダンを発進させた。

「どこへいくんだ？」

「ディエムが使っている殺し屋がわかりました。ジンというナイフ使いです」

「ジン……」

「ジンはディエムの……若い恋人です。ふだんはディエムと同じ家に住んでいますが、今日の朝、迎えがきてでかけるのを、ドゥが見つけました」

「どこにでかけたんだ？」

「わかりません。でもこれが迎えにきた車です。朝の九時に迎えにきたそうです」

グエンは携帯の写真を見せた。白のアルファードだった。「走る支部長室」だ。

「くそ」

将はつぶやいた。

「知っている人の車ですか」

「支部長と呼ばれている、組織の人間だ」

「本当に支部長なのですか」

「いや、本当はボスじゃないかと俺は疑っている。自分の上にも人がいると思わせるために、支部長を名乗っているんだ」

「なるほど。頭がいいですね」

「冷酷な奴だ。この車に乗っていったナイフ使いは、組織の若いプッシャーを殺した。殺させたのは支部長だ」

「なぜ殺すのです？」

「麻薬Gメンに逮捕されるという情報が流れたからだ。支部長は組織の中にスパイがいると疑っていた。そのプッシャーだと考え、口を塞いだ」

「本当にスパイだったのですか」

「スパイは俺だ。殺されたヒデトは、体の不自由な弟のためにプッシャーをやっていた。明るくて、いい奴だった」

「情報はどこから流れたのです？」

「東京の麻薬取締部だ。情報を洩らしている奴がいるとわかっていたので、罠をかけた。その罠のせいで、ヒデトは殺された」

「情報を流した人間はわかったのですか」

将は頷いた。

「俺をリクルートした菅下の同期のGメンらしい」

グエンは外に目を向け、いった。

「ジンは六本木のバーにいます」

「『オアハカ　トーキョー』か」

グエンは将を見直した。

「知っているのですか」

「ダンという『クィー』のメンバーがよくくると、殺されたヒデトから教わった」

「その男はたぶん、ジンといっしょにいます」

セダンは「オアハカ　トーキョー」の前で止まった。

「中にドゥがいますが、話しかけないで下さい」

「あんたはこないのか」

「ジンもダンもベトナム人です。知らないベトナム人が何人もいれば警戒します。私は店の外で待ちます」

降りたった将に、車内からグエンはいった。

「オアハカ　トーキョー」の扉を将はくぐった。店は空いていて、奥の、前にメイソンがいた席に二人のベトナム人らしい男がすわっているのが見えた。

カウンターの中ほどにドゥがいる。

将は少し離れたテーブル席にすわり、二人を観察した。

ひとりは体が細く、値の張りそうな生地でできたスーツを着け、ネクタイを締めている。もうひとりは口ヒゲを生やし、髪をオールバックにしてジーンズにアロハシャツといういでたちだ。どちらも年齢は三十代のどこかだろう。どちらがジンでどちらがダンかはわからない。

ジントニックを頼み、携帯を将はとりだした。カモフラージュのためだ。誰かに連絡することは考えていない。

二人はビールとスナックを前に話しこんでいる。リラックスしたようすで、どちらかが数時間前に人を殺したとはとうてい思えない。

小関も刺し殺されたことを考えれば、ジンが殺した可能性は高い。

やがてスーツの男が立ちあがった。奥のトイレに入っていく。将はあとを追った。

トイレに他の客はいない。便器に向かっているスーツの男の横に将は立った。用を足すフリをする。

男はちらりと将を見た。将は目を合わせなかった。

男が便器を離れ、洗面台の前に立った瞬間、将は襲いかかった。うしろから首すじを殴りつける。男は膝を折った。その後頭部をつかみ洗面台に叩きつけた。鼻が折れ、血を迸《ほとばし》らせながら、男は床に倒れこんだ。仰向けにし右手で首を絞め上げ、将はささやいた。

「一度しか訊かない。ヒデトを殺ったのはお前か」

「だ、誰?」

首を思いきり絞めた。男はもがいた。手の力をゆるめると、咳きこみ血がとび散った。

「ちがいます。ジンです」

「お前の名は?」

男のジャケットを叩き、もちものを調べながら将は訊ねた。

「ダンです」

内ポケットに財布があり、中に運転免許証が入っていた。

「ミン・バー・ダン」と記されている。

「ジンは北島会の小関も殺したな」

「知らないです」

「嘘をつけ」

スイッチナイフがサイドポケットにあった。ボタンを押すと十五センチはあるブレードが飛びだす。アメリカでは、もっているだけで違法だ。日本でもひっかかるにちがいなかった。

「こいつは預かる」

将はいってダンを引きずり起こした。個室のドアを開け、中に押しこむ。

「ここにいろ。でてきたら、お前は死ぬ」

ダンは血と涙でぐしゃぐしゃの顔を向けた。

「あなた、誰ですか」

「『クィー』だよ、お前らの言葉でな」

告げて、ナイフの刃を畳み、トイレをでた。

ひとり残っているアロハシャツの男の前に立った。男は不思議そうに将を見た。

テーブルにおかれた携帯が鳴った。アロハシャツの男のもののようだ。将はいった。

「でろよ」

ダンがかけたにちがいなかった。男は電話を耳にあて、

「アロー」

といった。相手の言葉を聞いた瞬間、表情がかわった。

将は男の隣に腰をおろし、テーブルの下でスイッチナイフを飛びださせた。

「騒ぐな。騒ぐと大腿動脈を裂く。フェモラルアータリーだ。わかるな」

刃先をジーンズの腿にあて、小声でいった。

大腿動脈は太股の中心部を走っていて、簡単にはナイフの刃は届かない。が、まっすぐつき刺してねじれば傷つけることができる。そうなれば大出血を起こし、止血しないと命にかかわる。

ナイフ使いだけあって、ジンにはわかったようだ。小さく頷いた。

「電話をよこせ」

ジンの手から携帯をとりあげ、テーブルにおいた。

「これから大事な話をする。嘘をつくな。ついたらお前は死ぬ。わからないフリをしても死ぬ」

ジンは小さく頷いた。

「今日の午前中、西麻布で男を刺したな」

将はジンの顔を見つめた。細く、どこか煙ったような目をして、考えが読みとれない。こういう目つきをしている奴は一番危険だ。表情もかえずに人を撃つ。

ジンは再び頷いた。

「北島会の小関というやくざを殺したのもお前か」

「誰？　名前知らない」

「小関だ。お前と同じような髪型をしていた」

ジンは頷いた。薄笑いを浮かべている。

「あいつね」

「殺ったんだな」

「僕の仕事です。ボスにいわれたら、誰でも殺します」

「オアハカ　トーキョー」の入口にグエンとファンが現われた。ドゥが知らせたようだ。

「ボスというのは誰だ」

「シー」

ジンは唇に人さし指を当てた。喜ぶ子供のように顔を輝かせている。

「それ、秘密。誰にもいえない」

「死んでもかまわないのか」

ジンは首をふった。

「あなた、僕を殺せない」

「今、入ってきた二人が見えるか。お前をつかまえにきたベトナム政府の人間だ」

将がいうとジンの口もとから笑みが消えた。グエンとファンが隣の席にすわるとそちらを見やり、右手で髪をなでつけた。

「いえないいなら、俺がボスの名をいってやる。ディエムだろう」

ジンは将を見た。その手が閃《ひらめ》き、将は頬にチクリとした痛みを感じた。思わず当てた指が血に染まった。そのスキにジンは椅子を蹴って立ち上がった。

右手の人さし指と中指の間にカミソリの刃がはさまれていた。将は目をみひらいた。いったいどこからカミソリの刃をだしたのか。

髪をなでつけたときだと気づいた。アロハシャツの襟に隠していたにちがいない。

「お前――」

ジンがくるりと身を翻し、すわっていたファンの頭を抱えこむとカミソリを当てがった。将は凍りついた。頸動脈を切られたら、救急車を呼んでも助からない。

「動かないで」

ジンはいった。グエンが立ち上がった。

ファンは目をみひらき、動けないでいる。その耳にジンはベトナム語を囁いた。ファンは頷いた。

店の中がざわつき始めた。騒ぎに気づいた客がいる。

ファンが立ち、その体を盾にしてジンは後退った。

「逃げられないぞ」

ナイフを隠し、将も立ち上がった。

「あなたくる、この人死ぬ」

ジンは笑みを浮かべていった。

ファンの手がジャケットの下にのびた。グエンがベトナム語で叫ぶと、その手が止まった。武器をとりだそうとしたようだ。

ジンはファンの体をひきずって店の出入口に向かった。

「ちょっと、お客さん――」

バーテンが呼びかけ、ジンの手にあるカミソリに気づいて言葉を呑みこんだ。

「110番、ダメ」

ジンがいい、バーテンは小さく頷いた。「オアハカ　トーキョー」の外まで、ジンはファンをひきずっていった。

将は出入口に駆けよった。店が面した道に止められたバイクにジンは歩みよった。将を見つめ、にやっと笑った。ファンの首を切り、その体をつき飛ばした。

「ジン！」

将は叫んだ。次の瞬間、ジンはバイクにまたがり、発進させた。

34

ファンの傷は幸い頸動脈にまで達していなかっ

た。警察と救急車を呼ぶという店の人間を説得し、将とグエンは「オアハカ　トーキョー」をでた。

セダンには救急箱が用意してあり、グエンはファンの首を消毒し、絆創膏を貼った。

「あなたも」

グエンにいわれ、将は車のルームミラーをのぞきこんだ。左の頰に十センチ近い糸のような傷がつき、血が滴っている。

「血が止まれば大丈夫だ」

将は首をふった。カミソリによる切り傷は、よほど深いものでない限り、すぐに皮膚がくっつく。

ドゥが「オアハカ　トーキョー」からダンを連れて現われた。腫れた顔におしぼりを当てている。

後部席で、将とグエンはダンをはさんだ。ダンが不安げにベトナム語を喋った。それにグエンが答え、ジャケットからだした身分証を見せた。ダンの顔に恐怖が浮かんだ。

「ジンはどこに逃げた？」

将はダンに訊ねた。

「知りません」

ダンは首をふった。そしてグエンにベトナム語で何ごとか訊ねた。恨めしそうに将を見ている。

「あなたのことを知りたがっています。我々が日本人の殺し屋を使っているのか、と」

グエンがいった。

「ジンの居どころをいわなけりゃ、さっきのつづきをやる」

将はダンを見つめた。ダンは激しく首をふった。

「やめて下さい。私は知らないです」

将はダンの目をのぞきこんだ。

「お前の道はふたつだ。ひとつは、ここで俺に死ぬほど痛めつけられる。もうひとつはベトナムに強制送還され、たっぷり絞りあげられたあと、刑務所いきになる」

「私、何も悪いことしていない。ベトナムで刑務所いかない」

ダンはいった。

「じゃあここで痛めつけられるってことだ」

「やめて」

ダンは泣きそうな顔になった。グエンが厳しい口調でベトナム語を喋った。「クィー」という言葉が混じっている。

「我々は『クィー』を倒すために『クィー』を雇った、といいました」

「ああ、俺は『クィー』になる。あいつらをぶっ潰すためならな」

将はいい、ダンの首すじをつかんだ。

「知っていることを全部喋るんだ」

「わかりました。だから殺さないで」

ダンは何度も頷いた。将は携帯をとりだし大仏にかけた。

「ヒデトを殺った奴がわかった。ジンという『クィー』のメンバーだ。小関もそいつが殺った」

「どうやってつきとめた?」

「同じメンバーのダンの口を割らせた」

「ダン? ベトナム人のか」

「そうだ」

「そいつはどこにいる」

「今、俺の横にいる。六本木だ」

将は「オアハカ トーキョー」の場所を教えた。

大仏はため息を吐いた。

「そっちにいく。逃がすなよ」

電話を切り、

「『ダナン』で会った女刑事がくる。こいつを渡していいか」

と将は訊ねた。グエンは頷いた。

「もちろんです。日本では私たちは何もできません。この男がいった通り、刑務所に入れるにも、日本の刑務所にしか入れられない」

「じゃあ渡しておいてくれ」

将はいって、セダンのドアを開いた。

「俺はいかなきゃならないところがある」

「ディエムのところにいかないのですか」

驚いたようにグエンが訊ねた。

「その前に話をつけなけりゃならない相手がいるんだ」

「『クィー』ですか」

「そいつはちがう。だが双子の俺の兄弟について何か知っている筈なんだ」

「あなたひとりで大丈夫ですか」

将は頷いた。

「大丈夫だ」

セダンを降り、歩きながら将は四谷警察署の番号を調べ、かけた。

「四谷警察署です」

オペレーターがでると告げた。

「刑事課長の福原さんと話をしたい」

「そちらは?」

「麻薬取締官の加納だ」

「お待ち下さい」

間が空き、

「福原課長は署内にいません。携帯に連絡をとりますか?」

とオペレーターは訊ねた。

「じゃあこの携帯にかけてもらってくれ。番号は」

将がいいかけると、オペレーターが、

「番号は090―○○○○――で、よろしいですか」

と訊ねた。表示されているようだ。

「そうだ。その番号にお願いします」

「了解しました。一度切ります」

電話は切れた。将は正面を見た。夜空を白く染める超高層ビルが目の前にそびえている。

六本木ヒルズだと、ヒデトから教えられたのを思いだした。

携帯が鳴った。

「福原課長の携帯はつながりませんでした。留守番電話にそちらの番号を残しておきましたので、連絡をお待ち下さい」

四谷署のオペレーターが告げた。

「福原さんの携帯の番号を教えてもらえないか」

「それはできません。申しわけありません」

電話は切れた。

将は息を吐いた。福原の口を割らせ、今この瞬間にも六本木ヒルズに住むという野村のもとに乗りこみたかったが、そうは簡単にいかないようだ。

六本木ヒルズにいってみようかと考えた。が、遠目にもあれほど巨大なビルで、顔も知らない男を見つけるのは不可能だと思い直す。

同じ六本木にある、バー「ヤドリギ」に将は向かった。

「ヤドリギ」は、六本木ヒルズとは大きな通りをはさんだ反対側にあった。入っていくと、カップルの先客がいた。

「いらっしゃいませ」

将はカップルから離れた、カウンターの端にすわった。歩みよってきた宮崎が小声でいった。

「顔に血がついています」

「カミソリで切りました」

受けとったおしぼりで将は頬をぬぐった。

「ヒゲ剃りですか?」

将は首をふり、

「ビールを」

といった。でてきたビールをひと口飲み、喉が渇いていたことに気づいた。一杯めを空にし、おかわりを頼む。

二杯目もほとんど空にしたとき、携帯が鳴った。知らない番号が表示されている。

ストゥールをすべり降り、

「はい」

と将は耳に当てた。「ヤドリギ」の外にでる。

「加納くんか」

「福原さんか」

「署に電話をくれたそうだな」

福原はいった。

「話をしたい」

「何を話したい？」

「俺の兄弟の話だ。加納良。良の正体をバラしたのは、あんただろう」

福原は黙った。

「もう逃げられないぞ。麻薬取締部も警察も、あんたと野村のことをつきとめた」

「野村？」

「六本木ヒルズに住んでいる元警察官さ。あんたの運転で起きた事故のせいで車椅子に乗っている」

福原は無言だ。

「亡くなった、あんたの妹は良の婚約者だった。良はあんたが殺したのか。それとも誰かに殺らせたのか。たとえば『クィー』のジンとかに」

「ジンというのは誰だ？」

「北島会の小関と売人のヒデトを殺った殺し屋だ」

「会って話したほうがいいようだな」

「良と同じように俺の口も塞ぐか？　俺を殺しても逃げられないぞ」

間をおき、福原は訊ねた。

「今はどこにいる？」

「ヤドリギ」の場所を教えるわけにはいかない。殺し屋を送りこんでくるかもしれない。

「六本木ヒルズの近くだ。野村に会おうと思ってな」

福原は深々と息を吸いこんだ。

「六本木ヒルズに大きな蜘蛛のようなモニュメントのある広場がある。そこにいてくれ」

「わかった」

将は店内に戻り、残ったビールを飲み干し勘定を払った。歩いて六本木ヒルズへと向かう。ひとつの大きなビルだとばかり思っていたのが、近づくと何棟ものビルが合わさった施設だとわかった。

福原がいっていた蜘蛛のモニュメントは、表通りからエスカレーターで上がった場所で見つかった。

高さ十メートルはある金属製の巨大なオブジェがあり、周囲に芝生やベンチが配されている。夜間なので、通行人はそう多くない。

将はオブジェに近いベンチに腰をおろした。

携帯が鳴った。大仏だった。

「ベトナム人を預かった。ボコボコにしたのはお前か」

「そうだ。俺をつかまえる気なら少し待ってくれ」

「被害届がでたらそうなるが、本人にはその気はないようだ。グエンさんに感謝するんだな」

「そうか」

「それで今、お前はどこにいる？」

「福原を待っている」

「四谷署のか？」

「そうだ」

「おい！　お前、まさか――」

「さすがの俺も刑事をボコボコにはしない。が、良に何があったのか、福原は知っている筈だ」

「オレもいく」

「断わる。サシで話がしたいんだ」

「手をだすなよ。たとえクロでも相手は現役の警察官で、警視庁の警視だぞ」

「向こうが手をださない限りはださない。ダンの取り調べはしているのか」

「これからだ。小林秀人殺害の共犯容疑で絞りあげる。通訳の手配もした」

「ダンに吐かせれば、『クィー』を一網打尽にする材料が手に入る筈だ」

「それには時間がかかる」

「ディエムを逃がすなよ」

「それについてはグエンさんと打ち合わせをする。『クィー』のことは、ベトナム政府も以前から目をつけていたらしい」

「あんたには好都合だな。もう切る」

「福原と話したら必ず連絡しろよ」

「わかった」

答えて、将は電話を切った。

あたりを見回す。暗闇というほどではないが、遠くから顔立ちがわかるほどの明るさはない。

こうしてすわっていて、銃で狙撃される可能性もある。が、福原と直接話すことが、良がどうなったのかを知る最善の手段だという気がしていた。根拠はないが、福原は、自分には嘘をつかないという確信めいたものがある。

三十分が過ぎた。福原は現われず、電話もない。逃げるための時間稼ぎだったのだろうか。将がそう思い始めたとき、下の通りとつながったエスカレーターを上がって、男が現われた。スーツにネクタイを締めている。福原だ。将は立ちあがった。

福原も将を認めた。まっすぐ将に向かって歩いてくると、二メートルほどの距離をおいて立ち止まった。

「こないかと思った」

将はいった。

「その選択肢は、私にはない。逃げだしても問題の解決にはならないからな」

福原は答えた。そしてつづけた。

「君は加納くんとはずっと会っていなかった。なのによくミオのことをつきとめたな」

「運がよかったのさ」

福原はじっと将を見つめた。

「いったい、どこで何をしていたんだ？」

「アメリカで兵隊をしていた」

「なるほど。加納くんは、君が犯罪者になっているのではないかと、いつも気にしていた」

「そこまでの根性がなくてね」

福原は首を傾げた。

「加納くんはずっと君に罪の意識をもっていた。君が叔父さんの家をでていく羽目になったのは、自分のせいだと」

「そんな必要はこれっぽっちもなかった。俺はやりたい放題をやって、良の足を引っぱってきた。家や学校を追いだされるのは時間の問題だったんだ」

将は答えた。

「兄弟がどうしているか、君はまったく気にかけなかったのか」

福原は訊ねた。まるで責めているような口調だ。

「俺みたいな人間は、あいつの前から消えたほうがいいと思った。あいつは真面目で、できがいい。俺がいないほうが、あいつの人生はうまくいく」

「勝手な考えだ。君がいなくなったことで加納くんは傷つき、罪の意識に苦しんだ」

将は息を吸いこんだ。

「あんたに俺を責める資格があるのか」

「ミオを失い、一時、加納くんは自暴自棄になりかけた。自分に近しい人間は皆いなくなってしまう、といってな」

「確かに俺はいなくなった。だが裏切っちゃいない」

将はいって福原をにらんだ。

「良を一番傷つけたのはあんただ。その上、殺した」

「私は加納くんを殺してはいない」

「直接手を下さなくても同じことだ。良の正体をバラし、殺されるように仕向けた」

「加納くんは生きている」

福原がいった。将は目をみひらいた。

「何だって！」

「これから君に会わせる。その準備をしていて、遅くなった」

告げて、福原は手をだした。

「携帯電話を渡してもらおうか。嫌だというのなら会わせられない」

将は息を吐いた。言葉に従う。福原は受けとった携帯を、モニュメントの蜘蛛の足もとにおいた。

「ここにおいていく。きたまえ」

くるりと踵を返し、歩きだした。将は大きく息を吸い、そのあとを追った。

35

エスカレーターを降りると、福原は通りかかったタクシーに手を上げた。運転手に、

「赤羽《あかばね》にいって下さい」

と告げた。将が初めて聞く地名だ。

「赤羽は市川に近いのか？」

将は訊ねた。

「いいや。なぜそう思うのかね」

福原が答えた。

「市川にはディエムがいる」

「ディエム？」

「『クィー』のボスだ」

福原は息を吐いた。

「誤解があるようだな。いや、誤解というよりは、情報が古い、というべきか」

「古い？　どういう意味だ」

「『クィー』のトップはディエムではない」

「じゃあ誰だ」

「それはいずれわかる」

タクシーが三十分ほど走ると、福原は運転手に道を指示した。通りの名らしきものを口にしたが、将はまるで聞いたことのない名だった。

「そこでけっこうです」

告げたのは、住宅街の中にある、広い敷地の建物の前だった。

将は先にタクシーを降りた。「京城病院」という鉄のプレートが頑丈そうな鉄の門にはまっている。

「古くからある精神科の病院だ。二代目の院長は我々に協力してくれている」

「我々？」

「私と野村だ」

答えて福原は門柱にはまったインターホンを押した。

「はい」

ややあって男の声が応えた。

「福原です」

ガチャンと音をたて、門の錠が外れた。

「まっすぐ進んで右手の閉鎖病棟までおこし下さい」

インターホンは告げた。

二人が門をくぐると再び錠がかかる音が響いた。

門の内側は鬱蒼《うっそう》と木が生い茂った庭園だった。その中を一本道がつづき、つきあたりの左右にコンクリートの建物があった。右手の建物に近づくと、金網のはまったガラス扉を押して白衣を着けた男が二人を迎えた。

「急な面会で申しわけありません」

福原がいった。

「先ほど院長から連絡がありました。患者さんは薬でおやすみだと思います」

白衣の男は答えた。

二人はガラス扉をくぐった。扉の内側にはカードセンサーがついている。

テレビや椅子の並んだ広間があり、その先の通路を白衣の男は歩きだした。

「時間が遅いのでお静かに願います」

通路の左右には扉が並んでいた。病室のようだが、患者の名を示すプレートはない。

通路の途中にまたガラス扉があり、白衣の男は首から下げたカードをセンサーにかざした。

扉のロックが解ける。その先の通路のつきあたりまで三人は進んだ。

「この部屋です」

正面の扉にとりつけられたモニターのボタンに白衣の男は触れた。

モニターに映像が浮かび上がった。薄暗い室内におかれたベッドに人が横たわっているが、暗くて顔までは確認できない。

「加納くんはここだ」

福原がいった。

「扉を開けてくれ。顔を見なけりゃわからない」

将は白衣の男に告げた。男は福原をうかがった。

「お願いします」

福原がいうと、カードキィを扉にかざした。

カチリと音がして、扉のロックが外れた。

福原は白衣の男に向き直った。

「ありがとうございました。あとは大丈夫です」

「しかし、面会には立ち会う決まりがありまして……」

男はとまどったようにいった。

「院長の許可は得ています。ここから先は、我々だけにしていただきたい」

有無をいわせない口調だった。男は福原を見つめた。

「ありがとうございました」

福原が重ねていうと、

「わかりました。あの、中から扉は開きませんから、入るときは気をつけて下さい」

と答え、通路を戻っていった。途中のガラス扉をくぐり、その向こうからこちらを見つめる。

それを見届け、

「さあ」

と福原はいった。将はドアノブに手をかけた。

「加納くんに会うのは何年ぶりかね？」

「二十年ぶりだ」

答え、将はドアノブから手を離した。

「あんたが先だ」

福原は首を傾げた。

「俺を良といっしょに閉じこめる気かもしれん」

「なるほど」

いって福原はドアノブを引いた。通路の照明が部屋の中に流れこんだ。横たわった男は眩しそうに顔をそむけた。

「良」

思わず言葉が口をついた。確かに良だ。

「良！」

将はベッドに近づいた。良は壁に向け寝返りをうった。ヒゲがのび、痩せている。

将は良の肩に手をかけ、揺すった。

「良、起きろ。俺だ」

良は起きなかった。白衣の男が「薬でおやすみだと思います」といったのを将は思いだした。

部屋の入口に立つ福原をふりかえった。

「良に何をした」

「彼を生かしておくためにはこうする他なかった。病院ここの院長は向精神薬を暴力団に流している。病院の経営が苦しくてね。それを、私と野村がつきとめ、情報提供者として協力してもらうことになった。加納くんの正体が麻薬取締官だとわかれば、組織は彼の口を塞ぐ。私はそれを止めたかった」

福原はいった。

「だから部下から西田シゲルが戻ってきたと聞いたときは驚いたよ。病院を抜けだしたのかと思った」

「手下の刑事に俺を見張らせていたのか」

「君ではなく加納くんを見張らせたのだ。麻薬取締部にも組織のスパイがいる。そちらから加納くんの正体が伝われば、先に殺されてしまう危険があった。それを防ぐために部下を使った。加納くんを死なせたくなかった」

「クスリ漬けにしておいてか」

「支部長は加納くんを信用し、野村にひき会わせようとしていた。野村に会ってしまったら、加納くんを助けることはできない。その前に加納くんをここに連れてきたのだ」

「一生閉じこめるつもりでか」

将は福原をにらみつけた。

「そんなことは考えていなかった」

「嘘をつけ。良を解放すれば、あんたは終わりだ。『クィー』の仲間だとバレるからな。そうならないためには、良を一生ここに閉じこめておくしかない」

「加納くんを説得するつもりだった。我々の仲間に加わってくれ、と」

「良がうんという筈がない。クソマジメなんだ」

福原は息を吐いた。

「確かに私は加納くんを見くびっていたかもしれない。これほど頑固だとは思わなかったよ。だが説得に応じなければ、彼はずっとこのままだ」

「ふざけるな！　良をここからだす」

将は良の腕をつかんだ。

「起きろ、良。ここをでるんだ」

「やめたまえ」

福原がいって、将に近づいた。手に拳銃を握っている。

「そんなことをすれば、兄弟二人とも生きていられなくなる」

良は目を閉じ、されるがままだった。よほど強い薬を与えられているのか、起きる気配がない。

「手を離せ。加納くんは撃てなくても、君を撃つのは平気だ」

腕をのばし、将の顔に銃口を向けた。

「俺を撃ったら、さっきの奴が通報する」

「いったろう。ここの院長は我々のいうなりなんだ。君を殺して死体を処理するのは簡単だ」

「良！」

将は良の腕をひっぱった。

「今、この場で撃つぞ」

福原がいった。本気のようだ。やむなく将は良の腕を離した。とびかかろうにも、福原は良の頭側に立ち、距離をおいている。

「俺をどうする気だ？」

「さしあたって、ここに入院してもらう」

「あんたと会っているのは皆知ってる。逃げられっこない」

「どうかな」

福原は首を傾げた。

「使いかたを知っている人間には、法律は大きな味方になるものだ。そうする勇気があるかないか、だけの話で」

「恥ずかしくないのか」

「さっきの君の言葉を返そう。私を責める資格があるのか、と。君がそばにいれば、加納くんが今ここにいることはなかったかもしれない」

「それは……ちがう」

言葉が聞こえた。将ははっとした。良が目を開き、福原を見上げていた。

「良！」

「加納くん！」

「たとえ、将がいなくならなくても、俺は、麻薬取締官になった……」

福原は目をみひらいた。

「聞いていたのか」

「頭の上で、ずっと話をされたら、嫌でも目が覚める」

いって、良は福原の腕をつかんだ。

「将を撃つな」

「加納くん！」

福原が良の手をふり払った。そのタイミングを逃さず、将は福原にとびかかった。拳銃を握った右手首を捻りあげ、足払いをかける。

福原は床に膝をつき、拳銃は将の手に渡った。

「夢か」

良がつぶやいた。

将を見つめている。

「夢を見てるのか」

「夢なんかじゃないぞ。お前を助けにきたんだ」

将はいった。それでも良のぼんやりとした表情はかわらなかった。

「壁に両手をつけて立て」

将は福原に告げた。福原の体を探る。携帯電話をとりあげた。だが、菅下や大仏にかけることはできなかった。使っていた携帯のメモリからかけていたので、番号を知らないのだ。

思いついた。福原の携帯で、東京のベトナム料理店を検索した。「ダナン」の番号が表示された。

「ありがとございマス。ベトナム料理『ダナン』です」

呼びだしにウェイターが応えた。

「マイさんをお願いします」

将は電話に告げた。良が反応した。瞬きし、

「マイ……」

とつぶやく。

「お電話かわりました。マイです」

「ショウだ。すまないがグエンに電話をかけて、大仏と連絡をとってほしい。俺の携帯が使えないんだ」

「大仏さんに何というのですか」

「赤羽にある『京城病院』で良を見つけた」

「リョウ？　シゲルは生きているのですか」

マイの声が高くなった。

「ああ。ちょっと待て」

将は良に携帯をさしだした。

「マイさんだ。話せ」

「マイ？」

良はつぶやいた。

「そうだ。ベトナム人のマイさんだよ。『ダナン』のマネージャーで、お前の恋人だ」

恋人だと告げたとき、胸の奥に痛みが走った。

良は携帯をうけとり、耳にあてた。

「シゲル!?」

マイが呼びかける声が将の耳にも届いた。

「シゲル……。そう、俺はシゲルだ」

マイがさらに語りかけた。その内容までは聞きとれなかったが、表情が抜け落ちていた良の顔に、じょじょに生気が戻ってきた。

「マイ、そうだ、思いだした。俺は、俺は……西田シゲル……でも――」

携帯を耳にあてたまま良は呆然と将を見た。

「加納良でもある。お前は麻薬Gメンとして西田シゲルを演じていたんだ。マイさんとはそれで知り合

った」

　将は告げた。良が不意に目をみひらいた。

「将！　本当に、本物の将なのか!?」

「そうさ。電話を返してくれ」

　マイは電話の向こうで泣きじゃくっていた。

「生きていたんですね」

「さっきいった『京城病院』で薬漬けにされていたんだ。まだぼんやりしているが、体は何ともない」

「グエンに知らせます！」

「頼む。この携帯の番号はわからないが――」

「大丈夫です。お店の電話にディスプレイされていますから。こちらからかけられます」

「わかった。よろしく頼む」

　良がベッドから立ちあがろうとしてよろけた。将は思わず手をのばした。良を支えたとき福原が動いた。病室をとびだした。

「あっ」

　外から扉が閉まり、ロックのかかるカチリという音がした。

「くそ」

　扉にとりついた。ノブがなく、体当たりしてもびくともしない。扉の表面は詰めものでおおわれ、患者がぶつかっても怪我をしないような構造だ。

　天井にとりつけられた監視カメラを将はにらんだ。

　将は携帯を耳にあてた。通話は切れていた。

　良が将の腕に触れた。じっと将の顔をのぞきこんだ。

「元気そうだな」

「ああ、元気だ。お前は俺が犯罪者になるのじゃないかと心配していたらしいが、そうはならなかった」

　将はいって、良をベッドに押しやった。

「とりあえずすわろう。連絡をしたから、じき警察がくる」

「警察？」

「ああ、マトリは忙しくてな。菅下もこられない」

「菅下さんを知っているのか⁉」

「知ってるよ。俺をリクルートしたのは菅下だ」

将は良の隣に腰をおろし、答えた。

「いったい、どこで何をやっていたんだ」

「アメリカに渡ってた。もちろん密入国だ。いろいろあって、兵隊をやっていた」

「兵隊？」

「陸軍にいたんだ」

良は信じられないように将を見た。目が落ちくぼみ、ヒゲがのびている。それでもなつかしい顔だ。

「お前が、アメリカ軍の兵隊だった、だと」

「そうだ。除隊になって、PMCに誘われたが、どうするか決めかねて、とりあえず日本に戻ってきたんだ。島で墓参りをした帰りに、菅下に声をかけられた」

「PMCって何だ」

「民間軍事会社だ。簡単にいえば傭兵だ」

「傭兵になるのか、お前」

「まだ決めてない。軍にずっといたから、就職の斡《あっ》旋《せん》もしてもらえるし、別にPMCに入らなくても生きてはいける」

「戦争をしていたのか」

まだ頭がぼんやりしているのか、良の質問には脈絡がなかった。

「アフガニスタンにずっといた。今の俺はアメリカ国籍だ」

「アメリカ人なのか、すごいな」

「何がすごいんだ。大学をでて麻薬Gメンになったお前のほうが、よほどすごい」

「叔父さんが――」

「聞いたよ。ヤク中の強盗に殺されたんだってな。叔父さんの店を継ぐつもりだったのが、それでGメンになる決心をしたのだろう」

良は苦笑いを浮かべた。

「くわしいな」

「お前に化けるためにいろいろ教わった」

「俺に化ける？」

「急にいなくなったお前がどうなったのかを知るために、俺が西田シゲルのフリをしたんだ。それで支部長やヒデト、そしてマイさんに会った」

「バレなかったか」

「マイさんにはバレた。当然だな。だから本当の話をした。お前が西田シゲルじゃなく、麻薬Gメンの加納良だということもいった」

　良は下を向いた。

「マイを傷つけたな」

「マイさんは、自分に対するお前の気持も偽ものじゃないかと心配していた」

　良は首をふった。

「本気だ。だが真実を告げるわけにはいかなかった。いつか話さなけりゃならないとは思っていたが……」

「心配するな、俺もそういった。西田シゲルは実在しないが、マイさんへのお前の気持は本物だと」

　良は息を吐いた。

「なんか……お前、すごいな。俺は、お前に助けられてばかりなような気がする」

「馬鹿なことをいうな。ガキの頃からお前の足をひっぱり、迷惑をかけつづけてきたのは俺のほうだ。消えたほうがお前のためだって思ったんだ」

　いいながら、将は鼻の奥が熱くなるのを感じた。これ以上何かをいうと泣いてしまいそうだ。

　携帯が鳴った。ほっとして耳にあてた。

「もしもし」

「大仏だ！　加納良を見つけたというのは本当か」

「ああ、本当だ。ただちょっとマズいことになった。良がいる病室に閉じこめられちまった」

「福原はどうした？」

「逃げた。俺のミスだ」

「今、『京城病院』に向かっている。令状をとるヒマはなかったが、何とかお前らをだす」

「グエンは？」

「市川だ。ディエムの家を見張っている」

「気になることがある」

「何だ？」

「俺が、ディエムが『クィー』のボスだといったら、『古い情報だ』と福原がいったんだ」

「『古い情報』？」

「つまりディエムは『クィー』のボスじゃないってことだ」

「じゃ誰がボスなんだ」

「これは俺の勘だが、野村じゃないかと思う」

「何だと」

大仏は絶句した。

「野村は刑事だったときの知識を活かして『クィー』を大きくした。そう考えると、表向きはディエムがボスでも、実質的に『クィー』をコントロールしているのは野村じゃないかと思う」

「野村……」

良がつぶやいた。将は良を見た。

「会ったことがあるか」

「いや」

良は首をふった。

「だが名前は知ってる。福原さんの親友だ。確か車椅子に乗っているのじゃなかったか」

将は頷いた。

「もうじき『京城病院』に着くから切るぞ」

大仏はいって、電話は切れた。

将は良に訊ねた。

「お前が東京で福原に会ったのは偶然か？」

「いや、偶然じゃない。新宿のゴールデン街で、うちのプッシャーにからんできた北島会のチンピラをぶちのめしたとき通報で駆けつけた制服警官に連行された。連行された警察署に福原さんがいた。正体がバレちゃまずいんで黙秘していた俺を、福原さんがだしてくれた。福原さんは俺の仕事を知っていた」

「それも聞いた。事故で亡くなった恋人の兄さんなんだってな」

良はあきれたように首をふった。

「俺はお前のことを何も知らないのに、お前は俺のことを何でも知ってるんだな」

「しかたがないだろう。お前に化けるためだ。正確にいえば、お前が化けた西田シゲルに化けるためだ。それで福原とはその後も会ったのか」

「礼をいうために電話をして、それがきっかけで飯を食った。俺が潜入捜査をしていることには気づいていたから、話はしやすかった。だけどまさか捜査対象の組織とつながっているとは思わなかった」

「野村にひっぱりこまれたんだ」

いって、野村とゴーが病院で出会った話をした。愛人のディエムが率いる密輸組織への協力をゴーが頼み、それがきっかけで野村は「クィー」とかかわるようになった。

「野村に負い目のある福原は、ずるずると『クィー』に呑まれちまったのさ」

将がいうと、

「それはちがう」

良は首をふった。

「福原さんはむしろ、野村の後押しをしたんだ。怪我をして内勤に回された野村に、警察は冷たかった。職務執行中の事故だったのに、いつまで警察にぶらさがっているんだ、といわれることもあったみたいだ。野村から相談された福原さんは、いっそ警察を辞めて金儲けに専念しろ、とアドバイスした。そのために自分も情報提供をする、と。福原さんから聞いたのだからまちがいない。ここに入れられてから、だが。俺の正体を組織にバラせば、確実に殺される。それを防ぐために、福原さんは俺をここに閉じこめたんだ」

「自分の悪事を隠すためだ」

将はいった。良は小さく頷いた。

「俺は福原さんを尊敬していた。警察官として立派な人だと思っていた。だからミオがいなくなったあとも、連絡をとっていたんだ。助けてくれたことには感謝しているが、まさか麻薬組織につながっているとは思わなかった」

「そういえばお前に訊きたいことがあった」

「何だ」

「430１975の意味だ。サイゴン陥落の日付だというのはわかったが、何のための数字だ？」

「あれを見つけたのか」

良は顔をほころばせた。

「牛乳嫌いのお前の部屋にあるのは妙だと思った」

「あれは『クィー』のメンバーであることを証明するパスワードだ。ブツを卸している組織に連絡をとる際に、その数字で『クィー』の人間だと証明する。支部長から聞きだした。組織を潰すつもりで潜入したが、『クィー』をやらない限り、密売組織はいくらでもでてくるとわかった。『クィー』とは、北島会もコネをつけたがっていた」

「小関は死んだ。野村のことを調べていて消されたんだ」

将はいった。良は息を吐いた。

「野村について嗅ぎ回ると、ディエムが飼っている殺し屋に狙われると福原さんもいっていた」

「小関をそそのかしたのは俺だ」

「お前が？」

「『クィー』には日本の警官がかかわっているという噂があった。そのでどころを調べろといったんだ」

病室の外が不意に騒がしくなった。叫び声がして、扉のロックが外れた。

扉が開かれた。

「ここか!?」

大仏が戸口に立った。

「ああ。遅かったじゃないか」

いって将はベッドから立ちあがった。白衣の男が頬をおさえ、通路にしゃがみこんでいる。大仏に逆らって痛めつけられたようだ。

良も将のかたわらに立った。

「紹介するぜ。加納兄弟だ」

将はいった。

大仏は目を丸くした。

「なるほど痩せちゃいるが、確かにそっくりだな」

「こちらは警視庁の大仏さんだ。女だからって甘くみると、痛い目にあうぞ」

将はいった。

「今は勘弁してくれ」

良が手をふった。

36

「京城病院」をでた三人は、大仏の乗ってきた覆面パトカーに乗りこんだ。ハンドルを握っているのは、三十代半ばのスーツを着た刑事だ。

「菅下さんに連絡をとった。『ダナン』にくるそうだ」

大仏はいって、スーツの刑事に、

「赤坂にいって下さい」

と告げた。刑事は無言で頷き、覆面パトカーを発進させた。

「病院の連中はほっておくのか」

将は訊ねた。

「あんなでかい病院だ。経営者はそこいらのチンピラとはちがう。証拠をそろえてからじゃなきゃ無理だ」

「証拠は福原だ。福原が良を病院に閉じこめ薬漬けにした。あの病院の院長は、福原と野村の協力者らしい」

「協力者?」

大仏が訊き返すと、

「メチルフェニデートやペンタゾシンを暴力団に流していて、それを福原さんたちにつかまれたんだ」

良がいった。

「メチル――何だって？」

将は訊ねた。

「メチルフェニデートは精神刺激薬、ペンタゾシンは鎮痛薬だ。マルBに流したとわかれば、手がうしろに回る」

大仏が答えた。

「パクるのを見逃すかわりに、情報やブツを院長からひっぱっていたんだ」

良はいった。

「ブツもか？」

大仏が訊き返した。

「それが『クィー』の商品の一部になった。ベトナムから密輸するだけでは、種類も量も限られる。『京城病院』から引いた向精神薬も、『クィー』は組織に卸してた」

良が答えると、

「クスリのネタ元がつかめなかったわけだ。病院の院長と現役の刑事が組んでいたのだからな」

大仏が吐きだした。

「しかしなんで麻薬の密売なんかに手を染めたんだ？」

将は良を見つめた。

「警察に対する恨みだ。さっきもいったが事故で体が不自由になった野村に、警視庁は冷たかった。野村が『クィー』を手伝うことになると、福原さんは警察に残って、その活動を後押しした。野村に対する罪の意識もあったのだろうが、あの人はやると決めたらとことんやる」

良が答えた。

「だがお前は殺さなかった」

「ミオとのことがあったからだ。俺が結婚しないのは、ミオのことが忘れられないからだといって申しわけながっていた。ミオが死んだのは福原さんのせいじゃないのに」

「それで殺すかわりに病院に閉じこめたのか」

「そんなことをずっとつづけられるわけがない」

大仏がいった。

「いつかは決着をつけるつもりだったと思う。俺を殺すか、自分を殺すか、だ」

良がつぶやいた。

「赤坂のどこに向かいますか」

覆面パトカーのハンドルを握る刑事が訊ねた。

「その前に四谷に寄ってもらえませんか。格好を何とかしたい」

良がいった。薄汚ないパジャマに裸足だ。

「わかった。四谷三丁目にお願いします」

大仏がいうと、刑事は頷いた。

「了解です」

「あっ。でもアパートの鍵がない」

良がつぶやいた。将はポケットからだした。

「ここにある」

「なんでお前がもっているんだ」

「いったろう。お前のフリをしていたんだ。お前の部屋で暮らしていたのさ」

「そうだったのか」

「服も借りたぞ」

良は笑った。

「昔みたいだな」

中学、高校時代は、互いの服を貸し借りしていた。

アパートの前に到着すると、良は部屋に入っていった。やがてジーンズにパーカー姿で降りてくる。足もとはスニーカーだ。

覆面パトカーは赤坂の「ダナン」に向かった。看板の灯は消えているが、店内は明るい。中には菅下がいた。

「加納！」

「シゲル！」

入ってきた良の姿を見るなり、菅下とマイが声をあげた。将は入口で立ち止まった。

マイが良の胸に顔を押しつけた。

「シゲル！　よかった。死んだと思っていました」

涙を浮かべている。

「ごめんな、マイ。俺は——ずっと嘘をついてた」

「いいんです。シゲルが元気なら、いいんです」

マイは泣きながら首をふった。そして体を離すと、将をふりかえった。

「ありがとう、ショウ。シゲルを助けてくれて」

将は無言で頷いた。

良が菅下に向き直った。

「ご心配をおかけしました」

「いや。無事でよかった」

菅下はいった。

「情報を流していたマトリはどうなった？」

将は菅下に訊ねた。

「身柄を拘束した。黙秘しているが、自宅に組織から受けとったと思しい現金を五百万ほど隠していた」

菅下が答えると、

「誰です？」

と良が訊ねた。

「関東の原主任だ」

菅下が答えた。

「菅下さんと同期の原さんですか」

「そうだ。原の流した情報のせいで、小林秀人が殺された」

「ヒデトが！」

良は目をみひらき、将を見た。

「知ってたのか」

「ヒデトは俺の目の前で死んだ。いい奴だった。殺った野郎は許さない」

将はいった。そしてマイを見た。

「グエンは今どこにいる？」

「電話しますか？」

「頼む」

答えて、将は菅下にいった。

「あんたからもらった携帯は、六本木で福原に捨てさせられた」

「気にするな」

「そういえばお前から預かった携帯だが、着信の最も多かった番号は、位置情報がとれなくなっている。壊されたようだ」

大仏がいった。

「支部長の携帯だ。逃げたな」

将はいった。

「支部長の専用車の番号はわかっています。手配して下さい」

良がいった。

「走る支部長室か」

将の言葉に良は頷いた。

「あの巨体だ。他の車や電車じゃ目立ってしかたがない。専用車で逃げている筈だ」

「そっちは警察に任せろ。Nシステムでひっかける」

大仏がいい、了解を求めるように良は菅下を見た。

「そうしてもらえると助かる」

良が支部長のアルファードの番号を口にすると、大仏は「ダナン」の入口に立っていた、運転手の刑事を見た。

「お願いします、課長」

「了解した」

刑事は携帯をとりだした。

「課長？　あんたの上司なのか」

将は思わず訊ねた。

「そうなのか」

良も驚いたような顔をしている。

「オレが心配だといって、ついてきたんだ」

大仏がいうと、課長は首をふった。

「心配などしていません。大仏さんは優秀です。任せておけば、私は運転手と連絡係をするだけで、事件が解決します」

課長がいった。

「ずいぶんお若いが、キャリアですか」

菅下が訊ねると、課長は頷いた。

「今は組対で勉強中です」

「何だ、キャリアって?」

将は訊ねた。

「本来なら現場にはでないようなスーパーエリートさ。若いうちだけ、いろいろな部署にいかされるが、運転手をやるようなキャリアは珍しい」

良が答えた。

「それだけ大仏さんに五課はお世話になっているんです。私が個人的に惚れこんでいるといってもいい」

にこにこと課長は答えた。将は首をふった。

「スーパーエリートだけあって、変わってるな」

「うるさい!」

大仏が怒鳴った。

「グエンとつながりました」

マイがいって携帯をさしだした。将は受けとった。

「マイから聞きました。お兄さんを助けたそうですね」

「ああ。だが閉じこめた犯人には逃げられた」

「その男は車椅子に乗っていますか」

「車椅子に乗っているのはそいつの仲間だ」

「たった今、ディエムの家の前に車が止まって、車椅子に乗った男ともうひとりが降りてきました。二人は家に入りました」

将は目をみひらいた。

「福原と野村がディエムの家に現われた!」

「つかまる前に、証拠湮滅《いんめつ》の打ち合わせをする気だ。ベトナム人が逃げだせば、『クィー』にあの二人がかかわっていたと証明できる人間がいなくなる」

良がいった。

「市川にいくぞ!」

将はいった。

「待った。加納くんを保護した以上、君にはここで外れてもらいたい」

菅下がいった。

「ディエムの家がどこだか、あんたにはわかるのか。いっておくが、グエンは俺に協力してくれているんだ。あんたじゃない」

菅下は無言で将を見返した。

将は大仏を見た。

「マトリは、俺をほうりだしたいそうだ。市民として、警察に協力したいんだが、市川まで乗せていってくれるか」

「かまわないぜ」

「君！」

菅下がいうと、良が口を開いた。

「菅下さん。こうなったら、将は手を引きませんよ。それに一刻を争います」

「加納くんは大丈夫なのか」

「大丈夫です。ここまで体を張ったのに、人任せになんてできません」

「わかった」

菅下は頷いた。

「では、申しわけないが、加納兄弟と私を市川まで乗せていってもらえますか」

課長は頷いた。

「お安い御用です」

37

グエンから聞いた住所をカーナビに打ちこむと、課長はパトランプを覆面パトカーの屋根にのせた。

「途中までは飛ばしていきましょう」

サイレンを鳴らし、高速道路に上がった。

グエンは、ドゥとファンとともにディエムの家を見張っているらしい。

「ディエムの家にはジンがいる。ヒデトと小関を殺したナイフ使いの殺し屋だ」

「ジンの犯行についてダンに吐かせようとしたが、

ずっと黙秘している。同じベトナム人なのでかばってるのかもしれん」

助手席にすわる大仏がいった。

「さもなけりゃ、ジンが恐いのさ。あいつは壊れてる。ボスの命令なら、いつでも誰でも殺す」

将はいった。

「ボスはディエムなのか」

菅下が訊ねた。

「ベトナム人に対してはそうかもしれませんが、『クィー』の本当のボスは日本人だと思います」

良が首をふった。

「野村か」

「あるいは福原さんかもしれません」

「福原さんは現役の警察官で四谷署の刑事課長だぞ。それがベトナム人犯罪組織のボスだというのか」

大仏がいった。

「そうであれば由々しき問題です」

ハンドルを握る課長がいった。

「まさかとは思いますが、警察は福原さんのことをかばうつもりじゃありませんよね」

良がいった。

「もちろん、私にはそんなつもりはありません。ただ、犯罪が犯罪ですから、慎重な裏付け捜査をおこなった上でなければ、発表はできないでしょうね」

課長が答えた。将は合点した。

「そういうことか」

「何がそういうことなんだ？」

大仏が将をふりかえった。

「あんたの課長は頭が切れるってことさ。『クィー』に福原と野村という二人がからんでいると知って、捜査をコントロールするためにあんたの運転手を買ってでたのさ。現役と元、二人の警視庁警察官をマトリにパクらせるわけにはいかないからじゃないのか」

「考えすぎです」

課長が笑った。が、どこかそらぞらしい笑いだった。

「もしそうであっても、責められません。麻薬取締部も、今回の件で身内の恥をさらすのは同じです」

菅下がいった。

「警察の動きなら福原さんに情報が入るが、麻薬取締部がどう動いているのかは役所がちがうからわからない。それで原主任を買収することを思いついたのじゃないでしょうか。警察とマトリの両方を押さえれば、つかまる心配がなくなる」

良が低い声でいった。

「もしそうなら、ディエムじゃないな。日本の捜査事情に詳しい人間の考えだ」

菅下が答えた。

快調に飛ばしていた覆面パトカーが高速道路を降りた。課長が、

「千葉県に入ったのでサイレンを止めます」

といってパトランプを外した。

「ディエムの家は近いのか」

将は訊ねた。

「カーナビによれば、あと十分ほどの距離です」

課長は答えた。

「住宅街ですね」

助手席から外を眺め、大仏がいった。

「駅からは少し離れています。もともと市川は住宅地ですから」

課長が答えた。

「グエンさんに電話します」

大仏がいって携帯をだした。敬語を使う大仏が新鮮で、将は思わず笑った。隣にいる良が怪訝そうに訊ねた。

「ひとりで何を笑ってる？」

「いってもわからんさ」

「つながった。お前が話せ」

大仏が携帯を将にさしだした。

「グエンです」

「将だ。今、車で近くまできている」

「私たちは、ディエムの家のそばに止めた車の中にいます。シルバーのセダンです」

「わかった」

携帯を返し、

「グエンたちはシルバーのセダンの中からディエムの家を見張っている」

と将は告げた。

「シルバーのセダン……あれかな」

課長がいった。前方にシルバーの車が止まっていた。

「目的の家は、ここから十メートル先の角を曲がった場所にあります」

シルバーの車のうしろに課長は覆面パトカーを止めた。将たちは車を降りた。

課長がいった家は庭つきの大きな一戸建てだった。生け垣で囲まれていて、門の内側にはバラのトンネルが玄関までのびている。

「なるほど。占いの館らしい造りだ」

大仏がいった。

家の前に黒いワンボックスカーが止まっていた。中は無人のようだ。

シルバーのセダンの後部席からグエンが降りたった。歩みよってきて小声でいう。

「車椅子ともうひとりが、あの車できました」

黒いワンボックスを示した。

「いつ頃ですか？」

全員、角から少しさがった。角を曲がると見つかる危険がある。

「一時間くらい前です」

「乗りこもう」

将はいった。

「令状もないのにか。無理だ」

菅下は首をふった。

「じゃあどうするんだ？　このまま見張るだけか」

将はいって、課長を見た。

「あんたなら何とかできるか」

「逮捕する前に福原さんと話をしたいとは思っています。『クィー』との関係を把握してから身柄を押さえたい。さもないとあることないことでマスコミが騒ぎたてるでしょう。それは避けたいのです」

　課長は答えた。

「じゃあ話をしにいこう」

　将はいった。

「待て。そんなに簡単に話し合いに応じる筈がない」

　菅下が止めた。

「俺と良がいけば応じるさ。福原は良を殺したくなくて病院に閉じこめた。野村はそのことを知らない筈だ」

　将は良を見た。良は頷いた。

「福原さんは、俺のことは何も野村に話してなかったと思う」

「お二人がいっしょに現われたら、福原さんは追いこまれますね。自首を説得できるかもしれません」

　課長は頷いた。

「野村が抵抗したらどうします？　野村自身は体が不自由でも、家にはディエムの手下もいます」

　菅下が首をふった。

「今度こそ決着をつけてやるさ。ヒデトを殺った野郎もいる」

　将はいった。

「これは捜査であって復讐じゃない」

　菅下がいった。

「それはあんたの話で、俺は関係ない。何もかも思い通りにはならないと、俺をリクルートしたときから覚悟しておくべきだったんだ」

　将は菅下の目を見ていった。

「まあまあ。これだけの人間がいるのですし、いざとなれば千葉県警の応援を頼めばすむことです」

　課長がいった。

「課長、そんなことになったらうちのメンツは丸潰れです。千葉県警の助けなんか借りずに制圧しないと」

大仏が首をふった。

「自信はあるのか」

将は大仏に訊ねた。

「ジンといったか、その殺し屋。オレが確保する」

大仏は肩をぐるぐると回した。

「よし。じゃあ、まずは俺たちだ」

将は良を見た。良は頷き、将と歩きだした。角を曲がる。

「妙な気分だ」

低い声で良がいった。

「俺はいつかお前がパクられるのじゃないかって心配してた。それが二人いっしょにワルをパクろうとしている」

「集中しろよ。感慨になんてふけってたら、やられる」

家の前に立つと将はいった。

「ディンおばさんの占いの館」と記された看板が門柱のインターホンに掲げられ、防犯カメラが二人を見おろしている。

将はインターホンを押した。間があき、若い男の声が応えた。

「今日は占いはもう終わりました。明日きて下さい」

「占ってもらいにきたのじゃない。そこにいる四谷署の課長さんに用がある。加納兄弟がきた、と伝えてくれ」

将はいった。インターホンは沈黙した。

「なぜ、福原さんはここにきたんだ。ディエムのことをお前がつきとめていると知っていたのに」

良がつぶやいた。

「口裏合わせのためだ。ディエムたちにすべてをかぶせれば何とかなるといったのはお前だぞ」

将はいった。

「そうだけど、俺が証言すればあの人は終わりだ」

「お前は証言しないと思ったのじゃないか。命を助けた貸しがある」

「そんな甘い人じゃない」

バラのトンネルの先にある扉が開いた。庭に光が流れでる。逆光に立った人影が、

「入りなさい」

といった。福原だった。別の人間が福原のかたわらを抜け、バラのトンネルをくぐって門の反対側に立った。門は鉄製で、二メートルほどの高さがある。

現われたのは、初めて見る男だった。白いシャツの上に黒いベストを着けている。二十を超えたかどうかという年齢だ。ベトナム人だろうと将は思った。

「いらっしゃいませ」

若い男は門のかんぬきを外し、訛りのある日本語でいった。

将と良は顔を見合わせた。若い男が開いた門をくぐり、庭に足を踏み入れる。

若い男が再び門を閉じようとした。それを門柱の陰から現われた大仏が止めた。

「警察だ。ここは開けておけ」

男にバッジを見せ、小声で告げた。男は目をみひらいた。

「騒ぐな」

大仏は拳銃を手にしていた。男は小さく頷き、後退った。

「ここで待ってる。何かあったら踏みこむ」

大仏が小声でいった。菅下と課長もうしろにいる。

「了解だ」

将はいって、バラのトンネルをくぐった。門の外にいても大仏たちの姿は防犯カメラに映っているだろう。

ベトナム人の男は小走りでトンネルを抜け、戸口に立つ福原のかたわらをすりぬけて家に入っていっ

た。二人は戸口で立ち止まった。

「早かったな。令状をとらなかったのか」

福原は良に訊ねた。良は無言だった。

「俺には令状なんて必要ない」

将はいった。福原は将に目を移した。

「何をするつもりだ」

「ヒデトを殺った野郎に落とし前をつけさせる。六本木で仕留めそこねた」

将は頬の傷に触れた。

「ヒデトを殺れと命じたのはあなたなのか」

良が訊ねた。

「私ではない。彼が潜入捜査官ではないと知っている私が命じる筈はないだろう」

「じゃあ野村だな」

将はいった。福原は答えず、良を見た。

「マトリの動きにだけは皆、神経を尖らせていた。警察とちがい、よその土地のGメンを送りこんでくる可能性もあったからだ。それが君だった」

そして将に目を移した。

「君を閉じこめ一難去ったと思ったら、今度は双子の兄弟が現われた」

良に目を戻した。

「知っていたか。アメリカで兵隊をしていたというんだ」

「さっき初めて聞きました」

良が低い声で答えた。

「犯罪者になっているのじゃないかと君は心配していたな」

福原の言葉に良は首をふった。

「俺の想像はまるでちがっていました。犯罪者になると思っていた将はマトモで、尊敬していたあなたこそが犯罪者だった」

「いつまでここで話すんだ？　俺たちを中に入れない気か」

将がいうと、良は目をみひらいた。

「時間稼ぎだったんだ！　そうですね」

家の中に入ろうとした。福原は立ち塞がった。

「令状なしでこの家に上がりこむ権利は君らにはない」

「関係ないね。人殺しがこの家には隠れている。ジン！　でてこいっ」

将は怒鳴った。福原を押しのけ、家の中に入った。玄関の内側はまっすぐな廊下だ。

廊下を進み、将は足を止めた。つきあたりにすりガラスのはまった扉がある。

「いくぞ、良」

将はふりかえり、いった。良が福原と目を見交わし、玄関をくぐった。

「その扉を開けたら、後悔するぞ」

福原がいった。良が叫んだ。

「気をつけろ、将。待ち伏せされているかもしれん」

「先にいく！」

将はいって扉を押し開けた。銃声が轟き、ガラスが砕け散った。

扉のすぐ内側に、門を開けた若い男がいてひきつった顔で拳銃を向けている。将はその右手首をつかむと銃口を下に向け捻りあげた。

拳銃はあっさり将の手に移った。肘打ちを顔に見舞うと、男は叫び声をあげて床に倒れこんだ。

扉の内側は豪華な広間だった。金色のシャンデリアが下がり、黄金のソファが並んでいる。二十人はすわれる数があるが、人は男以外いない。

将は男の首を左手でつかみ、右手の銃を額に当てた。男が悲鳴をあげた。

「ジンはどこだ？」

「マダムといっしょです」

「そのマダムはどこにいる」

「わかりません」

男の首を離し、将はあたりを見回した。広間の正面に、ネットで見た「玉座」があった。

玉座に歩みよる。

「将！」

良が広間に飛びこんできた。

「大丈夫か」

「大丈夫だが、他の奴が逃げた」

「福原さん！」

良が背後の廊下をふりかえり、眉をひそめた。

「福原さんがいない」

「逃げたんだろう」

「加納！　無事か!?」

玄関から声がした。大仏と菅下が戸口から中をのぞきこんでいる。

「無事ですが福原さんに逃げられました。庭にでてきませんでしたか」

「いや。誰もこなかった」

銃を手にした菅下が答えた。

将と良は顔を見合わせた。

「妙だ。玄関しか逃げ場はない筈なのに」

良がいった。

「何か仕掛けがあるんだ」

将は玉座をのぞきこんだ。小さなモニターが肘おきにとりつけられていた。モニターには門の外のようすが映しだされている。

将はモニターを操作した。画面が四つに分割された。

「見ろ」

狭い通路のようなところを歩く福原の姿があった。別の画面には、車椅子の男を含めた複数が映っている。

「家の中に隠し通路や部屋があるのか。暴力団の本部と同じだな」

モニターをのぞきこんだ良がいった。

「詳しいな」

「ガサ入れで見たことがある」

「どこかに通路がある筈だ。調べよう」

将はいって、広間を見回した。大仏と菅下が拳銃を手に入ってきた。

「逃げられたか」

大仏がいった。

「いや」

将は倒れている男に歩みよった。殴られた頰を押さえ、泣きべそをかいている。戦力にならないので、おきざりにされたのだろう。

「どこだ？」

男に訊ねた。男の目が部屋の中央におかれた円卓を見た。大理石を貼った巨大なテーブルだ。

男を立たせ、背中を押した。男はテーブルの下にしかれたカーペットをめくりあげた。床に一メートル四方の扉が作られていた。引きあげると、ハシゴが下にのびていた。

「なるほどな。こいつを頼む」

将はいってハシゴにとりついた。ハシゴの高さは二メートルほどあって、下は通路になっている。天井から電球がぶらさがっていた。

「菅下さん、お願いします」

良がいって将につづいてハシゴにとりついた。

「加納、もっていけ」

菅下が拳銃をさしだした。

「お借りします」

良は腰にはさみ、将につづいてハシゴを降りてきた。

通路の幅は人ひとりがやっとだ。電球の光だけでは奥まで見通せない。

「早くいけ！」

良につづいてハシゴを降りてきた大仏がいった。

「待て」

将はいった。

「三人順番に狭い通路を進んでいったら、射的の的だ。間隔を空けるんだ」

「じゃあ俺が先頭だ」

良が前にでようとした。将はその腕をつかんだ。

「お前はまだ本調子じゃない」

「じゃオレだな」

大仏が嬉しそうにいった。

「あんたじゃ小さくて弾よけにならん」

「なんだと！」

「いいから、あいだを空けてついてきてくれ」

将はいって通路を歩きだした。男からもぎとった拳銃を手にしていたが、良と大仏は何もいわなかった。

狭くて暗い通路を進んでいくと、つきあたりに降りてきたのと同じようなハシゴがあった。将はハシゴを上った。バネ仕掛けの扉があり、右手で銃をかまえながら左手で押しあげる。

そこは廊下だった。玄関と広間をつなぐ廊下とは異なるようだ。廊下のつきあたりに扉があった。

将は扉の前に立った。窓はなく、中のようすはうかがえない。

奇妙だった。廊下に面した扉は目の前のひとつだけだ。とすると、この廊下はひとつの部屋としかつながっていないことになる。

将は扉のノブをつかんだ。鍵はかかっておらず、扉は内側に開いた。

扉の内側は物置部屋だった。棚や台に段ボールやスーツケースが積みあげられている。

将は手近にある段ボールをのぞきこんだ。ビニールに包まれたハンドバッグがぎっしりと詰めこまれていた。イタリアのブランド品だ。

「大丈夫か⁉」

開いたバネ仕掛けの扉の下から大仏が顔をのぞかせ怒鳴った。将が頷くとハシゴを上がってきて、

「誰かいたか？」

と訊ねた。

「誰もいない。ここは物置だ」

「物置？」

大仏は眉をひそめ、部屋に入った。将が開けた段ボールの中から手袋をはめた手でバッグをつかみだすと、

「スーパーコピーだ」

とつぶやいた。

「だが妙だ。広間からここに逃げたとしても、他にいける場所がない」

将はいって、部屋の中を見回した。壁も床も品物で埋まっていて、抜けられるようなすきまはなかった。

良がハシゴを上ってきた。

「何か見つかったか」

「コピー商品が山ほどある。バッグだけじゃない。こっちは腕時計だ」

段ボールの中身を確認しながら大仏がいった。

「クスリを扱うようになる前は、コピー商品の密輸が『クィー』の商売だったと聞いた」

廊下にでて将は良に告げた。

「なるほどな」

良の背後の壁が不意に回った。ジンがとびだしてくると良の背中にナイフをつき刺した。

良が目をみひらいた。膝を折る。

「良！」

将は叫び、手にした拳銃を発射した。が、ジンの姿は一瞬で壁の向こう側に消えた。

倒れかかる良の体を将は支えた。パーカーの背に血の染みが広がった。

「マズい！」

大仏が良の傷口を押さえ、携帯電話をとりだした。

「救急車を呼ぶ」

「良」

将は良の顔をのぞきこんだ。良は唇をふるわせ、小さな声でいった。

「息ができない」

「無理するな、出血がひどくなる」

将はいった。良は瞬きした。

「くそっ」

ジンが消えた壁を将は蹴った。壁がくるりと回転し、向こう側の廊下が見えた。壁に見せかけた隠し扉だ。

「頼む！」

将は大仏にいって扉をくぐった。おい、と大仏が叫んだが無視する。

そこは玄関と広間をつなぐ廊下だった。福原が消えた廊下だ。ジンの姿はなかった。

将は廊下の反対側の壁を拳で叩いた。隠し扉は反対側にもある筈だ。福原はそちらから逃げたにちがいない。

隠し扉の斜め向かいの壁で、虚《うつ》ろな音がした。向こう側が空洞になっている。

将は手にしていた拳銃を点検した。小型のオートマチックで、薬室に一発、マガジンに二発の弾丸が入っている。口径は六・三五ミリ。アメリカ式なら二十五口径だ。豆粒のような弾丸で、心臓か脳幹にでも命中させない限り致命傷にはならない。

拳銃をかまえ、虚ろな音のした壁を蹴った。

壁が回転した。今いる廊下と平行するように、もう一本の廊下があった。

将はその廊下に踏みこみ、見回した。人影はなく、先の左右に扉がある。

息を吸いこみ、廊下を進んだ。まず手前の左側に扉がある。身を低くしてノブをつかんだ。ゆっくりと引いた。広間の半分ほどの大きさの部屋だった。天井にカメラがとりつけられていて、その下に車椅子があった。

将は車椅子を見つめた。電動式の大型モデルだ。野村の車椅子にちがいない。が、室内に人の姿はなかった。

部屋の床はフローリングで、デスクがひとつおかれている他はガランとしている。部屋に他の出入口は見当たらず、将は廊下にでた。

隠し扉を捜す前に、廊下の先の右側にある部屋を確認しなければならない。

ノブを握った。

「入りなさい」

声がした。福原だった。罠の可能性も考え、将は壁に身を隠しながらノブを回した。弾丸もナイフも飛んでこない。

銃をかまえたまま部屋に踏みこんだ。福原と車椅子の男がいた。車椅子は軽量の手押しタイプだ。福原が車椅子の押し手を握っている。車椅子に乗っているのは、明るい色のスーツにネクタイを締めた男だった。細い口ヒゲをのばし、いかにも裕福そうな雰囲気がある。膝の上で拳銃を握っていた。

車椅子の男は将を見つめ、

「例の双子か」

とつぶやいた。

「そうだ。私の知っている麻薬取締官の、弟のほうだ」

福原が答えた。

「ジンはどこだ？」

将は福原に訊ねた。

「逃げていった。加納くんはどうした？」

「良はジンに刺された。救急車を呼んでいる。ジンはどこだ!?」

「何だと。怪我はひどいのか」

福原は目をみひらいた。

「早く手当てしなけりゃ命にかかわる」

「見てわかるのか。そうか、君は兵隊だったな」

車椅子の男が福原をふりかえった。

「お前は殺したくなかったようだが、無駄になったな」

「あんたが『クィー』のボスか」

将は男を見つめた。

「ボス？　そうなるかもしれんな」

男が頷いた。福原がいった。

「ちがう。ボスは野村じゃない」

「じゃあ誰だ？　ベトナム人に全部押しつけるのか」

「ちがうね。私がボスだ。野村は私の指示通り動いただけだ」

福原はいって手をのばし、野村の手から拳銃をとりあげた。

「そうだよな、野村」

野村は無言だ。

「どっちでもいい。銃を捨てろ」

将はいって福原の顔に狙いをつけた。福原は息を吐き、首をふった。

「加納くんの双子の兄弟が、これほど手強いとはな」

「いつまでもつづくわけはなかったんだ。福原、撃て」

野村がいった。

福原が銃をもちあげた。自分の顎の下に銃口をあてがい、引き金をひいた。

「福原！」

福原はうしろ向きに倒れた。

野村は車椅子の向きをかえた。

「何をする!?　約束がちがうだろう！」

野村が叫んだ。福原は動かなかった。野村が死体の手から拳銃を奪おうと手をのばした。

将は一歩踏みだし、車椅子を反対側に押しやった。

「よせっ、やめろ」

野村は抗《あらが》ったが、車椅子は福原からすべって遠ざかった。

「俺を撃つって約束をしていたのに、福原！」

将は福原を見おろした。脈を確認するまでもなかった。

「あんたを警察に引き渡す」

将はいって車椅子をつかんだ。

「殺せ！　俺も殺してくれ」

野村は車椅子の上で暴れた。コロンが香った。将は無言で野村の脳天に肘打ちを見舞った。呻き声をたて、野村は静かになった。

部屋の奥に、将が入ってきたのとは異なる扉があった。救急車のサイレンがその方向から聞こえた。

車椅子を押し、将はその扉を押し開いた。

ディエムとジンがいた。ディエムは民族衣裳のアオザイを着け、ソファにすわっている。その前にジンが立ち、両手に一本ずつナイフを握っていた。

「ノムラさん」

ディエムがいった。ひきつった顔を将に向けた。

「あなた誰!?」

「クィーめ！」

ジンがいうや、ナイフを投げた。ジンがナイフを投げてくるだろうことは、その握りかたで将は予測していた。アフガニスタンにもナイフを投げてくる兵士がいたからだ。

将はさっと身をかがめ、ジンを撃った。銃が空になるまでジンに弾丸を叩きこむ。

「ジン！」

ディエムが叫んで、倒れたジンにおおいかぶさった。

「ジン！　ジン！」

部屋のもうひとつの扉が開き、菅下がとびこんできた。大仏もつづいている。

「将！」

「良はどうした!?」

将は大仏を見た。

「今、救急車に乗せた。福原さんはどこだ」

将は背後の扉を示した。大仏が扉を開け、息を呑んだ。

「何てこった」

ぐったりとしている野村をふりかえった。

「こっちも死んだのか」

「いや脳震盪《しんとう》を起こしているだけだ」

将は答えた。

「悪魔！　あんたは悪魔だ！」

ジンにとりすがっていたディエムが将を指し、叫んだ。

「課長を呼んでくる。この家の裏を見張っている筈だ」

大仏がいって、部屋をでていった。

良もジンも命をとりとめた。将は勾留されていたが、不起訴処分となった。

四谷のアパートで、自分の所持品だけをとり、将は良の入院先に向かった。

病室にマイがいた。マイを見ると、わずかに胸が痛んだ。かいがいしく良の世話を焼いている。

「ショウ！」

入口に立った将に気づくと、はにかんだように笑った。

「どうだ？」

ベッドに近づき、将は訊ねた。良は顔をしかめ、

「寝返りをうてないのがつらい。傷口が開いちまうというんだ」

「助かっただけもうけものだ」

将は首をふった。手にしている荷物に良が気づいた。

「どこかにいくのか」

「アメリカに戻る」

「やっと会えたのにか」

「日本に俺の居場所はない」

「そんなことはないさ。戻ってくれば――」

いいかけ良は黙った。

「どこに戻るんだ？　それよりマイさんを大切にしろよ」

マイを見ずに将はいった。良は頷いた。

「それはちゃんとする」

マイが無言で将に抱きついた。頬に唇を押しつける。その耳もとに将はささやいた。マイがはっとしたように将を見た。

「ショウ！」

将は微笑み、踵を返した。病室をでていく。

マイにささやいた言葉は、

「幽霊《コン・マー》は消える」

だった。

日本にはひと月もいなかった。なのに長い旅が終わったように将は感じていた。